Une famille pour Becky

Le secret de l'héritier

MARIE FERRARELLA

Une famille pour Becky

Traduction française de
PATRICIA RADISSON

PASSIONS

HARLEQUIN

Collection : PASSIONS

Titre original :
ADDING UP TO FAMILY

HARPERCOLLINS FRANCE
83-85, boulevard Vincent-Auriol, 75646 PARIS CEDEX 13
Service Lectrices — Tél. : 01 45 82 47 47 - www.harlequin.fr
ISBN 978-2-2804-8806-8 — ISSN 1950-2761

Composé et édité par HarperCollins France.
Imprimé en août 2023 par CPI Black Print (Barcelone)
en utilisant 100% d'électricité renouvelable.
Dépôt légal : septembre 2023.

FSC www.fsc.org
MIXTE
Papier issu de sources responsables
FSC® C159065

Pour limiter l'empreinte environnementale de ses livres, HarperCollins France s'engage à n'utiliser que du papier fabriqué à partir de bois provenant de forêts gérées durablement et de manière responsable.

Prologue

— Celia, tu es mère, toi aussi, tu dois savoir de quoi je parle, dit Bonnie Reynolds d'une voix suppliante.

Essayant d'en appeler à l'instinct maternel de son amie de longue date, elle poursuivit :

— À partir des douze ans de Becky, j'ai eu du mal à rester à son niveau pour les devoirs à la maison. Elle était si en avance, si intelligente… J'en avais des maux de tête ! Pour elle, étudier était un jeu d'enfant !

La fierté perçait dans sa voix, nota Celia en lui souriant.

Quand Bonnie avait débarqué presque en larmes dans son bureau de Bedford, en Californie, elle avait fermé la porte pour pouvoir parler tranquillement. Elle avait préparé deux tasses de thé, installé son amie dans un bon fauteuil et l'avait incitée à parler de son problème.

Les mots avaient jailli de la bouche de Bonnie tel un barrage qui se rompt.

— Becky avait un excellent job, Celia. Elle l'a gardé pendant trois ans. Et un beau jour, voilà qu'elle décide de l'abandonner ! Ne te trompe pas, quand tu lui as offert un emploi dans ta boîte, je t'en ai été très reconnaissante. Seulement je pensais que c'était passager, qu'elle se ressaisirait. J'étais contente que pendant cette période intermédiaire elle puisse quand même gagner un peu d'argent, grâce à toi. Mais… mais elle gaspille son potentiel, conclut-elle dans un sanglot étouffé.

— Respire, Bonnie.

— Celia, cette fille est sortie du MIT à dix-huit ans ! À *dix-huit ans* !

— Je sais, répondit Celia d'une voix calme.

— Et elle a eu le mérite de le faire grâce à une bourse, puisque son rat de père nous a abandonnées en nous laissant ses dettes pour tout bagage. J'ai dû prendre deux jobs à la fois pour m'en sortir ! Je ne voyais presque pas Becky, et pourtant c'est une perle.

— Je sais, répéta Celia en s'efforçant de garder son calme.

Elle savait où tout cela aboutirait, mais elle laissait à Bonnie le temps de se calmer, de cesser de faire un drame de la situation actuelle de sa fille. Aucune situation n'était sans espoir, la vie le lui avait appris.

— Quand elle a décroché cet emploi dans l'agence aérospatiale la plus connue du pays, j'étais au septième ciel, reprit Bonnie. Mais au bout de trois ans, tout s'est écroulé. Sans prévenir, elle a tout abandonné. Elle faisait soi-disant un burn out.

— Elle travaillait tellement, elle avait besoin de se ressourcer.

— Ça fait trois ans que ça dure ! Ma brillantissime fille fait des ménages depuis trois ans ! s'exclama Bonnie, indignée.

— Je le sais, Bonnie, c'est moi qui signe son chèque mensuel, répliqua Celia en souriant.

Bonnie ne prêta pas attention à sa remarque et laissa échapper un soupir tremblant.

— Je… j'ai si peur. Je suis si terrifiée à l'idée qu'elle fasse des ménages pour le reste de sa vie, qu'elle ne redevienne jamais ma Becky, murmura-t-elle.

— Peut-être est-elle plus heureuse ainsi ?

La suggestion pétrifia Bonnie un instant. Puis elle protesta violemment :

— Bien sûr que non ! Elle passe ses journées à faire le ménage chez les autres, et elle n'a plus de temps pour remettre sa vie sur les bons rails. Elle vit dans un tout petit appartement, pour l'amour du ciel !

Celia ne fit aucun commentaire. Elle parlait souvent à Becky, et cette dernière lui semblait aller très bien.

— Elle ne sort avec aucun homme, reprit Bonnie. Elle nettoie les maisons des autres mais n'économise pas pour s'acheter sa propre maison !

— Je croyais qu'elle aimait vivre en appartement, intervint Celia en cachant son amusement.

— Elle ne pense pas à l'avenir ! Tu comprends le problème ?

— Je crois comprendre, oui. Tu ne reproches pas à Becky de ne plus travailler dans une boîte d'ingénieur, tu t'inquiètes simplement qu'elle ne cherche pas un mari.

Bonnie pressa ses lèvres l'une contre l'autre. C'était vrai, à quoi bon le nier ?

— J'ai envie d'avoir des petits-enfants, Celia. Est-ce un crime ?

Celia se mit à rire.

— Pas du tout, Bonnie ! Je comprends très bien ce que tu vis.

Presque huit ans auparavant, elle avait entrepris une action très particulière avec ses deux meilleures amies, Maizie Sommers et Theresa Manetti. Ensemble, elles avaient essayé de trouver un mari pour la fille de Maizie, sans en avertir la jeune femme concernée. Leurs manigances avaient si bien fonctionné qu'elles avaient décidé de poursuivre leur rôle de marieuses. C'était devenu une sorte de passe-temps qui les distrayait de leurs responsabilités professionnelles et leur offrait beaucoup de satisfactions.

— Bonnie, j'ai peut-être une solution pour toi, annonça-t-elle avec un grand sourire.

— Raconte ! répondit Bonnie pleine d'espoir. Depuis trois ans que je tente de résoudre le problème toute seule, j'en viendrais presque à signer un accord avec le diable !

Celia éclata de rire.

— Crois-moi, tu n'auras pas à en venir à cette extrémité !

- 1 -

— Madame Parnell ? Steve Holder à l'appareil.

Celia le reconnut sur-le-champ. Client occasionnel, Steve faisait appel à ses services quand il se retrouvait à court de gouvernante. Veuf, il élevait seul sa fille. Étrangement, elle était justement en train de penser à lui.

— Bonjour, Steve, répondit-elle avec jovialité. Comment allez-vous ?

— Pas très bien, en fait.

Celia n'eut aucun mal à imaginer le problème. Il ne l'appelait pas pour parler de la pluie et du beau temps, c'était un homme bien trop occupé pour ça.

Pour une raison ou une autre, ses gouvernantes ne restaient jamais longtemps. Sans doute à cause de sa fille, une gamine de dix ans, très intelligente, mais difficile à vivre.

— Encore une gouvernante qui vous fait faux bond ? s'enquit-elle. Puis-je vous demander ce qui s'est passé ?

— Eh bien… la fille de Mme Pritchett vient d'avoir un enfant, et bien sûr elle souhaite se rendre à Seattle pour l'aider. En principe elle ne reviendra pas.

— Et cela vous met dans l'embarras.

Steve appréciait le côté direct de Celia Parnell. Avec elle, pas besoin de tourner autour du pot.

— Disons que votre entreprise peut nettoyer mon domicile une fois par quinzaine, et Stephie va reprendre les cours, mais j'ai besoin de quelqu'un qui s'occupe d'elle à la maison, avant que je rentre de mon travail.

— Elle va en classe cet été ?

— Elle veut suivre des cours pour avancer plus vite. C'est son idée, pas la mienne.

Pour sa part, la soif d'apprendre de sa fille le comblait de fierté, mais depuis quelques mois Stephie changeait. Elle lui échappait. Et son bébé d'amour lui manquait...

— Ma fille prend ses distances avec moi. Elle ne veut même plus que je l'appelle « Stephie ». Elle est Stephanie, à présent. Au train où vont les choses, les parties de pêche que nous partagions ne vont bientôt plus l'attirer.

Il travaillait énormément, et ces sorties avec sa fille lui offraient l'occasion de se détendre. Plus pour longtemps, semblait-il.

— Pas sûr, dit Celia. Votre fille élargit peut-être son champ d'action, tout simplement. Les gamines de dix ans sont connues pour changer sans arrêt d'avis .

Si cela pouvait être le cas, songea Steve.

— Pourrais-je vous convaincre de devenir ma gouvernante ? demanda-t-il en souriant.

Il savait la chose impossible, et pourtant Celia Parnell aurait été la personne parfaite. Elle ferait en tout cas une grand-mère merveilleuse. Tout en ayant le sentiment de ne plus connaître sa fille, il croyait fermement que Stephie s'entendrait très bien avec elle.

— Ce serait avec plaisir, si je pouvais, répondit Celia gentiment. Mais mon entreprise me prend tout mon temps, en ce moment.

— Je plaisantais.

Celia sentit poindre dans la voix de Steve une tristesse qu'elle ne lui connaissait pas.

Se souvenant de sa conversation avec Bonnie Reynolds, elle reprit :

— Steve, ne perdez pas espoir de trouver une bonne gouvernante. Il se peut que j'aie la personne idéale pour vous. Je vous rappelle.

— Attendez ! La personne que je recherche devra être davantage qu'une employée de maison. Je ne sais comment dire…

— Je vous écoute.

— Eh bien, comme vous le savez, je suis seul avec Stephie depuis six ans. En dépit de mes exigences professionnelles, j'arrive à réserver des moments de qualité pour ma fille. Elle et moi faisons tout ensemble. Depuis les parties de pêche jusqu'aux parties de base-ball et d'*Aliens and Astronauts*.

— *Aliens and Astronauts* ? répéta Celia d'un air intrigué.

Grand-mère de trois petits-enfants, elle s'efforçait de rester à la page des derniers jeux vidéo, mais celui-ci…

— C'est le jeu vidéo préféré de ma fille. Mais tout d'un coup, elle prend ses distances envers moi. On dirait qu'elle grandit sous mes yeux.

— Les ados sont comme ça. Comme si on les arrosait, fit remarquer Celia avec un sourire.

Trop absorbé par ses problèmes, Steve ne remarqua pas l'effort de Celia pour alléger son humeur.

— Soudainement, poursuivit-il, Stephie me pose des questions dont je n'ai pas la réponse. Enfin… je connais les réponses, mais je ne veux pas… Enfin, je ne peux pas…

— Je vous comprends, Steve. Votre fille est à un tournant de sa vie. Le moment est difficile, et parfois les adolescentes ont besoin de parler à une autre femme, même si elles sont très proches de leur père.

— C'est ça, dit Steve, soulagé de se voir compris. Il me faut donc quelqu'un qui sache cuisiner et nettoyer la maison, et qui noue une relation avec Stephie. Quelqu'un vers qui ma fille puisse se tourner quand elle a des questions sans réponse. Pour être honnête, j'ai même songé à la mettre en pension...

— En pension ? Vous lui en avez déjà parlé ?

— Pas encore, mais ce serait peut-être une bonne solution pour elle.

Celia se retint de lui dire à quel point l'idée lui semblait mauvaise.

— Ne vous précipitez pas, Steve. Laissez-moi un peu de temps pour trouver une gouvernante qui corresponde à vos besoins. Il n'y a pas d'urgence. Et je suppose que vous ne souhaitez pas vous séparer de Stephie ?

— Bien sûr que non ! Mais elle a besoin de quelqu'un d'autre que moi, en ce moment. Elle a des interrogations sur... sur les soutiens-gorge, les garçons, les changements dans son corps, toutes ces questions qui nous embarrassent tous les deux. Vous me comprenez, madame Parnell ?

— Tout à fait. Donc, n'entreprenez rien de définitif en ce qui concerne la pension. Au pire, je vous donnerai un coup de main quelques soirs, en attendant votre retour du travail.

— Vous me sauvez la vie !

— Cela fait partie du service, répondit Celia d'une voix chaude. Je vous recontacte très vite, ajouta-t-elle avant de raccrocher.

Elle appela aussitôt Maizie, la dirigeante de leur petit

groupe informel, puis Theresa, leur donnant rendez-vous de toute urgence chez elle.

— Nous voici ! annonça Maizie en entrant accompagnée de Theresa, qu'elle avait prise en voiture au passage.

— Alors, quelle est l'urgence ? demanda Theresa.

— J'ai besoin de votre aide, répondit Celia.

— Et cela ne pouvait se faire par téléphone ? s'enquit Maizie. Nous avons déjà fait des vidéoconférences, que je sache.

— J'aime mieux vous voir en vrai quand je vous parle, expliqua Celia. Asseyons-nous confortablement. Alors voilà. Une de mes amies, qui est la mère d'une de mes employées, m'a sollicitée pour trouver un mari à sa fille.

— D'accord, dit Maizie. Et quel est le problème ?

— En fait, je pense avoir trouvé l'homme idéal pour elle. Je voulais juste avoir votre avis avant de les mettre en contact.

— Alors, vas-y, décréta Theresa. D'habitude, tu n'as pas de mal à te décider toute seule.

— Il s'agit d'un père célibataire. Sa fille de dix ans commence à lui poser le genre de questions auxquelles il est embarrassé de répondre. Il a besoin d'une gouvernante compétente qui sache en même temps répondre aux questions de son ado.

— Et tu penses que ton employée serait un bon parti pour ce père célibataire ? lança Theresa.

— Eh bien… il est ingénieur dans l'aérospatial, et elle est sortie du MIT à dix-huit ans.

— Attends… Il y a quelque chose que je ne comprends pas, intervint Maizie. Elle est sortie du MIT à dix-huit ans, et elle est employée de maison dans ta boîte ? Sans vouloir t'offenser…

— Je sais, ça paraît bizarre, reconnut Celia avec un sourire. Mais elle traverse une période d'incertitude. Elle a fait un burn out et cherchait une activité qui ne soit pas trop exigeante. Quelque chose de basique, simple, utile, comme nettoyer une salle de bains.

— On ne peut plus basique et simple, en effet, fit remarquer Maizie.

— Je crois qu'ils ont beaucoup en commun, ajouta Celia. Ils pourraient se venir en aide mutuellement.

Elle regarda tour à tour ses deux amies, en quête de leur avis.

— Pas d'obstacle majeur ? demanda Maizie.

— Pas que je sache, affirma Celia. J'ai étudié leurs deux passés, leurs personnalités, et je pense qu'ils sont faits l'un pour l'autre.

— Si c'est ce que tu penses, ça me convient, déclara Maizie. Theresa ?

— Nous sommes devenues expertes en ce genre de choses, répondit celle-ci. Je fais confiance au jugement de Celia.

— Moi aussi, assura Maizie en posant une main sur l'épaule de Celia. Et toi, aie un peu plus confiance en tes propres intuitions.

— Parfait ! s'exclama Celia. Demain j'appellerai mon client pour lui dire que je lui ai trouvé une gouvernante.

— Voilà qui est réglé ! conclut Maizie. Et puisque nous sommes ici, que diriez-vous d'une partie de cartes ?

Jouer aux cartes avait toujours été le prétexte à leurs réunions et à leurs manigances de marieuses. En général, l'une d'elles avait été approchée par un parent, elle soumettait le cas à ses amies au cours de la partie, jusqu'à ce qu'une solution se dessine.

— De quoi allons-nous parler, puisque le cas est réglé ? s'enquit Theresa.

Maizie se mit à rire et répliqua :

— Nous sommes trois femmes intelligentes qui gérons chacune une affaire florissante et avons une ribambelle de petits-enfants. Alors si nous ne trouvons pas de sujet de discussion autre que la vie amoureuse d'étrangers, c'est que nous sommes tombées très bas !

— N'oublions quand même pas les gens que nous avons assortis avec succès, intervint Theresa. Nous en sommes à une centaine, je crois.

— Un millier, tu veux dire, corrigea Maizie en battant les cartes.

— Tu exagères, protesta Theresa.

Levant les yeux au ciel, Maizie rétorqua :

— Qu'importe ! Nous avons très bien réussi, jusqu'ici.

— Et ça va continuer ! renchérit Theresa.

— Il n'y a aucune raison que cela s'arrête, en effet. Et maintenant, mes amies, on ne parle plus, on joue !

— Comme si c'était possible ! fit remarquer Theresa en riant. Telle que je te connais, tu parleras jusqu'à ce que tu sois six pieds sous terre ! Et encore…

— Tu crois pouvoir l'arrêter ? demanda Celia en riant.

— Probablement pas, répondit Theresa.

— Jouons, ordonna Maizie en s'efforçant de garder son sérieux.

- 2 -

— Stephie ? cria Steve du pied de l'escalier. Dépêche-toi, si tu ne veux pas être en retard à ton cours ! Et je veux être à l'heure au bureau.

Stephie descendit en bougonnant.

— Papa, je t'ai déjà dit de m'appeler « Stephanie ». Et je t'ai aussi dit que j'étais capable d'aller à pied à l'école. Ce n'est pas la peine de risquer d'être en retard à cause de moi.

Steve ne répondit pas tout de suite. Ces six dernières semaines, sa fille et lui avaient plusieurs fois abordé ce problème, Stephie affirmant qu'elle était trop grande pour la plupart des choses qu'elle faisait jusqu'ici. À ce train-là, elle se déclarerait bientôt trop grande pour lui, songea-t-il tristement.

— J'aime te conduire à l'école, tu peux le comprendre ?

— Papa, je grandis, il va falloir t'y faire.

Elle n'avait pas l'air plus vieille que six mois auparavant. Pourtant elle avait raison, elle grandissait, c'était indéniable.

Mais était-il obligé de s'en réjouir ?

Réprimant un soupir, il poussa gentiment sa fille unique vers la porte qu'il ferma à clé derrière eux.

— Ne sois pas si pressée de grandir, ma chérie. Profite d'être une enfant, le temps passe vite, tu sais.

— J'ai déjà été une enfant, rétorqua-t-elle en montant

dans la voiture et en attachant sa ceinture. Et le temps ne passe pas assez vite pour moi.

Steve démarra. Cette bataille était perdue d'avance.

— Au fait, nous allons avoir une nouvelle gouvernante, annonça-t-il. Mme Parnell nous a trouvé la perle rare, elle viendra nous la présenter ce soir.

Les mots qu'il s'apprêtait à prononcer ne serviraient à rien, mais il poursuivit tout de même :

— Je compte sur toi pour bien te comporter avec cette personne. Ne fais rien qui puisse la décourager d'accepter le poste, d'accord ?

— Je n'ai pas fait peur à Mme Pritchett, protesta Stephie. Elle nous a quittés parce qu'elle allait être grand-mère.

— Parce qu'elle était grand-mère, corrigea Steve en s'arrêtant au feu rouge.

— Quelle différence ?

— Je t'expliquerai plus tard, ce n'est pas important.

— Tu dis toujours ça quand tu ne veux pas expliquer quelque chose.

Là, elle marquait un point. Il choisit de ne pas réagir.

— Mme Parnell vient nous présenter la nouvelle gouvernante en fin d'après-midi, ajouta-t-il.

— Tu l'as déjà dit.

— Et je le redis. J'ai modifié mon emploi du temps pour venir te chercher à l'école, comme ça nous ferons sa connaissance ensemble.

Relevant le menton d'un air de défi, sa fille demanda :

— Et si elle ne me plaît pas ? Si elle est comme Mme Applegate ou Mme Kelly ?

Agacé, Steve opta tout de même pour la diplomatie.

— Essaye d'aimer celle-ci. Et je te rappelle que

Mme Applegate et Mme Kelly étaient toutes les deux très bien.

— Pff ! Elles étaient tout le temps stressées !

— Et qui les mettaient dans cet état, à ton avis ?

— Je ne sais pas, répondit Stephie d'un air angélique.

— Eh bien, à mon avis, c'est toi. Mais n'y pensons plus. Nous avons l'occasion de prendre un nouveau départ, essayons tous les deux d'en faire un succès.

Comme elle ne répliquait pas, il ajouta :

— S'il te plaît, Stephie. Pour moi.

— Je m'appelle Stephanie !

— Fais-le pour moi, dit-il, les dents serrées, en se garant devant l'école où sa fille assistait à ses cours d'été.

— D'accord, papa, marmonna Stephie en sortant de la voiture. Puisque c'est si important pour toi, je vais essayer.

— Fais plus qu'essayer !

C'était à la fois un ordre et une prière.

Il regarda sa fille s'éloigner, espérant que la nouvelle gouvernante serait d'une patience à toute épreuve. Sinon, il ne lui resterait qu'une option : mettre Stephie en pension.

Ayant sauté le repas de midi pour pouvoir chercher Stephie à l'école, Steve constata malgré tout en arrivant devant l'école que la plupart des parents avaient déjà récupéré leur enfant. Il détestait être en retard, cela donnait à Stephie le sentiment qu'elle passait après le reste aux yeux de son père, ce qui était faux, bien entendu.

Sa fille régnait au centre de son univers, mais il ne parvenait plus à l'en convaincre.

Il l'aperçut sur le trottoir, le visage résigné, comme abandonnée.

— J'aurais très bien pu rentrer toute seule, dit-elle

en s'asseyant dans la voiture. Ce n'était pas la peine que tu coures.

— Je n'ai pas couru, j'ai juste conduit.

Stephie lui lança un regard entendu.

Il avait souvent du mal à se souvenir que sa fille n'avait que dix ans. Parfois elle semblait en avoir trente mentalement. Et il ne savait pas naviguer entre ces deux états. Dommage que les enfants ne viennent pas au monde munis d'un mode d'emploi !

— Tu n'as pas oublié que nous avons rendez-vous avec la nouvelle gouvernante ? s'enquit-il en redémarrant.

— Gouvernante, marmonna-t-elle. Tu l'embauches juste pour me surveiller !

— En partie, oui.

Il avait toujours été honnête avec sa fille. Jusqu'à peu, cela avait suffi à les lier. Mais ces derniers temps, rien ne semblait fonctionner, et il avait le sentiment pénible que cela venait de lui.

— Je n'ai pas besoin d'être surveillée, ni d'avoir une baby-sitter, décréta Stephie. Je suis trop âgée pour ça.

— Elle est gouvernante, son rôle est de tenir la maison, et toi tu fais partie de la maison.

— Elle ne peut pas me commander.

— Stephanie, dit-il en faisant un effort pour ne pas l'appeler par son diminutif, je m'attends à ce que tu sois polie avec cette personne.

— Tu veux dire, que je fasse ce qu'elle m'ordonne ?

— Je veux dire, ne me donne pas mal à la tête.

Il gara sa voiture dans l'allée et ils pénétrèrent dans la maison.

À quel moment être père était-il devenu si difficile ? Sa fille et lui s'étaient toujours parfaitement entendus, même après la mort de Cindy. À la mort de sa mère, Stephie avait quatre ans, et ils s'étaient aidés mutuellement, se soutenant d'instinct quand l'un des deux flanchait. Quand cette belle entente avait-elle disparu ?

Il s'apprêtait à dire autre chose quand la sonnette retentit.

— Souviens-toi, sois polie, dit-il à sa fille.

— Seulement si elle l'est avec moi, répliqua-t-elle au moment où il ouvrait la porte à Mme Parnell et à la gouvernante.

Il resta sans voix, oubliant tout de la politesse. Pour une raison ou une autre, il s'attendait à ce que cette nouvelle employée de maison ressemble aux autres, des femmes entre deux âges portant des chaussures plates, la taille un peu épaisse, un sourire convenu aux lèvres.

La femme qui se tenait à côté de Celia Parnell était une blonde aux yeux bleus d'à peu près vingt-cinq ans. Élancée, elle portait des talons hauts, habillée comme pour se rendre à un rendez-vous amoureux, non à un entretien d'embauche.

— Monsieur Holder, dit Celia du ton cérémonieux qui sied à un entretien professionnel, je vous présente Rebecca Reynolds. C'est une de mes meilleures employées, ajouta-t-elle avec un grand sourire.

Steve ne retrouvait pas la parole. Plus il regardait la jeune femme, moins il la voyait correspondre à l'emploi.

— Vous… vous êtes femme de ménage ? s'enquit-il.

Loin de se vexer, Rebecca sourit.

— Ma mère préférerait le terme « technicienne de surface », déclara-t-elle, mais oui, pour faire simple, je suis femme de ménage. Mme Parnell me dit que vous cherchez justement une gouvernante.

— Vous avez de l'expérience ?

La question venait de Stephie qui regardait la jeune femme d'un air suspect.

Sans montrer le moindre signe d'agacement de se voir questionnée par une gamine, Rebecca répondit :

— Oui, trois ans.

— Trois ans comme gouvernante ? insista Stephie.

— Stephie… euh Stephanie, laisse-moi poser les questions, lui intima Steve.

— Cela ne me dérange pas de répondre, fit remarquer Rebecca d'un ton calme. En fait, ce serait mon premier travail de gouvernante, mais je sais faire le ménage et la cuisine.

— Vous auriez aussi à surveiller ma fille…

— Je n'ai pas besoin de surveillance ! s'exclama aussitôt Stephie.

Il allait envoyer sa fille dans sa chambre quand Rebecca intervint :

— Bien sûr que non ! Tu n'as pas besoin que l'on te dise quoi faire, n'est-ce pas, Stephanie ? Tu m'as l'air parfaitement capable de t'occuper de toi-même. Je serais seulement là au cas où tu aurais besoin de moi. Cela tranquilliserait surtout ton père.

Stephie garda le silence, scrutant cette gouvernante éventuelle. Cette femme pouvait-elle devenir une alliée ?

— D'accord, dit-elle.

Celia, qui observait la situation avec satisfaction, se tourna vers Steve.

— Alors, monsieur Holder, qu'en pensez-vous ? Acceptez-vous d'offrir une période d'essai à Rebecca ? Disons, deux semaines ?

— Deux semaines, répéta Steve, sous le choc de la réponse de sa fille. Cela devrait suffire pour découvrir si nous pouvons travailler ensemble. Et vous commencez tout de suite.

Se tournant vers Stephie, Rebecca s'enquit :

— Et toi, Stephanie ? Deux semaines d'essai, ça te paraît bien ?

— Moi ? fit Stephie, surprise qu'une adulte lui demande son avis. Euh… oui, je pense.

— Dans ce cas, affaire conclue ! déclara Celia. Vous voici patron et employée.

— Je vous raccompagne, lui dit Steve. Ensuite, je dois retourner au bureau.

Arrivé dans l'entrée, il baissa la voix pour poursuivre :

— N'est-elle pas un peu jeune pour ce genre d'emploi ? Je pensais qu'elle serait plus…

— Plus âgée ? lança Celia.

— Non. Plus solide.

— Rebecca est une jeune femme très capable, Steve, Faites-moi confiance. Elle se révélera à la hauteur, vous verrez.

— Je n'ai pas de doute sur sa capacité à faire le ménage, mais pour Stephie…

— Elle saura très bien s'occuper de votre fille.

Elle se fondait sur son intuition, plutôt que sur le CV de Becky. Quelque chose en cette jeune femme lui inspirait confiance.

— Comment le savez-vous ? s'enquit Steve.

— La foi et l'instinct, répondit-elle en souriant.

Elle choisit de ne pas lui révéler la formation intellectuelle de Becky, ce n'était pas le moment. Si elle révélait à Steve que la personne qu'il venait d'employer comme gouvernante était sortie du MIT à dix-huit ans avec son diplôme en poche, soit il ne la croirait pas, soit il trouverait Becky encore plus inadaptée au travail qu'il lui confiait.

Il valait mieux qu'ils apprennent à se connaître avant de dévoiler cette information inhabituelle. Becky n'était pas seulement un brillant esprit ambulant, elle était aussi un être humain. Le genre de personne dont Steve Holder avait le plus grand besoin dans sa vie. Ainsi que sa fille.

Après avoir salué Steve et l'avoir assuré de rester en contact, elle s'éloigna, un sourire satisfait aux lèvres. Sans faire de triomphalisme, les choses s'annonçaient bien.

La mère de Becky nagerait bientôt dans le bonheur.

- 3 -

S'il n'avait pas accordé sa confiance à Celia depuis plus de cinq ans, Steve aurait hésité à confier sa fille à une toute nouvelle gouvernante. Mais Celia croyait en cette Rebecca Reynolds, et il savait qu'elle sélectionnait les membres de son équipe de nettoyage avec le plus grand soin. En conséquence, si cette jeune femme lui convenait sans restriction, elle lui convenait à lui aussi.

De toute façon, il n'avait pas le choix. C'était ça ou mettre sa fille en pension. Il avait un temps envisagé cette possibilité, allant même jusqu'à sélectionner les deux meilleurs pensionnats de la région. Mais il y avait vite renoncé. Cette solution l'aurait privé de sa fille pendant de longues périodes. Ce qu'il n'aurait pas supporté.

Jusqu'à maintenant, il n'avait pas été séparé d'elle plus d'un jour et demi, les rares fois où elle dormait quand il rentrait à la maison, et en repartait le matin de bonne heure, avant qu'elle se réveille.

Oui, Rebecca serait une gouvernante parfaite pour Stephie, songea-t-il en retournant dans la maison.

— Mademoiselle Reynolds, Mme Parnell vous a-t-elle dit que vous alliez habiter ici ?

— En fait, non, répondit-elle, visiblement surprise. Elle m'a dit que vous me parleriez vous-même de vos attentes.

Steve consulta sa montre.

— J'ai une réunion dans une heure et la circulation à cette heure-ci est critique.

— Donnez-moi les grandes lignes, et nous discuterons les détails ce soir à votre retour, suggéra Rebecca.

— L'essentiel, c'est que vous vous occupiez de Stephie…

— Stephanie, papa ! s'exclama sa fille.

— J'ai besoin que vous vous occupiez de Stephanie.

— Ce n'est pas la peine, bougonna cette dernière.

— D'accord, monsieur Holder.

Un sentiment de soulagement envahit Steve. Beaucoup restait à dire, mais il devait partir, et cette jeune femme semblait compréhensive.

— Allez à votre réunion, monsieur Holder. Nous parlerons de tout cela plus tard.

À ce moment-là, il sut. Cette jeune femme était parfaite. Le vrai test serait de voir si elle pouvait tenir une journée entière avec Stephie, sans s'enfuir.

Sortant une carte de visite de sa poche, il la tendit à Rebecca.

— Si vous avez besoin de m'appeler pour quoi que ce soit, voici les numéros où vous pourrez me joindre.

— Vous bougez beaucoup, si je comprends bien, fit-elle remarquer en lisant la carte.

— Essayez toujours le numéro en haut de la liste en premier. C'est mon portable. Des questions, avant que je parte ?

— J'en ai une, en effet. Vous rentrez bien ce soir ?

La question sembla le surprendre.

— Bien sûr.

— Alors tout va bien, répondit Rebecca avec un grand sourire.

— Pas pour moi, marmonna Stephie.

— Nous en parlerons ce soir, dit-il avant de disparaître.

La fillette, les bras ballants, avait les yeux fixés sur la porte qui se refermait.

Becky l'observa avec attention. À en juger par son attitude, elle se sentait abandonnée par son père. Il fallait trouver un moyen de l'assurer que tout irait bien.

— Je vais avoir besoin de beaucoup d'aide, Stephanie.

— Alors vous n'auriez pas dû accepter ce job, répliqua cette dernière d'un ton dédaigneux sans se retourner.

Becky ne se découragea pas, déterminée à faire de cette enfant une alliée.

— De l'aide *de ta part*, précisa-t-elle.

Cette fois-ci, la fillette se retourna, mais son visage demeura fermé.

— Je répète, vous n'auriez pas dû accepter ce job.

— Je ne suis pas ton ennemie, Stephanie.

Pour toute réponse, la petite fille la fixa avec hostilité. Mais cela ne la découragea pas.

— Tu sais pour qui je me sens désolée ? s'enquit-elle.

Comme Stephie ne répondait pas, elle poursuivit :

— Pour ton père.

Stephie lui jeta un regard noir. Cette femme n'avait pas le droit de parler de son père, même si celui-ci venait de l'abandonner, la laissant à la merci d'une intruse.

— Pourquoi ? grogna-t-elle.

— D'abord parce qu'il se sent dépassé à essayer d'élever une préado tout seul.

La loyauté obligea Stephie à prendre la défense de son père, même si cette étrangère disait quelque chose qu'elle-même avait souvent ressenti.

— Mon père n'est pas dépassé !

Becky observa la petite fille avec attention, comme si elle était capable de voir sous les couches de colère.

Sous ce regard, Stephie se sentit nerveuse tout en faisant de son mieux pour le dissimuler.

— Tu crois qu'il n'est pas dépassé ? demanda Becky.

Stephie se balança d'un pied sur l'autre.

— Ben… peut-être un peu.

Puis elle se redressa, comme si elle en avait trop dit.

— Comment vous le sauriez ? lança-t-elle avec défi.

— Parce qu'à une époque, j'étais comme toi.

Le regard de Stephie s'assombrit.

— C'est ça ! rétorqua-t-elle avec colère. Ce n'est pas parce que vous êtes une fille que nous sommes pareilles.

Becky se contenta de sourire. La réponse de l'enfant confirmait son hypothèse.

— N'en sois pas si sûre, murmura-t-elle.

— Bon, alors prouvez-le ! En quoi vous étiez comme moi ?

— Eh bien… j'avais toutes sortes de questions sur ce qui arrivait à mon corps, des questions que je ne savais pas formuler, et même si j'avais su, ma mère aurait été trop gênée pour répondre.

Elle vit une étincelle d'intérêt dans le regard de Stephie. Elle avait deviné juste.

— J'étais aussi plus intelligente que tous les autres enfants de mon âge, ajouta-t-elle.

Les yeux de Stephie s'agrandirent. Elle ne s'était manifestement pas attendue à ça !

— Beaucoup plus intelligente, comment ? lâcha-t-elle d'un air soupçonneux.

— D'abord, j'ai sauté plusieurs classes.

Stephie pencha la tête sur le côté, comme pour juger de sa sincérité.

— Combien de classes ? demanda-t-elle.

Décidément, cette enfant n'accordait pas facilement sa confiance, songea Becky. Mais ce n'était pas grave. Au même âge, elle non plus ne faisait confiance à personne. Pour la bonne raison qu'à l'école, des élèves plus âgés qu'elle l'avaient tourmentée, ridiculisée, car elle avançait beaucoup plus vite qu'eux en classe. À l'époque, elle avait honte de son intelligence, elle la vivait comme un poids, un fléau, pas comme une bénédiction. Elle eut soudain l'envie d'éviter cette épreuve à Stephie.

Quand Celia lui avait proposé ce job et avait mentionné la précocité de Stephie, elle avait décidé qu'elle ne mentionnerait pas ses diplômes, acquis à un très jeune âge, avant d'avoir apprivoisé la petite fille. Mais maintenant, elle changeait d'avis.

— La plupart des jeunes obtiennent leur diplôme vers vingt-deux ou vingt-trois ans, dit-elle.

— Je sais. Et vous, à quel âge vous avez eu vos diplômes ?

— Dix-huit ans.

Pour la première fois, Stephie perdit un peu de sa superbe, laissant percer l'enfant vulnérable sous la carapace.

— Vraiment ? murmura-t-elle, impressionnée.

— Vraiment.

La fillette demeura silencieuse un moment. Peut-être ne la croyait-elle pas ?

Mais après une hésitation, elle demanda :

— Euh… les autres enfants… les plus âgés, ils se moquaient de vous ?

— Certains, oui. Plus tard, j'ai compris que c'était

parce qu'ils ne savaient pas comment se comporter avec moi. Certains m'ont ensuite avoué qu'ils s'en voulaient de ne pas pouvoir rivaliser avec moi. Mais tu sais, nous sommes tous différents, chacun a ses propres talents. Mes camarades de classe auraient juste dû se concentrer sur leurs propres dons, au lieu d'être en colère contre moi.

Elle laissa à Stephie le temps de réfléchir à ses propos, puis reprit :

— Il y a des enfants qui se moquent de toi ?

— Non !

Tout de suite après, elle précisa d'une voix incertaine :

— Peut-être… oui…

— J'espère que tu comprends. Ils sont en colère contre toi parce que c'est beaucoup plus facile que de reconnaître leurs insuffisances.

Stephie la regarda d'un air songeur un instant.

— Vraiment ? demanda-t-elle.

— Vraiment, affirma Becky avec conviction. Fais-moi confiance. Dans quelque temps, si ces enfants sont intelligents, ils se rendront compte qu'ils se sont montrés injustes avec toi, alors qu'ils auraient dû travailler plus dur pour obtenir les mêmes notes que toi. Encore mieux, ils auraient pu étudier *avec toi*, pour comprendre pourquoi tu obtenais de bien meilleurs résultats qu'eux. En ce moment, tu crois sans doute que tu es seule, mais ça va changer, je t'assure. Et surtout, tu vas devenir celle qui réussit, celle qui devient quelqu'un. Alors qu'eux, s'ils ne changent pas de mentalité, ils resteront derrière pendant que tu caracoleras en tête.

Stephie ne répondit pas ; elle réfléchissait. Pouvait-elle croire ce qu'elle entendait ? Cette nouvelle gouvernante essayait-elle de l'embobiner ?

— Vous croyez ? souffla-t-elle.

— Bien sûr, répliqua Becky sans l'ombre d'une hésitation.

Mais Stephie ne paraissait pas convaincue.

— Si vous étiez si douée que ça, comment ça se fait que vous gagniez votre vie en faisant des ménages ? s'enquit-elle. Pourquoi ne faites-vous pas de choses plus… importantes ?

— Eh bien… je n'ai pas toujours fait des ménages. Tu sais ce que je faisais avant de décider de faire une pause et de devenir gouvernante ?

— Qu'est-ce que vous faisiez ?

Becky sourit. Sa vie passée lui semblait à des années-lumière.

— J'étais ingénieur, répondit-elle.

Stephie ouvrit de grands yeux. Comment pouvait-on passer du glorieux métier d'ingénieur à l'obscur métier de femme de ménage ?

— On peut arrêter d'être ingénieur pour devenir gouvernante ? lança-t-elle, nageant en plein doute.

— C'est ce que j'ai fait.

— Mais pour quelle raison ? Vous n'aimiez pas être ingénieur ?

— Au début, si, j'aimais beaucoup ça. Mais au bout d'un moment, j'ai trouvé que je subissais trop de pression, je ne faisais que travailler, et cela ne m'amusait plus. Alors j'ai décidé de faire une pause pendant un moment, pour respirer l'odeur des roses.

— C'est ce que tu as fait ? s'enquit Stephie, passant au tutoiement sans s'en apercevoir.

Elle avait un mal fou à comprendre ce que lui disait cette femme. En même temps, elle aimait qu'elle lui parle d'égale à égale. Trop de grandes personnes la traitaient comme si elle ne comprenait pas les choses. Son père ne la traitait pas ainsi, mais récemment la communication entre eux était devenue plus difficile.

— Tu es allée sentir les roses ? demanda-t-elle.

— Oui, répondit Becky. J'ai pris le temps d'apprécier les choses autour de moi.

— Être gouvernante, ça te permet de faire ça ?

— Jusqu'à maintenant, j'ai travaillé dans plusieurs maisons. Je faisais le ménage et ensuite je rentrais à la maison. J'avais du temps à moi. Ici, ce sera mon premier emploi sans rentrer chez moi le soir. C'est pourquoi j'espère que tu vas m'aider à m'habituer à cette nouvelle situation. J'aimerais être la meilleure gouvernante possible, tu comprends ? Je peux compter sur toi ? conclut-elle en lui tendant la main.

Médusée, Stephie contempla un instant la main tendue, puis son visage s'éclaira d'un grand sourire.

— Compte sur moi, déclara-t-elle en serrant la main de sa nouvelle gouvernante.

- 4 -

Pour une fois, Steve quitta son travail à l'heure. Comme d'habitude, les dossiers s'empilaient sur son bureau et il aurait pu rester à les étudier beaucoup plus longtemps. Mais en raison de la nouvelle situation à la maison, il voulait rentrer à une heure décente. Au cas où. C'était le premier jour de Rebecca avec Stephie, et il ne fallait pas que les choses tournent mal.

À dire vrai, Rebecca n'était pas la seule personne à l'essai. Il lui semblait que Stephie et lui étaient eux aussi sur la sellette. En somme, les deux camps s'observaient de près, se jaugeaient, évaluaient s'ils correspondaient aux attentes de l'autre partie.

Tout le long du chemin, il espéra très fort que Stephie se conduisait bien. Il aimait profondément sa fille. Elle était bourrée de qualités, et d'une intelligence hors norme. Même si, par moments, elle mettait ses nerfs à rude épreuve. Mais, de toute évidence, tout le monde n'était pas capable de vivre auprès d'une fillette qui entrait dans l'adolescence. Trois gouvernantes successives le lui avaient prouvé. Même la dernière en date avait eu du mal à affronter les questions incessantes de Stephie. De toute façon, Stephie ne l'avait jamais vraiment aimée.

En se garant dans son allée, il se détendit un peu en apercevant la voiture de Rebecca. Elle n'avait pas fui, c'était déjà bien.

Il y avait donc de l'espoir.

En ouvrant la porte de la maison, une délicieuse odeur vint titiller ses narines.

— Stephanie ? appela-t-il en se souvenant in extremis de ne pas employer le diminutif de sa fille. Mademoiselle Reynolds ?

Guidé par son odorat, il se rendit dans la cuisine, où il découvrit sa fille et sa nouvelle employée.

— Le dîner est prêt dans une minute, annonça Rebecca, comme si c'était une évidence.

— Vous avez préparé le repas ? s'enquit-il, étonné.

— N'est-ce pas ce que l'on attend d'une gouvernante ?

— Si je comprends bien, vous acceptez le job ?

— Je croyais que nous nous étions déjà mis d'accord.

Embrassant la cuisine du regard, il se racla la gorge. Non seulement elle avait préparé le dîner, mais l'ordre régnait dans la pièce, alors que chaque fois qu'il décidait de préparer un repas, cela générait un chaos de casseroles et de plats sales.

— Bien sûr, mais je vous laissais la possibilité de changer d'avis, répondit-il. Au cas où, après quelques heures, vous auriez jugé la situation trop… difficile, conclut-il en lançant un regard à sa fille.

Stephie transportait des assiettes.

— Que fais-tu ? lui demanda-t-il, surpris.

Il savait sa fille précoce et très brillante, mais elle ne manifestait aucun penchant pour la vie domestique. Il en portait la responsabilité, ne lui ayant jamais imposé aucune corvée quotidienne, à part faire son lit le matin. Le reste de sa chambre semblait toujours avoir subi un ouragan.

— Je mets le couvert, répliqua-t-elle sur le ton de l'évidence.

Fasciné, il la regarda disposer les assiettes puis les couverts, et plier les serviettes.

— N'oublie pas les verres, intervint Rebecca.

— Je vais le faire ! répondit vivement Steve, effrayé à l'idée que sa fille se blesse en les laissant tomber.

Rebecca retint un sourire, mais ne fit aucun commentaire. Égouttant les *linguine*, elle les versa dans le plat de service, disposa le bœuf Strogonoff dans un plat creux et transporta le tout sur la table.

— Vous avez préparé du bœuf Strogonoff, fit remarquer Steve avec un grand sourire.

— Stephanie m'a dit que c'était votre plat préféré, alors j'ai pensé que ce serait une bonne idée.

Une excellente idée ! Il avait un faible pour le Strogonoff, le premier plat que sa défunte femme lui avait préparé après leur mariage. Pour être honnête, il avait fallu un peu de temps à Cindy pour devenir une cuisinière acceptable.

En examinant la table de plus près, il s'aperçut que le couvert était mis pour deux personnes, pas pour trois. Une erreur de sa fille, sans aucun doute.

— Stephanie, dit-il gentiment, il manque une assiette sur la table.

— On m'a dit de mettre deux couverts, indiqua Stephie sur la défensive.

— Vous ne dînez pas avec nous ? s'enquit Steve en se tournant vers Rebecca.

— Je ne peux pas, je dois aller faire mes bagages. En acceptant ce travail, je n'avais pas compris qu'il impliquait mon installation chez vous.

— Mais… vous reviendrez demain matin, n'est-ce pas ? demanda Steve, soudain inquiet.

Il avait trouvé une personne idéale pour sa fille et lui, et ne voulait pas laisser passer pareille aubaine.

— Bien sûr, répondit Rebecca en souriant.

Rassuré, il s'installa à table. Il avait sauté le repas de midi, se contentant d'une barre chocolatée. L'odeur du Strogonoff lui sembla soudain irrésistible. Sans plus hésiter, il se servit une plâtrée de *linguine* et de bœuf. Incapable de résister plus longtemps, il entama son assiette.

Un délice. Cette jeune femme était décidément une perle.

Après s'être régalé d'une première bouchée, il se tourna vers Rebecca.

— Nous n'avons pas encore parlé de votre salaire, dit-il tout en prenant une autre bouchée. Dites-moi votre prix.

Sous aucun prétexte il ne voulait risquer de la perdre à cause d'un détail pratique de cette importance.

— C'est à vous et Mme Parnell d'en discuter, répondit-elle. Et au passage, sachez que pour le dîner, je me suis fait aider.

— Ah bon ? Vous avez commandé le repas ? s'enquit-il, un peu déçu.

Ses gouvernantes précédentes avaient trop souvent eu recours à cette facilité. Il en avait déduit que la cuisine était un art en perte de vitesse.

— Si c'est le cas, ajouta-t-il, cela doit venir d'un nouveau traiteur. Je n'ai jamais rien mangé d'aussi bon.

— Vous n'y êtes pas du tout. Le réfrigérateur étant vide, Stephanie et moi avons été faire quelques courses, et nous avons cuisiné toutes les deux.

— Vous et Stephanie ? répéta-t-il, incrédule.

— Oui.

Seule sa bonne éducation lui interdit de demander à la jeune femme si elle plaisantait. Abasourdi, il regarda sa fille. Jamais elle n'avait manifesté le moindre intérêt pour la confection des repas.

— Tu as aidé à faire le Strogonoff ? lui lança-t-il.

— Parfaitement, répondit Rebecca, une note de fierté dans la voix. Et à mon avis, elle est douée, conclut-elle en adressant un clin d'œil à Stephie.

Cette dernière rayonnait.

Quant à lui, il demeura sans voix.

Quelques minutes plus tard, après le départ de Rebecca, il n'avait toujours pas retrouvé la parole.

— Alors, comment ça s'est passé ? demanda Celia, en faisant de son mieux pour dissimuler sa curiosité.

Becky venait juste d'entrer dans son appartement quand son téléphone avait sonné. Laissant son sac tomber par terre, elle avait consulté son écran et avait à peine eu le temps de dire « allô » avant que Celia lui pose sa question.

— Très bien, je crois, répondit-elle. Et vous aviez raison, sa fille m'a rappelé mon attitude au même âge.

— Vous avez eu du mal à vous entendre avec elle ?

Celia tenait à s'assurer que Becky était contente de son choix. Malgré sa conviction d'avoir mis en contact deux personnes qui allaient bien ensemble, elle ne voulait imposer sa volonté ni à l'une ni à l'autre. Surtout pas à une jeune femme qu'elle avait appris à apprécier, au cours des trois dernières années.

— Au début, c'était un peu tendu, expliqua Becky. Je pense que c'est dû aux relations peu satisfaisantes qu'elle avait établies avec ses précédentes gouvernantes. Mais il n'a pas fallu longtemps pour qu'elle se détende un peu et ne me voie pas comme une ennemie. Je pense que nous avons pris un bon départ.

— Ravie de ces bonnes nouvelles. Mais pour être honnête, j'entends une petite réticence dans votre voix. Quelque chose cloche ?

Le souci que se faisait Celia plut à Becky, qui s'empressa de la rassurer.

— Oh non, rien ne cloche !

— Et pourtant, je sens que quelque chose vous tracasse.

Becky soupira. Puisque Celia le lui demandait, elle ne mentirait pas.

— Eh bien… c'est à cause de mon appartement, avoua-t-elle.

— Pardon ?

— Je n'avais pas compris que j'allais habiter chez eux.

— Et vous ne voulez pas vivre chez eux ?

— Il ne s'agit pas de ça. Au contraire, ce serait plus facile si j'habitais sur place. Mais quand j'ai emménagé dans mon appartement, j'ai signé un bail, et il me reste un an de loyer à payer. Et payer pour un appartement dans lequel je ne vis pas me contrarie. Je…

Soulagée que le problème ait une solution, Celia l'interrompit :

— Ne vous en faites pas ! J'ai une amie qui travaille dans l'immobilier, elle peut trouver quelqu'un pour sous-louer votre appartement.

— Oui, mais je ne sais pas combien de temps ce job va durer.

— C'est-à-dire ?

— Eh bien, vous savez sans doute que la dernière

fois que j'ai parlé à ma mère, je lui ai promis de songer à redevenir ingénieur.

— Je comprends, mon petit. Mais pendant que vous réfléchissez, vous pouvez continuer à aider M. Holder, non ?

— Bien entendu. Madame Parnell, vous avez une fille, n'est-ce pas ?

— Oui.

— Si vous me permettez cette question, comment gagne-t-elle sa vie ?

— Elle est détective privé.

— C'est ce dont vous aviez rêvé pour elle ?

Loin de là ! Elle avait été stupéfaite quand Jewel lui avait annoncé ses projets de vie. Mais elle avait gardé pour elle son appréhension, et tout s'était bien passé. Sa fille avait rencontré son mari grâce à son emploi et ils étaient très heureux, ensemble.

— Je voulais qu'elle soit heureuse, et le métier de détective privée lui convient parfaitement, répondit-elle.

— Votre fille a bien de la chance…

— Il faudrait le lui dire ! répliqua Celia en riant. Parce que je sais qu'il y a eu des jours où elle ne le pensait pas.

— Mais elle le pense à présent, n'est-ce pas ?

— Ça va ça vient. Mais bon, nous avons un problème à régler, vous et moi. Vous avez bien dit que vous preniez le poste de gouvernante ?

— Oui.

— Vous êtes heureuse de cette décision ?

Heureuse ? Autant qu'elle se souvienne, Celia ne lui avait jamais posé pareille question.

— Oui, heureuse, Becky. Je ne veux pas que vous croyiez que vous n'avez pas le choix. Au contraire, je souhaite que vous soyez satisfaite d'avoir accepté cet emploi.

De peur que Becky flaire quelque chose de louche, elle ajouta :

— Mon but est que tous mes employés soient heureux de faire ce qu'ils font, et non qu'ils pensent qu'ils n'ont pas d'autres choix.

— N'ayez aucune inquiétude, déclara Becky en souriant. Si cet emploi ne me convient pas, je vous le dirai. Vous êtes comme une seconde mère pour moi. Parfois vous comprenez mieux qu'elle ce que je ressens. Oui, j'accepterais ce job même s'il ne m'attirait pas, parce que vous me l'avez demandé. Mais heureusement, j'aime l'idée d'aider Stephanie à s'aimer, au lieu de se sentir mal parce qu'elle est très brillante et aime apprendre.

— Si vous jugez la situation bénéfique pour vous deux, c'est merveilleux ! Et n'oubliez pas le père, ajouta Celia d'un ton léger. Pour lui, vous serez une bénédiction. Vous répondrez aux questions de Stephanie, des questions qui donnent à ce pauvre homme le sentiment d'être à côté de la plaque.

— Il a l'air d'adorer sa fille, fit remarquer Becky d'un air rêveur.

— Tout à fait. Jusqu'à récemment, chaque fois qu'il avait un moment de loisir, il emmenait Stephie à la pêche, ou camper. Il était l'image du père aimant et qui se consacrait au bonheur de sa fille. Il aurait tout fait pour elle. Mais elle grandit, elle se cherche un peu d'espace bien à elle, dans un monde dont malheureusement il est exclu. Je crois que vous pouvez les aider tous les deux.

— Vous m'accordez beaucoup de crédit, murmura Becky, inquiète à l'idée de ne pas être à la hauteur.

— Vous le méritez, assura Celia avec chaleur.

— Cela veut dire que je ne peux pas vous décevoir, dit Becky en soupirant.

Celia se mit à rire.

— C'est exactement ce que j'espère, ma chère enfant. Exactement ça !

- 5 -

Le lendemain, Becky fut prête bien avant l'heure. Son état d'esprit naviguait entre excitation de débuter ce nouveau travail et crainte de ce qui l'attendait.

Cela lui rappelait l'époque où sa mère, animée d'un désir de normalité pour elle, l'avait envoyée en camp d'été pendant quinze jours, à l'âge exact de Stephie aujourd'hui.

Le premier jour, elle avait eu des papillons dans l'estomac, comme maintenant.

Malheureusement, les choses ne s'étaient pas déroulées comme sa mère l'avait espéré, et comme elle-même en rêvait, dans le secret de son cœur. Elle ne s'était pas fait beaucoup d'amis dans cette colonie de vacances. Très peu, en fait. Pour la bonne raison qu'elle ne partageait rien avec les jeunes de son âge. Avec ceux qui étaient plus âgés qu'elle, elle n'avait pas eu davantage de succès. Les deux groupes la considéraient comme quelqu'un de complètement hors norme. Trop âgée mentalement pour s'adapter au premier groupe, trop jeune physiquement pour s'immiscer dans le second.

Au cours de sa scolarité, après avoir lutté sans succès pour s'intégrer, elle s'était résignée à son involontaire statut de solitaire.

En sortant de l'université, elle avait trouvé sa propre niche, un emploi dans l'ingénierie. Elle travaillait avec une vaillance et une constance qui l'avaient conduite au bord du burn out. Acculée, elle avait ressenti le besoin impérieux de donner un autre sens à sa vie, de se reconstruire et de trouver la paix.

Avec beaucoup de volonté, elle avait fini par s'accepter telle qu'elle était. Une fois ce pas franchi, les gens autour d'elle l'avaient acceptée à leur tour. Pas tout le monde, mais suffisamment pour qu'elle ne se voie plus comme une anomalie. Elle trouvait en général sa nouvelle situation réconfortante et agréable.

Pourtant, en chargeant ses deux valises dans sa voiture, les mêmes papillons lui chatouillaient l'estomac. Pas avec la même violence qu'autrefois, mais avec assez de force pour la déstabiliser légèrement.

Peut-être avait-elle tort d'endosser ces nouvelles responsabilités ménagères et éducatives ? se demandait-elle tout en conduisant. Ne ferait-elle pas mieux de continuer à travailler pour Celia Parnell, aller au travail chaque matin, accomplir ses tâches ménagères puis rentrer chez elle à la fin de la journée ? Ce serait tellement plus simple.

Malgré tout, la veille n'avait pas été un désastre. Cela avait même pris l'allure d'un vrai succès. Un succès mineur, certes, rien à voir avec ce qu'elle accomplissait en tant qu'ingénieur au centre aérospatial, mais tout de même. Elle avait réussi à entrer en contact avec une fillette rebelle et l'avait même amenée à l'aider à préparer le repas !

Ce succès relatif l'incitait à persévérer. Elle poursuivrait cette expérience au moins jusqu'à la fin de la semaine prochaine, et dans le cas où sa présence aidait Stephie, eh bien…

Elle resterait une semaine de plus. Après tout, les progrès se font à petits pas, non à pas de géant.

Elle se retrouva dans l'allée des Holder sans savoir comment. Respirant profondément, elle se gara, éteignit le moteur et demeura un moment assise au volant, sans bouger. Elle se mettait en condition.

Celia Parnell semblait convaincue qu'elle était à la hauteur de ce job particulier. Il ne lui restait donc qu'une chose à faire : se couler dans le rôle, mettre un pied devant l'autre. C'était à sa portée !

Tout bien considéré, elle n'avait aucune raison de ne pas se faire confiance.

— Souviens-toi que les enfants sentent la peur, murmura-t-elle en sortant de sa voiture. Alors, chasse ta peur et vas-y !

Elle regretta une fois de plus qu'il n'y ait pas davantage de place en elle pour la confiance en soi.

Sortant ses valises de la voiture, elle les transporta jusque devant la porte d'entrée, puis appuya sur la sonnette.

La seconde d'après, Steve Holder ouvrait la porte en grand.

— Dieu merci, vous êtes là ! s'écria-t-il.

Le soulagement de cet homme effaça les derniers doutes qui subsistaient en elle.

— Vous savez dire ce qu'il faut pour accueillir quelqu'un, lui dit-elle en souriant.

— Pardon ? Ah, oui, bien sûr.

Steve cherchait ses mots quand il remarqua les bagages de Becky.

— Laissez-moi porter vos valises, proposa-t-il.

Avant qu'elle proteste, ses bagages disparurent dans la maison. Au lieu de les porter dans la chambre qui lui serait dédiée, Steve les déposa au milieu du salon, comme s'il n'avait pas encore décidé où elle dormirait.

Elle pensa d'abord qu'il était pressé, mais, en observant son visage inquiet, elle comprit : il était désespéré. Cela renforça le sens de sa mission : rétablir le déficit d'assurance que son nouveau patron manifestait. Sans quoi tout s'effondrerait.

— Quelque chose ne va pas, monsieur Holder ?

Steve aurait voulu mentir, prétendre que tout allait bien, mais si cette jeune femme était aussi intelligente que l'affirmait Celia Parnell, elle verrait tout de suite clair dans ses boniments.

— Il s'agit de Stephie, avoua-t-il.

Il en oubliait d'utiliser le véritable prénom de sa fille, c'était en ce moment le cadet de ses soucis.

— Elle ne veut pas que j'habite ici ?

— Ce n'est pas ça. En fait, hier après votre départ, elle a dit deux ou trois choses très gentilles à votre sujet. Elle avait l'air de très bien accepter votre présence chez nous, contrairement à l'accueil qu'elle a réservé à ses autres gouvernantes.

— Dans ce cas, je ne comprends pas…

— Moi non plus, murmura Steve. Nous parlions au petit déjeuner d'un projet qu'elle devait présenter en classe. Tout d'un coup, elle s'est levée pour se rendre dans la salle de bains. Sur l'instant cela ne m'a pas surpris, mais au bout d'un moment, ne la voyant pas revenir, je suis allé frapper à la porte de la salle de bains pour lui dire que nous allions être en retard. C'est là qu'elle m'a hurlé de m'en aller. J'ai essayé de parler avec elle, mais cela n'a fait qu'empirer. Qu'ai-je fait de mal ? Si elle continue à refuser de sortir de la salle de bains, je ne pourrai pas la conduire à ses cours de vacances avant de me rendre à mon travail.

Il consulta sa montre sans vraiment voir l'heure et poursuivit :

— Je prendrais bien un jour de congé, mais il se trouve que je dois faire une présentation au conseil d'administration de ma boîte…

Il jeta un regard vers la salle de bains. Quelle décision prendre ?

— Quelle est l'adresse de l'école ? s'enquit Becky.

Pris par l'urgence de la situation, il fallut à Steve quelques secondes pour se souvenir de l'adresse exacte.

— Ne vous inquiétez pas, monsieur Holder. Je conduirai votre fille à l'école moi-même.

— Mais… il va d'abord falloir la faire sortir de la salle de bains…

— Je m'en occupe, dit-elle avec un sourire.

Il aurait dû la remercier et partir, mais il hésita.

— Je ne peux pas vous laisser comme ça, dit-il.

— Partez tranquille. Votre entreprise vous attend. De mon côté, je prends Stephanie en charge. Tout ira bien.

Soulagé, Steve hocha la tête.

— Je n'arrive pas à comprendre ce changement d'humeur radical en quelques secondes, déclara-t-il. Je suis certain de ne rien avoir dit qui ait pu susciter pareille réaction. En quittant la table, elle avait l'air tout à fait normale. Pourquoi, tout d'un coup…

Il se tut et se frotta le front.

Becky avait une petite idée de ce qui s'était produit, mais elle la garda pour elle. Elle décida plutôt de réconforter son patron.

— Les adolescents ont des sautes d'humeur que l'on ne comprend pas toujours, dit-elle.

Cet argument ne convainquait pas Steve. Sa petite

Stephie n'était pas encore une ado, elle demeurait une enfant, sa copine de pêche. Cette soudaine réaction hostile ne lui correspondait pas.

— Mais elle n'a que dix ans, murmura-t-il.

— Stephanie est précoce. Elle est plus près de quatorze que de dix.

Après une hésitation, elle ajouta :

— À cet âge, il est beaucoup question d'hormones, cause d'un certain nombre de troubles du comportement.

Steve la regarda, abasourdi. Des *hormones* ? Sa petite fille ? Son bébé ? Tout cela arrivait trop vite pour lui, il avait du mal à suivre.

— Elle a des hormones ? répéta-t-il.

— Nous en avons tous. Les siennes sont en train d'éclore. Maintenant, allez-y ! Je m'occupe du reste.

Steve hésitait à laisser Rebecca seule avec ce problème sur les bras. D'un autre côté, il se sentait dépassé, et on l'attendait au bureau. Là-bas au moins, les problèmes avaient des solutions, et il était équipé pour les affronter et les résoudre. Tout n'était pas changeant et déroutant comme à la maison.

Rebecca avait raison, il devait partir.

— D'accord, dit-il. Mais si Stephie ne veut pas sortir de la salle de bains, appelez-moi. Vous avez toujours ma carte, n'est-ce pas ?

— Oui.

À peine avait-il atteint la porte qu'il se retourna.

— Vous êtes sûre de ne pas m'en vouloir de vous laisser seule avec Stephie ?

— C'est pour ça que vous m'employez, lui rappela-t-elle d'une voix chaleureuse.

— Bien entendu, mais c'est votre premier jour entier, et j'ai l'impression de vous pousser dans la gueule du loup.

— Disons plutôt la gueule d'un petit chaton…

L'espace d'une fraction de seconde, il sourit. Toujours incertain, mais convaincu qu'au fond elle avait raison, il se décida à partir.

Dès la porte refermée, Rebecca se dirigea vers la salle de bains. Bizarrement, l'inquiétude qui l'avait fait flancher dans la voiture avait complètement disparu.

Elle se tint un instant immobile devant la porte fermée, puis frappa un léger coup.

Avant qu'elle prononce le moindre mot, Stephie hurla :

— Je t'ai dit de partir !

En comparaison de sa silhouette menue, cette gamine avait une sacrée voix, songea Becky avant d'annoncer :

— Stephanie, c'est moi, Becky.

Le fait qu'il ne s'agisse pas de son père ne calma pas la petite fille pour autant.

— Va-t'en ! cria-t-elle. Je veux qu'on me laisse seule !

— Eh bien, cela ne va pas être possible. Tôt ou tard, tu devras sortir et me parler.

— Non ! rétorqua Stephie avec férocité. Je ne veux parler ni à papa ni à toi ! Va-t'en ! Partez tous les deux !

— La moitié de ton souhait est réalisée, ton père est parti. Il voulait rester parce qu'il s'inquiète pour toi, mais je lui ai dit d'aller travailler. Il n'y a que toi et moi dans la maison, Stephanie. Pourquoi ne sors-tu pas ?

— Non !

Becky ne s'était pas attendue à ce que ce soit facile. Une nouvelle fois elle se souvint d'elle au même âge que Stephie, à quel point elle doutait de tout et de tout le monde.

— Tu sais, Stephanie, c'est beaucoup plus agréable au salon que dans la salle de bains.

— Je t'ai dit de *partir* !

En écoutant avec attention, il sembla à Becky que Stephie pleurait.

— Tu sais, tu peux tout me dire, Stephanie. J'ai eu ton âge, autrefois, et je sais que des tas de choses effrayantes sont en train de t'arriver. Tes hormones se réveillent, et à cause d'elles, tu te sens heureuse par moments, et à d'autres moments, tu es très en colère, sans comprendre pourquoi. Pendant ce temps, ton corps subit des changements et tu ne sais pas les interpréter.

Elle marqua une pause, dans l'attente d'une réponse, qui ne vint pas.

— Si tu ouvres la porte et me laisses entrer, nous pourrons nous parler. Peut-être que je serai capable de te rassurer.

— S'il te plaît, va-t'en, supplia Stephie d'une voix tremblante.

— Non, Stephanie, répliqua Becky en se laissant glisser le long du mur pour s'asseoir par terre. Je vais rester ici jusqu'à ce que tu te décides à me parler. J'attends. Je n'ai rien d'autre à faire.

Elle entendait presque les minutes s'écouler. Enfin la porte de la salle de bains s'entrebâilla lentement. Stephie se tenait sur le seuil, toute menue et perdue. Elle avait chassé ses larmes du dos de la main, mais les traces de sa peur se lisaient sur son visage.

— Je meurs, Becky, murmura-t-elle avant d'éclater en sanglots.

Becky s'était relevée en entendant la porte s'ouvrir.

Elle voulut entourer de ses bras la fillette en larmes, mais elle s'en empêcha. Il fallait d'abord l'écouter.

Elle prenait au sérieux ce qu'elle venait d'entendre.

— Qu'est-ce qui te fait croire que tu vas mourir ? demanda-t-elle avec douceur.

Stephie s'efforçait de ne pas trembler.

— Parce que… parce que… quand je suis allée dans la salle de bains…

Sa voix se brisa un instant, puis elle reprit d'un air terrifié :

— Il y avait tout ce sang. Ça veut sûrement dire que je vais mourir.

Cette fois-ci, débordante de compassion, Becky serra Stephie dans ses bras. Personne n'avait pris soin d'expliquer à cette petite fille certains faits de la vie.

— Non, mon chou, tu n'es pas en train de mourir, assura-t-elle.

— Mais je saigne !

Le cœur de Becky se gonfla de tendresse.

— Cela veut seulement dire que tu deviens une femme.

— Quoi ?… Ah oui ?

Stephie se méfiait, et en même temps elle essayait de croire les révélations de sa nouvelle gouvernante. C'était tellement moins horrifiant que ce qu'elle avait imaginé…

— Je t'assure, ma belle. Dis-moi… si tu ratais l'école, aujourd'hui ?

Stephie se frotta les yeux pour chasser ses larmes et haussa les épaules.

— Comme tu veux, répondit-elle.

— Bon ! Alors voilà ce que l'on va faire ! Nous allons aller à la pharmacie pour acheter des fournitures très utiles, et ensuite nous irons dans une librairie.

— Une librairie ? Pour quoi faire ?

— Parce que je veux t'acheter quelques livres qui t'expliqueront ce qui se passe en ce moment dans ton corps. Ils le feront beaucoup mieux que moi.

La terreur avait disparu du visage de Stephie.

— Alors… je ne vais pas mourir ?

— Non. Pas avant très très longtemps, affirma Becky. En aucun cas maintenant.

Puis elle l'embrassa sur le front en riant et déclara :

— Et à présent, tu vas faire ta toilette, et nous partons faire les courses.

Cette fois-ci, Stephie ne résista pas.

- 6 -

Personne ne répondait.

Au son de sa propre voix sur le répondeur de son téléphone fixe à la maison, Steve raccrocha.

Il n'y avait personne chez lui.

Qu'est-ce que cela signifiait ?

Rebecca avait-elle réussi à calmer sa fille et à la conduire à l'école ? Stephie, enfermée dans un tourbillon émotionnel incompréhensible, s'était-elle enfuie de la maison ? Dans ce cas, Rebecca ratissait-elle le voisinage, à la recherche de cette gamine impossible ?

Mais, dans cette hypothèse, pourquoi Rebecca ne l'avait-elle pas appelé ? Il lui avait pourtant donné sa carte, sur laquelle se trouvaient inscrits ses différents numéros de téléphone !

Terriblement inquiet, il composa encore une fois le numéro de la maison. À la cinquième sonnerie, le téléphone bascula une nouvelle fois sur le répondeur.

Exaspéré, il jura. Pourquoi n'avait-il pas songé à prendre le numéro du portable de Rebecca ?

Chris Wallach, passant la tête dans l'entrebâillement de la porte de son bureau, l'appela :

— Holder, on te réclame à la réunion.

Steve se leva. Il abandonnait. Toute la matinée, il avait été incapable de s'immerger dans le travail. Ses pensées revenaient sans cesse à la scène chaotique qu'il avait laissée derrière lui en quittant la maison. Jamais auparavant il n'avait vu Stephie dans cet état, et cela le plongeait dans un abîme d'inquiétude. Mais que faire, à part tout laisser tomber et se précipiter chez lui ? Et s'il rentrait et ne trouvait ni Stephie ni Rebecca...

D'ordinaire, il ne lâchait jamais la bride à son imagination. Cindy se moquait toujours de lui, l'accusant de manquer cruellement d'imagination. À part pour ses chiffres bien-aimés, ajoutait-elle avec une indulgence rieuse.

Aujourd'hui, en revanche, il se surprenait à imaginer toutes sortes de choses horribles, sans parvenir à s'en empêcher.

Il allait assister à cette réunion en espérant que cela le distrairait de ses angoisses, sans ça il demeurerait la proie de pensées négatives qu'il ne pouvait combattre.

— Holder ? répéta Chris Wallach, désemparé.

— J'arrive, marmonna Steve en le suivant.

— Tu as l'air très distrait aujourd'hui. Tout va bien chez toi ? demanda Chris en appuyant sur le bouton de l'ascenseur.

Steve haussa les épaules avant d'avouer :

— C'est Stephie, elle se comporte bizarrement...

— Bizarrement comment ?

Steve hésita un peu, et soudain il se mit à tout raconter.

— Ce matin nous discutions en prenant le petit déjeuner. À un moment, elle a quitté la table pour se rendre dans la salle de bains, mais elle n'est pas revenue. Je lui ai demandé ce qui n'allait pas...

— Tu lui as parlé à travers la porte, c'est ça ?

— C'est ça. C'est là qu'elle s'est mise à hurler en exigeant que je m'en aille.

— Qu'est-ce que tu as fait ?

— Rebecca Reynolds, la nouvelle gouvernante, est arrivée à ce moment-là. Elle avait l'air de se sentir capable de maîtriser cette situation. Elle m'a poussé à aller travailler, j'ai suivi son conseil, mais maintenant je n'arrive pas à la joindre.

Ils entrèrent dans l'ascenseur et Chris appuya sur le bouton du huitième étage.

— Stephie suit des cours de vacances, c'est bien ça ? demanda-t-il.

— Oui. Tu penses qu'elle est à l'école ?

— C'est une possibilité. Dis-moi… Stephie suit ces cours parce qu'elle n'a pas de bons résultats scolaires ?

Certains enfants suivaient des cours durant l'été parce qu'ils n'avaient pas le niveau requis, mais ce n'était pas le cas de sa fille.

— Non. Elle suit des cours supplémentaires de son plein gré, répondit-il avec fierté. Elle adore apprendre. Pourquoi cette question ?

— Je crois comprendre ce qui se passe.

— Quoi ?

— La même chose est arrivée à Wendy cette année. Il y a un garçon là-dessous.

Le front plissé, Steve essayait de comprendre.

— Comment ça, un garçon ?

— C'est à cause d'un garçon que Stephie se comporte comme elle le fait, expliqua Chris. Elle est probablement amoureuse d'un garçon, qui a déjà une petite amie, et ça la bouleverse. Quand les filles sont bouleversées, c'est toute une histoire, crois-moi !

Steve considérait son collègue comme s'il parlait une

langue étrangère. Petite amie ? Amoureuse ? Un garçon ? L'idée lui paraissait complètement saugrenue.

— On parle d'une petite fille de dix ans, fit-il remarquer.

— Les choses ne sont pas comme de notre temps au même âge. Quoique… en y repensant, à l'époque, il y avait une petite blonde dont je…

— Il n'y a pas de garçon, Wallach. Je connais ma fille.

Chris le considéra avec pitié.

— Tu *crois* la connaître, Holder. Il y a un garçon là-dessous, je te le garantis.

Steve devait rendre un rapport le lendemain matin à la première heure. En toute logique, il aurait donc dû rester au bureau pour achever ses plans et mettre toutes les informations au propre. Mais puisqu'il ne s'agissait pas de documents classifiés à enfermer au coffre la nuit, ni d'informations top secret, il pourrait travailler à ce rapport chez lui, plus tard le soir, quand il se serait assuré que Stephie allait bien.

Mettant tous les documents nécessaires dans son attaché-case, il prit garde de ne rien oublier d'essentiel et quitta son bureau.

La réunion d'aujourd'hui avait duré plus longtemps que d'habitude à cause d'un débat houleux sur la procédure. Il avait dû rester avec les autres jusqu'à ce que le problème soit résolu. Cela l'avait empêché de rappeler la maison encore une fois. L'intensité de la réunion l'avait aidé à se concentrer sur son travail, sans échafauder d'angoissantes hypothèses.

Mais, dès qu'il s'installa au volant de sa voiture, tout lui revint en masse. Il eut le plus grand mal à respecter les limitations de vitesse, chaque fois qu'un feu passait au rouge, il jurait entre ses dents, ce qu'il ne faisait jamais en temps normal. Il essayait de se convaincre que Chris avait raison, Stephie avait succombé aux charmes d'un garçon de onze ou douze ans, mais cela entraînait d'autres difficultés. Mieux valait ne penser à rien du tout.

Plus facile à dire qu'à faire.

En se garant dans son allée, il se sentait prêt à exploser. À peine son moteur éteint, il se précipita vers la porte d'entrée de la maison, qu'il ouvrit avec fracas, se préparant au pire, sans vraiment savoir à quoi s'attendre.

En entendant un éclat de rire en provenance de la cuisine, il s'arrêta net.

C'était le rire de Stephie, il l'aurait reconnu entre mille.

Soulagé au-delà de tout, il se dirigea vers la cuisine et y trouva sa fille et la gouvernante travaillant ensemble tout en s'amusant d'une histoire que Rebecca racontait.

— Alors le soufflé s'est effondré, comme une crêpe, disait cette dernière en nettoyant le comptoir.

— Comment tu as réagi ? demanda Stephie, les yeux ronds.

— Qu'est-ce que je pouvais faire ? On l'a mangé tel quel, et c'était bon, figure-toi, malgré l'aspect raté ! La morale de cette histoire, c'est la suivante : les choses ne tournent pas toujours comme on l'a prévu, mais ce n'est pas pour autant qu'il faut les éliminer. Et ce que l'on a gardé se révèle souvent meilleur qu'on ne le croyait.

— Et quelle morale tire-t-on du fait de ne pas appeler son patron pour le rassurer ? intervint brusquement Steve.

Stephie et Rebecca se retournèrent ensemble, surprises de son arrivée inopinée. Sa fille avait l'air heureuse de le voir, nota-t-il, même si tout de suite après elle reprit un air neutre.

Le rire de sa fille avait chassé d'un coup le stress qui l'avait tenaillé tout l'après-midi. Mais il fallait tout de même mettre les choses au clair avec Rebecca, après les huit heures d'angoisse qu'il venait de vivre.

— Mais… je vous ai appelé, protesta Rebecca, visiblement étonnée de l'accusation. Aux environs de 10 heures.

— Ah bon ? Et que vous ai-je répondu ?

— Vous ne m'avez pas répondu, une voix m'a demandé de laisser un message sur le répondeur, ce que j'ai fait.

— Je l'ai vue faire, intervint Stephie avec solennité.

— Avez-vous vérifié vos messages ? demanda Rebecca.

— J'ai vérifié mon répondeur quatre fois. Aucun message.

Rebecca avait l'air tellement navrée qu'il eut honte de l'avoir accusée.

— Je suis désolée, monsieur Holder. J'aurais dû rappeler, mais je croyais vraiment que j'avais appelé le bon numéro.

— Tu t'inquiétais, papa ?

Steve n'en revenait pas. Stephie s'intéressait à lui ? Après ces dernières semaines frustrantes, les choses étaient-elles revenues à la normale ? Tout semblait indiquer que ce qui paraissait si insupportable à sa fille ce matin était résolu, ou en passe de l'être.

Plutôt que faire semblant qu'il ne s'était rien passé ce matin, il répondit avec honnêteté :

— Je me suis terriblement inquiété, tu veux dire. Ce n'est pas comme si j'avais une fille de rechange, dit-il avec un petit sourire. Je ne l'ai pas encore achetée.

— Elle ne serait pas aussi bien que moi, rétorqua Stephie. Moi, je suis l'original !

Il se mit à rire.

— Ça, c'est vrai !

Puis, regardant les fourneaux, il aperçut une poêle.

— Qu'êtes-vous en train de faire ? s'enquit-il.

— Becky m'apprend à faire un poulet au parmesan ! annonça Stephie fièrement. Il y a aussi des brocolis, ajouta-t-elle avec une grimace. C'est bon pour la santé, *il paraît*.

Elle détestait les brocolis. Le fait d'accepter de les cuisiner était un miracle, songea Steve.

Il se tourna vers Rebecca, un peu gêné de s'être fâché contre elle. Maintenant, éperdu de reconnaissance devant le changement qu'il constatait chez sa fille, il avait envie de l'embrasser. Il n'était pas idiot au point d'imaginer que Stephie et lui allaient reprendre leur relation d'autrefois, mais la possibilité d'établir une sorte de paix se profilait. Il saurait s'en contenter.

— Rebecca, dînerez-vous avec nous, cette fois-ci ? demanda-t-il.

— Le souhaitez-vous ?

Avant de répondre, il interrogea sa fille du regard. Heureuse d'être consultée, celle-ci hocha la tête avec vigueur, les yeux brillants.

— Oui, bien sûr, affirma-t-il.

— Dans ce cas, ce sera avec plaisir, dit Rebecca. Le dîner sera prêt dans dix minutes.

— Alors, Stephanie, qu'as-tu fait aujourd'hui, à part me faire risquer une crise cardiaque ?

— Oh ! papa…, murmura Stephie en levant les yeux au ciel.

— Qu'as-tu fait à l'école ?

— Je… je ne suis pas allée à l'école, indiqua-t-elle après une courte hésitation, comme si elle craignait sa réaction. Je… J'ai fait l'école buissonnière. C'était cool.

Surpris, il ne sut que répondre. Il était fier des excellents résultats scolaires de sa fille, mais il s'inquiétait souvent de ne jamais la voir s'amuser comme une enfant de son âge. L'entendre dire qu'elle avait fait quelque chose de répréhensible mais courant l'emplit d'un espoir disproportionné.

L'attrapant par la taille, il la serra contre lui et la fit tournoyer, puis il la remit sur pied en prenant un air faussement sévère.

— Ne le refais plus, dit-il.

Elle prit un air contrit pour répondre :

— Promis.

En les observant tous les deux, Becky ne put s'empêcher de sourire. L'orage semblait s'éloigner, peut-être serait-il plus facile de continuer à naviguer. Il y aurait sans doute d'autres tempêtes, mais le pire se trouvait derrière eux…

Steve regarda Rebecca du coin de l'œil. Elle ressemblait si peu à la gouvernante type. Il l'aurait plutôt vue mannequin ou créatrice de mode. Elle se comportait avec grâce et assurance. À cent lieues de l'image d'Épinal de l'employée de maison !

— Pourrais-je vous parler un instant ? lui demanda-t-il en baissant la voix.

— Stephanie, tu veux bien aller mettre la table pour trois, s'il te plaît ?

— Bien sûr, répondit Stephie avec un large sourire.

Une fois la fillette hors de la pièce, Rebecca se tourna vers lui.

— Vous vouliez me demander quelque chose ?

Oui. Pourquoi ne fondez-vous pas une famille bien à vous ?

Cette pensée involontaire surgie de nulle part le prit par surprise. Il la repoussa vivement, déterminé à ne plus se laisser distraire.

— Oui, dit-il en se raclant la gorge. C'est au sujet de ce matin.

— Je vous écoute.

— Est-ce que Stephie se comportait comme elle l'a fait dans la salle de bains à cause d'un garçon ?

La question déconcerta Becky. D'où venait une telle hypothèse ?

— Non, cela n'avait rien à voir avec un garçon. Pourquoi ? Il y a un garçon dont je devrais connaître l'existence ?

— Pas que je sache. Je pensais juste que peut-être…

Maintenant qu'il l'énonçait à haute voix, l'hypothèse lui semblait ridicule.

— Quelqu'un au bureau m'a expliqué que sa fille avait des sautes d'humeur terribles à cause d'un garçon dont elle était amoureuse, et qui ne la regardait même pas. Je pensais que peut-être…

— Il ne s'agissait pas d'un garçon, assura Becky.

— De quoi s'agit-il, dans ce cas ?

Elle s'attendait à cette conversation, sans se sentir prête à entrer dans les détails. Stephie devait d'abord s'habituer à ce changement physiologique avant que son père en soit informé. Elle se souvenait de ce qu'elle avait ressenti quand cela lui était arrivé. Cela nécessitait un ajustement intérieur.

— D'hormones, répondit-elle avec légèreté. Ni plus ni moins.

Steve sembla se satisfaire de cette réponse.

Au moins en apparence.

- 7 -

— Alors, qu'est-ce que tu en penses, papa ? demanda Stephie. C'est bon, non ?

En fait, Steve se rendait à peine compte du goût de ce qu'il mangeait.

Il avait passé toute sa journée sur des montagnes russes émotionnelles. Et même à présent, il n'en était pas encore vraiment descendu.

Soulagé et ravi de voir à quel point Stephie allait bien, il n'en éprouvait pas moins une sorte d'angoisse résiduelle en songeant à la façon dont les choses auraient pu tourner. Inquiet de savoir sa fille enfermée dans la salle de bains, il avait atteint le point d'angoisse total au moment où il avait téléphoné et où personne n'avait répondu…

Son sang s'était alors figé dans ses veines.

Il avait été catapulté six ans en arrière, le soir où il n'avait pas réussi à joindre Cindy au téléphone. Au début, n'ayant pas de sujet de tracas particulier, il ne s'était pas inquiété. Mais peu après, quand son directeur l'avait convoqué dans son bureau, en présence d'un agent de police, il avait compris que quelque chose n'allait pas.

Cependant, sur le moment, il n'avait pas imaginé que le cours de sa vie venait de basculer. Le policier lui avait appris que Cindy avait confié Stephie à une voisine, le temps d'aller faire une course au supermarché, où elle avait eu la malchance de se retrouver en plein milieu d'un vol à main armée.

Il lui avait fallu des mois pour admettre ce qui était arrivé à sa femme. Encore maintenant, il y avait des moments où il doutait de parvenir à surmonter ce traumatisme.

— Papa ?

Il cligna des yeux et revint avec peine au moment présent. Sa fille attendait manifestement une réponse, mais quelle était la question, au juste ?

Comprenant d'instinct que son patron avait perdu le fil de leur discussion, Becky se porta discrètement à son secours.

— Votre fille apprend très vite, monsieur Holder. Elle m'a observée quelques minutes, puis elle a cuisiné le poulet au parmesan pratiquement toute seule. Comment le trouvez-vous ?

Les choses se remirent aussitôt en place dans l'esprit de Steve. Après avoir adressé à Becky un regard plein de gratitude, il se tourna vers Stephie.

— Je n'ai jamais mangé meilleur poulet au parmesan de ma vie, affirma-t-il avec enthousiasme.

Stephie lui lança un regard dubitatif.

— Tu n'es pas obligé d'en faire trop, tu sais, dit-elle.

— Je t'assure, insista-t-il en y mettant le ton. Ce repas est un des meilleurs que j'aie mangé.

Cette fois-ci, Stephie décida visiblement de le croire et elle sourit, heureuse de ce compliment.

— En fait, Becky m'a aidée, elle m'a montré comment faire.

— Becky ? Tu parles de Mlle Reynolds, je pense ?

— Je n'ai pas d'objection à ce que Stephanie m'appelle

par mon diminutif, intervint Becky. Au contraire, c'est plus simple et plus chaleureux.

Appeler sa gouvernante par son prénom, n'était-ce pas lui manquer de respect ? se demanda Steve. Il allait le faire remarquer quand il réfléchit. C'était un détail. De plus, en cet instant, Stephie se comportait comme la petite fille qu'il connaissait depuis toujours. Il en éprouvait une telle joie qu'il aurait accepté n'importe quoi pour que cela continue. Et puis « Becky » lui convenait mieux que « Rebecca ».

— Eh bien, si vous n'avez pas d'objection, mademoiselle Reynolds, je n'en ai pas non plus.

— Parfait ! dit-elle en souriant. Affaire conclue !

Repoussant son assiette vide, Steve se leva et enchaîna :

— Maintenant que nous avons fini de dîner, je vais me consacrer au rapport que j'ai rapporté à la maison pour y travailler.

— Travailler ? Maintenant ? murmura Stephie d'une petite voix triste.

La déception qu'il lut sur le visage de sa fille le troubla. Il devait impérativement rendre ce rapport demain à la première heure. Mais d'un autre côté, il refusait de faire semblant de ne pas remarquer le regard triste de sa fille. Pas au moment où elle changeait d'attitude à son égard.

— Oui, j'ai du travail, pourquoi ? Tu avais quelque chose en tête ? s'enquit-il.

— C'est mardi, répondit Stephie comme si cela expliquait tout.

Comme il ne semblait pas comprendre, elle soupira d'un air dramatique et précisa :

— Il y a la série à 20 heures, tu te souviens ? Celle avec le détective et sa fille…

— *Slater and Daughter* ?

Stephie aimait regarder cette série. Cela durait depuis trois saisons, et jusqu'à récemment ils n'avaient pas raté un seul épisode. Depuis deux mois pourtant, la *nouvelle* Stephie avait décrété que cela ne l'intéressait plus car elle était trop grande pour ce genre de séries.

Étant donnée la situation, Steve ne pouvait se permettre de sauter l'épisode de ce soir. Il ne durait qu'une heure, de toute façon, ensuite Stephie irait se coucher, comme d'habitude.

— J'avais oublié, avoua-t-il. Allons le regarder ensemble.

Le sourire radieux de Stephie le récompensa au-delà de tout. Pour combien de temps, il l'ignorait, mais sa fille chérie lui était rendue. Il faudrait être fou pour sacrifier ce bonheur à son travail.

Comme ils quittaient la cuisine, Stephie se tourna vers Becky.

— Tu viens regarder l'épisode avec nous ?

— J'aimerais bien mais… je crains de vous déranger, c'est votre moment familial.

— Pas du tout, décréta Stephie. C'est une bonne série, ça va te plaire.

Becky se tourna vers Steve qui lui fit la même réponse.

— J'arrive tout de suite, alors, dit-elle. Je vais juste mettre les assiettes dans l'évier.

— Dans l'évier ? répéta Stephie. Tu n'utilises pas le lave-vaisselle ?

— Je trouve plus rapide et plus propre de laver les assiettes et les plats au fur et à mesure que je les utilise, répondit-elle tout en rinçant la vaisselle sale avant de la poser dans l'évier. Et j'aime bien l'odeur du liquide vaisselle.

Elle s'essuya les mains avec un torchon et s'exclama joyeusement :

— Et voilà ! Je suis prête !

— Super ! répondit Stephie en s'élançant vers le salon.

— Vous êtes sûr que je ne m'impose pas dans votre vie de famille, monsieur Holder ?

Il lui jeta un regard étonné.

— Vous plaisantez ? Sans vous, tout cela ne serait pas en train d'arriver, fit-il remarquer.

Elle hocha la tête et lui sourit.

— Combien de temps va vous prendre ce rapport que vous devez rédiger ? demanda-t-elle, alors qu'ils arrivaient au salon.

— Quand Stephie sera couchée, je vais y passer la nuit, je pense. Mais ça en vaut la peine.

Becky l'admira. Combien de pères auraient accepté de travailler toute la nuit juste pour faire plaisir à leur enfant ?

— Vous êtes un bon père, dit-elle avant de s'avancer vers le canapé.

Elle prit place à droite de Stephie tandis que Steve s'asseyait à sa gauche. Tout cela ressemblait fort à une soirée familiale.

Elle retint un sourire. Si sa mère pouvait voir cette scène, elle serait aux anges. Bien entendu, elle lirait le scénario complètement de travers !

D'ailleurs, il allait falloir parler à sa mère de ce nouvel emploi. Mais pas tout de suite. Au moment même où elle le lui annoncerait, elle devrait se défendre, expliquer ses motivations, étayer ses choix. Cela la fatiguait d'avance…

À son avis, elle était beaucoup plus utile ici que dans la boîte d'ingénieurs où elle avait travaillé pendant trois ans. Aider Steve à comprendre sa fille et à renouer avec elle était une tâche très gratifiante.

Elle entendait presque la voix de sa mère l'exhortant à cesser de s'occuper des familles des autres pour en fonder une bien à elle.

Sa mère pensait que les couples se formaient comme par miracle. Qu'il suffisait de le vouloir !

Pour l'instant, elle était ravie de voir que la relation entre Steve et sa fille semblait reprendre vie, songea-t-elle en regardant du coin de l'œil le duo que formaient le père et sa fille.

— Ça te plaît ? lui demanda Stephie quand arrivèrent les inévitables publicités.

— Beaucoup, répliqua Becky avec sincérité.

— Qu'est-ce que tu aimes le plus ? s'enquit Stephie, visiblement heureuse de sa réponse.

— J'aime le fait qu'ils sont tous les deux intelligents. Les scénaristes auraient pu faire des choix différents. Par exemple, ils auraient pu créer un des personnages intelligent, tandis que l'autre aurait été simplement gentil et simple, mais ils n'ont pas pris cette option.

— Moi aussi j'aime ça ! s'exclama Stephie avec enthousiasme. Et toi papa, tu es d'accord avec nous ?

— Tout à fait, mais je suis de parti pris, répondit Steve avec affection. J'ai une fille très intelligente.

— Oh papa…, murmura Stephie en levant les yeux au ciel.

Puis se tournant vers Becky, elle ajouta avec embarras :

— Il dit tout le temps ce genre de trucs.

Sur ce, l'écran capta son attention de nouveau.

— Chut, ça recommence, déclara-t-elle.

À la fin de la série, ils regardèrent le générique jusqu'au bout, puis Steve se leva.

— Il est temps d'aller te coucher, ma chérie. Quant à moi, je dois vraiment m'atteler à mon rapport.

— D'accord, répondit-elle en quittant la pièce. Bonne nuit, à demain.

Remarquant que Becky la suivait, elle lâcha :

— Pas la peine de venir avec moi. Je sais aller me coucher toute seule !

— Je m'en doutais. Je voulais seulement te dire bonsoir.

Stephie la regarda un instant d'un air pensif, puis proposa :

— Tu peux venir avec moi si tu veux, comme ça tu me diras quels passages de *Slater and Daughter* tu as préférés.

— Ça va être difficile, répondit Becky en la suivant dans sa chambre.

Les yeux de Stephie scintillèrent.

— Toi aussi, tu penses ça ? s'écria-t-elle. Moi j'ai surtout aimé le moment où ils ont résolu le problème et se sont mis à jouer à un *laser game*. Ça avait l'air super !

— Ton père et toi y avez déjà joué ?

— Non, répondit Stephie en commençant à se déshabiller. Nous avons parlé d'y jouer une fois ou deux, mais il avait trop de travail.

— Tu pourrais peut-être remettre le sujet sur le tapis, lui dire à quel point tu as envie d'y jouer avec lui.

— Tu crois que je peux ?

— Stephanie, ton père te donnerait la lune et les étoiles s'il le pouvait. Alors oui, je suis sûre que jouer à des jeux avec lui est tout à fait possible. Il faut juste que tu sois flexible quant au moment. Ton père a vraiment l'air de crouler sous le travail.

Stephie enfila son pyjama et se rendit dans la salle de bains pour se laver les dents.

— Ça, c'est sûr, dit-elle. Dans sa boîte, ils le font travailler jusqu'à la limite. Parfois, je pense que papa n'a pas de temps à me consacrer.

Becky sourit.

— C'est drôle, ton père pense la même chose à ton sujet.

Ne voulant pas mettre en danger la confiance que lui témoignait la fillette, elle précisa :

— Il est vrai que je ne suis ici que depuis un jour, je me trompe peut-être.

Elle avait toutefois capté l'attention de Stephie.

— Tu crois vraiment que papa pense ça ?

— Il n'y a qu'un moyen de le savoir, répondit Becky.

Stephie la regarda avec attention un instant.

— Toi, tu pourrais peut-être lui demander, suggéra-t-elle.

Il était beaucoup trop tôt pour que Becky intervienne pour donner des conseils à Steve.

— Je ne pensais pas poser la question moi-même à ton père. Si *toi* tu lui demandes, il va te répondre, sois-en persuadée.

Elle vit poindre à la fois le doute et l'espoir sur le visage de Stephie.

— Tu crois ?

— Je te le garantis. Bonne nuit, ma grande.

— Bonne nuit.

Stephie se glissa dans son lit, songeuse.

Becky se dirigea vers la porte et hésita un instant près de l'interrupteur.

— Tu veux que je laisse la lumière ? s'enquit-elle.

— Comment tu as deviné ? C'est papa qui te l'a dit ?

— Il ne m'a rien dit du tout, mais quand j'avais ton âge, je n'arrivais pas à m'endormir si la lumière de ma lampe de chevet ne restait pas allumée.

— C'est vrai ? lança Stephie, visiblement ravie. Tu avais l'impression de te conduire comme un bébé ?

— Non.

— Et tes parents trouvaient ça normal ?

— Ma mère était très compréhensive sur ce point, j'ai eu de la chance.

Stephie était impressionnée, les questions se bousculaient dans sa tête.

— Combien de temps ça a duré ? demanda-t-elle.

— Quelques années. Même maintenant, il m'arrive de laisser la lumière allumée, quand je suis un peu anxieuse.

— Ah bon ?

— Tu sais, il existe de bien plus mauvaises habitudes. Laisser la lumière allumée n'a jamais tué personne, précisa Becky avec un clin d'œil. À demain matin, dors bien.

— Becky ?

— Oui, mon chou ?

— Merci.

— De rien.

Sur ces mots, Becky quitta la chambre, le sourire aux lèvres.

- 8 -

Becky se dirigea vers sa nouvelle chambre. Elle n'avait pas encore eu le temps de ranger ses affaires et le désordre lui déplaisait. Cependant, en chemin, quelque chose la retint. Ne fallait-il pas d'abord s'assurer que tout allait bien pour Steve ?

Faisant demi-tour, elle jeta un coup d'œil dans le bureau de ce dernier.

Assis à sa table, il avait l'air si concentré qu'elle songea à se retirer sans rien dire. Mais, se ravisant, elle tapa un coup discret à la porte. Quand il leva la tête dans sa direction, elle eut le sentiment de le tirer d'une réflexion profonde.

— Excusez-moi de vous déranger, dit-elle. Je voulais seulement vous dire bonsoir. Et aussi vous dire que vous avez accompli quelque chose de bien, ce soir.

— Ah bon ? Et quoi donc ?

— Vous avez consacré du temps à votre fille, alors que vous aviez tout ce travail à faire, expliqua-t-elle en désignant les documents éparpillés sur la table.

Craignant de se mêler de ce qui ne la regardait pas, elle s'empressa d'ajouter :

— Je sais que vous n'avez pas besoin que je vous le dise, mais ça a rendu Stephie *très heureuse*.

— Ça m'a rendu heureux aussi. Jusqu'à il y a deux

mois, elle était tout le temps comme aujourd'hui. Ce soir, son attitude m'a comblé, même si elle n'est que passagère.

— Pas forcément. C'est peut-être le début d'une nouvelle période.

Steve laissa échapper un petit rire désabusé.

— On peut toujours espérer.

Becky s'apprêtait à se retirer quand elle se souvint d'un point à clarifier.

— Je tiens à vous redire combien je suis désolée pour le quiproquo téléphonique de ce matin. Je pensais vraiment avoir composé le bon numéro. Jamais je ne vous aurais sciemment laissé dans l'inquiétude, concernant Stephie.

— J'accepte vos excuses. Et maintenant, je…

Becky ne lui laissa pas le temps d'achever sa phrase.

— Il faut que vous travailliez, je sais. Faites comme si je n'étais pas venue, conclut-elle en tournant les talons.

Les yeux de Steve s'attardèrent sur les hanches ondulantes de la jeune femme.

— Oh que si, vous êtes venue, murmura-t-il en la regardant s'éloigner.

Elle avait une sacrée silhouette, ne put-il s'empêcher de penser.

Stop ! Ce n'est pas le genre de pensée à avoir envers ta gouvernante.

Pas question de faire fuir cette jeune femme, alors que, au moins pour le moment, Stephie semblait l'apprécier au-delà de toute espérance.

Bon, son rapport n'allait pas s'écrire tout seul ! songea-t-il avec un soupir en se replongeant dans son dossier.

À quelle heure alla-t-il se coucher ? Aucune idée. Tard, en tout cas. Quand ses yeux s'étaient fermés trois fois de suite à quelques minutes d'intervalle, il avait compris qu'il fallait s'arrêter. Il lui restait une dernière équation à terminer, mais cela pouvait attendre le lendemain matin, en même temps que la relecture de l'ensemble de son travail. Demain il aurait de nouveau l'esprit clair.

Du moins l'espérait-il.

Sans prendre la peine de se déshabiller, il se laissa tomber sur son lit et s'endormit comme une souche.

Qu'est-ce qui le réveilla, au juste ? Certainement pas son réveil, puisqu'il avait oublié de le programmer.

Ce n'était pas non plus Stephie. Cela faisait longtemps que sa fille n'avait pas déboulé dans sa chambre en sautant sur son lit, le suppliant de se lever pour s'amuser avec elle.

Assis sur le bord de son lit, il essayait de clarifier ses idées, quand il comprit : ce qui l'avait sorti de son sommeil, c'était une forte odeur de café et de bacon…

Rêvait-il ?

Le temps de prendre sa douche et de s'habiller, il s'était convaincu d'avoir rêvé, un rêve très réaliste et… très alléchant ! Jusqu'au moment où il ouvrit la porte de sa chambre et emprunta le couloir.

Au lieu de se dissiper, comme le font les rêves à la lumière du jour, l'odeur du café fraîchement moulu et du bacon grillé se fit plus insistante.

Intrigué, il descendit voir ce qui se passait.

— Papa est enfin levé ! annonça Stephie en le voyant entrer dans la cuisine.

Puis, se tournant vers lui, elle ajouta :

— Becky ne voulait pas te réveiller parce que tu avais besoin de dormir. Je lui ai expliqué que tu devais te lever pour aller travailler. Alors on a fait un compromis. Elle a décidé de laisser l'odeur du bacon et du café te réveiller, et ça a marché !

— Excellent plan, dit-il en croisant le regard de Becky.

Décidé à tenter sa chance, il déposa un baiser sur la tête de sa fille. À sa grande surprise, Stephie ne recula pas. Il en éprouva une joie sans mélange.

Le miracle se poursuit, pensa-t-il en s'asseyant à table en face de sa fille.

— Stephanie m'a dit que vous aimiez les œufs brouillés, mais je peux les faire autrement, si vous préférez, proposa Becky en faisant glisser les œufs dans les assiettes.

— Autrement ? répéta-t-il en contemplant son assiette.

À côté des œufs brouillés et de trois tranches de bacon, il y avait deux toasts. Devant lui, un verre de jus d'orange et une tasse de café.

— Je rêve ? murmura-t-il.

— Pourquoi rêveriez-vous ? demanda Becky en s'essuyant les mains à un torchon.

— Parce que d'habitude, nous ne prenons que des céréales pour le petit déjeuner, sauf quand je le fais moi-même, de temps en temps. Ou alors nous allons au drive.

— Je croyais que vous aviez eu d'autres gouvernantes avant moi.

— C'est exact. Nous en avons eu trois. Mais aucune ne faisait très bien la cuisine, et elles n'avaient pas trop envie de cuisiner, le matin. Il aurait fallu qu'elles se lèvent de bonne heure pour faire le petit déjeuner, et ensuite, préparer Stephanie pour l'école. Cela demandait sans doute beaucoup de coordination. Alors je suis passé aux céréales.

Tout en parlant, il dégustait ce que Becky avait préparé.

— C'est un régal, dit-il.

Contente et gênée à la fois, elle haussa les épaules.

— C'est juste un petit déjeuner…

— Un petit déjeuner très apprécié, assura Steve en prenant une autre bouchée de toast et d'œufs brouillés.

— Au fait, ce n'est pas la peine d'engloutir vos œufs à toute allure. J'emmène Stephanie à l'école ce matin, ce qui vous laisse le temps de manger tranquillement avant de partir.

Trop tard ! Il avait déjà vidé son assiette.

— La prochaine fois, peut-être, dit-il. Pour l'instant, j'ai une équation à achever. Mon esprit s'est figé hier soir, mais la solution m'est venue ce matin sous la douche. Je crois que je pense mieux quand je suis mouillé, ajouta-t-il avec un clin d'œil à l'adresse de sa fille avant de quitter la cuisine.

Becky rassembla les assiettes sales et les déposa dans l'évier pour les rincer rapidement.

— Tu es prête ? demanda-t-elle à Stephie.

— Je n'ai plus qu'à prendre mon sac à dos.

— Ça me laisse juste le temps de faire la vaisselle. Ensuite je serai prête aussi.

Au bout de quelques minutes, Steve l'appela depuis son bureau :

— Mademoiselle Reynolds, pouvez-vous venir un instant ?

— Je vais faire la vaisselle, proposa Stephie. Comme ça, tu pourras voir ce que veut papa, précisa-t-elle devant son étonnement.

Becky savait très bien ce que Steve voulait. Peut-être n'aurait-elle pas dû faire ce qu'elle avait fait…

La lumière avait brûlé toute la nuit dans le bureau de Steve. En se réveillant ce matin et en passant devant le bureau, il lui avait paru naturel d'y entrer pour éteindre la lumière. Ce faisant, elle avait remarqué l'ordinateur toujours branché. Une équation s'étalait sur l'écran, incomplète.

Devait-elle la laisser telle quelle ? C'était le plus sage, évidemment. Pourtant ce fut plus fort qu'elle, l'équation incomplète semblait la supplier sur l'écran…

Elle l'avait donc achevée.

Maintenant, son erreur lui crevait les yeux. Elle aurait dû se détourner de l'écran et quitter la pièce. Steve Holder n'aimait certainement pas que l'on intervienne dans son travail. C'était bien compréhensible.

Rassemblant son courage, elle s'approcha de la porte du bureau.

— Oui ?

— Vous avez fait ça ? demanda Steve en désignant l'écran de son ordinateur.

Malgré la clarté de la question, elle fit l'innocente.

— Fait quoi, monsieur ?

Le visage de Steve semblait ciselé dans la pierre.

— Cette équation, répondit-il en désignant l'écran. Vous l'avez résolue ?

L'espace d'une seconde, elle fut tentée de mentir. Mais à quoi bon nier ce qu'elle avait fait ? En plus, si elle mentait, elle perdrait toute crédibilité.

— Je suis désolée, dit-elle. L'équation me tendait les bras, comme si elle attendait d'être résolue. Mais je ne fouillais pas dans vos affaires ! Vous aviez laissé la lumière allumée, et ce matin en passant je suis entrée dans le bureau pour l'éteindre. C'est là que j'ai vu l'équation incomplète, et…

Elle soupira, gênée, avant de poursuivre :

— Je… je n'ai pas pu m'en empêcher. Cela n'arrivera plus, monsieur Holder, je vous le promets. Je sais que vous êtes en droit de me renvoyer si vous le voulez, mais…

— La renvoyer ? s'exclama Stephie qui était venue voir pourquoi sa gouvernante ne revenait pas. Tu ne peux pas la renvoyer, papa ! C'est la première bonne gouvernante que nous avons depuis toujours, et elle me plaît !

— Si vous avez fini de parler, toutes les deux, j'aimerais bien pouvoir placer un mot, marmonna Steve.

Bras croisés, les yeux étrécis, prête à en découdre pour défendre la femme qu'elle s'était mise à bien aimer, Stephie lança :

— Quoi ?

— Je voulais demander à Becky comment elle était parvenue à terminer cette équation.

Stupéfait, il regardait son employée avec curiosité. Cette équation n'était pas à la portée de tout le monde, loin de là.

— La plupart des gens n'ont pas la moindre idée de comment s'y prendre pour résoudre un tel problème, poursuivit-il. Encore moins savent-ils comment trouver la bonne réponse. Avez-vous un diplôme d'ingénieur aérospatial, mademoiselle Reynolds ?

Bien entendu, la réponse ne pouvait qu'être négative. Si elle était capable de résoudre une telle équation, pourquoi diable travaillait-elle comme gouvernante ?

Becky ne répondit pas immédiatement. Elle craignait d'être prise pour une menteuse, ou pour une folle.

Comme Steve attendait, elle finit par lâcher :

— Oui.

Steve n'en revenait pas. Il y avait une erreur quelque

part, comment en irait-il autrement ? Et pourtant, il se souvint qu'elle avait inscrit la bonne réponse sur l'écran de son ordinateur.

— Où l'avez-vous obtenu ?

— Aucune importance, répliqua-t-elle, visiblement pressée de passer à autre chose.

La curiosité de Steve augmentait de seconde en seconde.

— Cela en a pour moi, dit-il.

Becky pressa ses lèvres l'une contre l'autre, avant de lâcher à voix basse :

— MIT.

— MIT ? répéta Steve. Un diplôme d'ingénieur du *MIT* ?

Peut-être ne la croyait-il pas ? Malgré son envie de clore le sujet, elle releva le menton et plongea son regard dans le sien.

— Oui. MIT, affirma-t-elle.

Une université où il était si difficile d'entrer, Steve le savait pertinemment.

— Vous avez un diplôme du MIT, murmura-t-il.

— Papa, tu l'as déjà dit deux fois, intervint Stephie en soupirant. Tu ne vois pas que tu l'embarrasses ?

Becky remercia la fillette d'un sourire.

L'incrédulité de Steve persistait. Qu'est-ce qui le surprenait le plus ? Que sa fille vienne au secours de sa gouvernante ? Que sa gouvernante soit ingénieur ?

Sa très jeune et très sexy gouvernante…

— À quel âge avez-vous obtenu votre diplôme ? s'enquit-il.

Becky baissa la tête. Inutile de mentir, il pouvait très bien s'informer auprès de Celia Parnell. Prenant une profonde inspiration, elle répondit :

— Dix-huit ans.

— *Dix-huit* ans, répéta-t-il, comme frappé par la foudre. Vous avez obtenu votre diplôme au MIT à dix-huit ans. Mais alors… pourquoi travailler comme employée de maison, quand vous pourriez si facilement être ingénieur dans une grosse boîte ?

Cela dépassait son entendement.

L'esprit de Becky tournait à toute vitesse. Apparemment, il ne la renvoyait pas immédiatement. Existait-il un espoir qu'elle puisse rester ?

Elle allait le savoir tout de suite…

— À présent, je dois conduire votre fille à l'école. J'aimerais qu'elle soit à l'heure.

Se tournant vers Stephie, elle lança :

— Tu es prête ?

— Bien sûr ! répondit la gamine. À ce soir, papa !

Pour Becky, la situation était claire : elle n'avait fait que repousser l'inévitable. Steve allait la licencier. Mais peut-être, s'il avait le temps d'y réfléchir, se calmerait-il et reviendrait-il sur sa décision ?

A posteriori, tout lui semblait clair. Elle n'aurait pas dû intervenir dans le travail de Steve. A-t-on le droit de s'immiscer dans le travail de quelqu'un qui ne vous a rien demandé ? Non, bien sûr. Il désapprouvait certainement cette intrusion dans son dossier. Peut-être appartenait-il au genre de personnes qui jugent que l'on empiète sur leur territoire personnel si on touche à leur ordinateur. Surtout s'agissant d'une employée de maison, songea-t-elle avec tristesse.

C'était juste que, l'espace d'une fraction de seconde, les choses apprises pendant des années lui étaient revenues d'un coup. Sur le moment, le fait d'ajouter quelques chiffres pour compléter une équation lui avait paru anodin.

« Tu es trop intelligente pour ton propre bien, Rebecca Reynolds », lui disait souvent sa grand-mère de sa voix perçante, quand elle était adolescente. Pour les femmes de sa génération, les filles ne devaient pas se montrer plus intelligentes que les hommes. C'était ainsi et pas autrement, prétendait-elle.

Plus d'une fois, Becky s'était réjouie de ne pas avoir eu à grandir à l'époque où sa grand-mère était jeune.

D'un autre côté, être Rebecca Reynolds, ce n'était pas non plus de tout repos. Encore maintenant, elle se sentait parfois mal à l'aise vis-à-vis d'elle-même. C'est la raison pour laquelle elle avait abandonné son métier d'ingénieur, pour faire des choses simples à la place. La plupart du temps, son activité actuelle la satisfaisait. Au début, elle avait envisagé cela comme une solution temporaire, mais, au fil du temps, elle se demandait si cette situation ne deviendrait pas permanente.

Et voilà que cette équation était sortie de nulle part, pour la titiller, la tenter, la défier. Maintenant, elle ne savait plus au juste ce qu'elle voulait vraiment.

Elle espérait ardemment ne pas avoir détruit ses chances d'exercer ce tout nouvel emploi auprès de Stephie et de son père.

Seul le temps le dirait.

Maudite équation !

— Ne t'inquiète pas, dit Stephie en s'installant dans la voiture. Papa va digérer tout ça.

Becky lui sourit.

— Tu fais des prédictions, maintenant, ma belle ?

Quand le moment sera venu, tu pourras ajouter « devin » sur ton curriculum vitæ !

Devin ? Stephie tourna et retourna le mot dans sa tête.

— Devin, ça me plaît, déclara-t-elle.

— J'en étais sûre ! s'exclama Becky en riant.

- 9 -

Il n'avait pas eu l'intention de rentrer si tard du travail, songea Steve en se garant dans son allée aux environs de 21 h 30. Il s'attendait à trouver la maison plongée dans le silence. Stephie se couchait à 21 heures Quant à ses employées de maison précédentes, elles se retiraient dans leur chambre aussitôt que possible, pour regarder la télévision ou se livrer à leurs occupations personnelles.

Quelle ne fut pas sa surprise de trouver Becky, assise sur le canapé du salon, en train de lire un livre. Non seulement elle ne s'était pas retirée dans sa chambre, mais, plus extraordinaire encore, elle tenait dans ses mains un vrai livre-papier et non une liseuse électronique.

Il existait donc encore des gens qui aimaient les livres ?

— Ah. Vous voilà, dit-elle en lui adressant un sourire chaleureux. Je vous laisse tranquille dans deux minutes, ajouta-t-elle en se levant. Je voulais juste vous dire que votre repas était au chaud dans le four.

Que de surprises réservait cette jeune femme ! D'ordinaire il sortait n'importe quoi du réfrigérateur, avant de filer se coucher.

— Vous m'avez réservé mon dîner ? demanda-t-il, surpris.

— Vous n'étiez pas là à l'heure du repas, et j'ai pensé que vous préféreriez le manger chaud.

Becky quittait le salon quand elle remarqua le visage fatigué de Steve.

— Rude journée ? s'enquit-elle.

— Longue, plutôt. Mais enfin, pas plus longue que beaucoup d'autres.

Elle hocha la tête en signe de compréhension.

— Eh bien… bon dîner, dit-elle d'un ton joyeux en se dirigeant vers l'escalier.

— Voulez-vous me tenir compagnie pendant que je mange ?

Elle ne s'attendait pas à une telle requête mais n'en laissa rien paraître.

— D'accord.

Suivie de Steve, elle pénétra dans la cuisine et se dirigea tout droit vers le four. Elle en sortit une assiette couverte, qu'elle plaça sur la table.

Pris de court, Steve protesta :

— Je ne vous ai pas demandé de me servir !

— Puisque je suis dans la cuisine, autant que je mette votre dîner sur la table. En plus, ajouta-t-elle avec l'ombre d'un sourire, je crois que vous êtes beaucoup plus fatigué que moi.

— Vous avez sans doute raison, reconnut-il avec un rire bref en s'asseyant à table. J'ai le sentiment que quelqu'un a pompé mon cerveau.

— Image très expressive, fit-elle remarquer en ouvrant la porte du réfrigérateur. Que voulez-vous boire ?

— Je prendrais bien un verre de vin, mais dans mon état de fatigue, je crains que cela ne m'achève.

Elle était de cet avis, mais le garda pour elle.

— Que pensez-vous d'une bière ? proposa-t-elle. Cela pourrait vous détendre.

— Ce n'est pas une mauvaise idée…

Elle prit une bouteille, la décapsula et la posa près de l'assiette de Steve.

— Bon appétit, dit-elle en se dirigeant vers la porte.

— Attendez. Asseyez-vous.

Elle hésita un instant et finit par s'asseoir, tout à coup très mal à l'aise, nota-t-il. La rendait-il nerveuse pour une raison ou une autre ? Si tel était le cas, il se demandait bien laquelle.

Après avoir avalé quelques bouchées du porc thaï et bu un peu de bière, il lança :

— Vous avez vraiment un diplôme d'ingénieur en aérospatial ?

Il trouvait la chose vraiment surprenante, non parce qu'il sous-estimait ses capacités intellectuelles ou qu'elle était une femme, mais parce qu'elle travaillait pour lui en qualité d'employée de maison. Pour lui, cela ne collait pas avec les années passées à étudier pour obtenir cette prestigieuse qualification.

— Oui, répondit-elle avec un sourire. C'est tout ce qu'il y a de plus vrai.

— Dans ce cas, pourquoi ne prenez-vous pas un emploi conforme à votre formation, qui vous rapporterait quatre fois plus que votre situation actuelle ?

— Je l'ai fait, au début. Mais très vite je suis rentrée le soir chez moi aussi fatiguée que vous ce soir. Je travaillais vraiment très dur sur les projets que l'on me confiait. Je faisais de mon mieux, non seulement pour en venir à bout, mais aussi pour ne pas dépasser le budget que l'on m'avait assigné. En plus, je mettais un point d'honneur à rendre mon travail avant la date limite.

— Vos employeurs devaient vous en être reconnaissants.

— Pas vraiment. Dès qu'un projet s'achevait, ma seule récompense consistait à en recevoir un nouveau.

À la simple évocation de cette période, elle frissonna.

— Je n'avais pas le sentiment que ce que je faisais avait une réelle valeur, reprit-elle. Bien sûr, cela avait de l'importance dans le déroulement général des opérations, mais au niveau individuel, je n'avais pas le sentiment d'être utile. Hier, quand Stephanie m'a enfin fait assez confiance pour me dire ce qui n'allait pas, j'ai éprouvé un sentiment de joie intense, le grand plaisir de servir à quelque chose. Dans mon entreprise, rien ne me donnait cette satisfaction.

— Je vous comprends, murmura-t-il. Et surtout, je suis content que vous soyez heureuse d'avoir obtenu la confiance de ma fille.

Il garda le silence quelques secondes avant de reprendre :

— Est-ce que ce serait violer une promesse faite à ma fille que de me révéler ce qui s'est passé, hier matin ?

Il vit poindre une hésitation sur le visage de la jeune femme. Elle pesait certainement le pour et le contre. Il pensa à ce que lui avait dit Chris.

— Il s'agit d'un garçon, n'est-ce pas ?

— Non, répondit Becky. Peut-être un jour, mais pas en ce moment.

— Alors de quoi s'agit-il ? Hier elle a fait une véritable scène. Jamais je ne lui avais vu pareille colère. Je vous accorde que ces temps derniers elle était distante et hautaine, mais une telle rage, c'est nouveau. Cela ne lui était jamais arrivé, même toute petite.

— Et vous n'avez pas encore deviné de quoi il s'agissait ?

— Si c'était le cas, je ne serais pas en train de vous poser la question, fit-il remarquer.Évidemment. Elle chercha une façon délicate de lui révéler un événement qu'il n'était peut-être pas prêt à entendre. Cela l'obligerait à admettre que sa petite fille grandissait.

Mais en tant que père, il avait le droit de savoir.

— Hier, votre fille est devenue une femme, dit-elle.

— Devenue une femme ? Que voulez-vous dire ?

Soudain, juste au moment de boire sa dernière gorgée de bière, un voile se déchira dans sa tête. Reposant la bouteille sur la table, il écarquilla les yeux et fixa sur Becky un regard interloqué.

— Non ! s'écria-t-il. Il ne peut s'agir de *ça*, elle n'a que dix ans !

— Presque onze.

Sous le coup de cette révélation, il pâlit. La dure réalité s'imposait à lui sans ménagement.

— Mon Dieu..., murmura-t-il. Il va bientôt y avoir des garçons, n'est-ce pas ?

— Probablement, à un moment ou un autre. Mais vous avez un avantage : votre fille est très intelligente, elle ne va donc pas se transformer en noctambule effrénée du jour au lendemain. Du moins je ne le crois pas.

— Mais les garçons vont lui tourner autour...

Cette idée lui était insupportable. Après tout, il avait été un de ces garçons, autrefois, désireux de vivre, de découvrir de nouveaux territoires. Dont les filles...

— Pas avant quelque temps, répondit Becky en souriant. Inutile de commencer à creuser des douves autour de votre maison pour isoler votre fille du monde extérieur. Elle a beaucoup de bon sens, tout ira bien, ne vous inquiétez pas, ajouta-t-elle en se levant.

— Elle a du bon sens, et elle vous a, n'est-ce pas ? dit-il en la regardant comme si elle était son seul espoir.

— Eh bien… oui, mais…

Tant qu'elle vivrait avec eux, elle serait là pour Stephie et son père. Cependant les choses pouvaient changer…

Trop occupé par ses propres pensées, Steve n'entendit pas les objections indirectes de Becky.

— Et vous êtes une femme.

— Oh. Vous l'avez remarqué ? répondit-elle en souriant.

Il ne l'avait que trop remarqué ! Si elle n'était pas la gouvernante de sa fille, il céderait peut-être à la tentation de lui montrer à quel point il l'avait remarqué. Mais pour l'heure, il ne fallait rien tenter qui risquerait d'effrayer cette jeune femme qui accomplissait des miracles.

Tout en la trouvant infiniment plus attirante que toutes les femmes croisées depuis la mort de Cindy, il ne manifesterait rien tant qu'il aurait besoin de Becky pour élever Stephie. Sa fille comptait plus que tout, pour lui.

Il se racla la gorge et reprit :

— Je voulais dire qu'en tant que femme, vous connaissez les difficultés que ma fille traverse. Vous comprenez ce que c'est qu'être une préado très intelligente, soumise à toutes ces émotions nouvelles qui la rendent folle.

— Je n'emploierais pas le mot « folle ».

À son grand désarroi, il ne trouvait pas les mots adéquats. À sa décharge, il n'avait jamais été confronté aux problèmes d'adolescence d'une fille.

— En tout cas, vous êtes là au bon moment, et vous pouvez lui expliquer les modifications de son corps bien mieux que moi. Vous pouvez la guider, l'aider à traverser cette période difficile.

Elle le dévisagea un instant et se rassit.

— Tout cela vous effraye beaucoup, n'est-ce pas ? demanda-t-elle.

— Davantage que vous ne le croyez.

L'aveu lui coûtait beaucoup. Mais il s'agissait de sa fille, ce qu'il avait de plus précieux au monde.

— J'ai besoin d'aide, Becky. Je le pensais déjà depuis quelque temps, mais cela devient vraiment urgent, maintenant. Vous êtes arrivée dans ma vie… dans nos vies, juste à temps.

Une douce chaleur parcourut Becky.

— Alors… vous ne me renvoyez pas ? s'enquit-elle.

Au début de cette conversation, elle avait cru que Steve provoquait cet échange pour aboutir avec tact à son renvoi.

Steve la regarda comme si elle avait perdu la raison.

— Vous renvoyer ? Pourquoi le ferais-je ? Vous êtes la première gouvernante dont la cuisine ne me donne pas de brûlures d'estomac. Encore plus important, vous êtes la première que Stephie apprécie vraiment.

— Stephanie.

— Vous avez raison, Stephanie. Vous voyez, vous vous rappelez même le nom qu'elle souhaite que j'utilise. C'est vraiment difficile pour moi, vous savez. Elle est ma petite Stephie depuis si longtemps.

— Je vous comprends très bien, mais pour une raison ou une autre, votre fille veut qu'on l'appelle « Stephanie ». Elle pense sans doute que ça lui donne l'air plus adulte. En l'appelant « Stephanie », vous lui prouvez que vous respectez son choix, et par la même occasion que vous la respectez, elle. Pour être honnête, j'aime mieux « Stephie », mais il ne s'agit pas de ce que j'aime, ni même de ce que vous aimez. Il s'agit de ce que veut votre fille. En ce moment, à son âge, elle a autant de mal que vous à comprendre qui elle est. Vous pouvez lui apporter votre soutien en écoutant ce qu'elle vous dit, quand elle parle. Parce qu'il va y avoir des moments où elle ne parlera pas du tout, et ce sera encore plus difficile.

Impressionné, Steve écoutait avec attention. Il aimait sa fille et ne voulait surtout pas qu'ils deviennent des étrangers l'un pour l'autre.

— Vous avez vécu tout ça, vous aussi, n'est-ce pas ? demanda-t-il.

— L'adolescence est une période difficile. Vous ne vous souvenez pas d'avoir traversé des moments de confusion et d'incertitude ?

Il secoua la tête avec un petit rire plein d'autodérision.

— À vrai dire, non, je ne me souviens de rien, répondit-il.

— C'est une méthode, le déni total ! Beaucoup d'adultes ne se souviennent pas d'avoir été adolescents. D'autres, comme moi, s'en souviennent au contraire avec acuité.

— Je ne peux que me réjouir que vous vous en souveniez, pour Stephanie.

— Bravo pour l'effort, déclara Becky avec un sourire. Et maintenant, si vous êtes d'accord pour que je vous donne un dernier conseil…

— Bien sûr.

— Vous devriez aller vous coucher.

— Pardon ?

Stupéfait, il la contempla. Lisait-elle dans ses pensées ? Depuis un moment, une pensée importune voletait en douce dans sa tête. Se retrouver au lit, oui, mais pas pour dormir…

— Au lit ! dit Becky d'un ton gai. À moins que le sort du monde en dépende, vous devriez aller vous coucher, si je peux me permettre d'être honnête avec vous.

— Ne vous arrêtez pas en chemin.

Se montrait-il sarcastique ?

— On dirait que vous avez besoin de recharger vos batteries, fit-elle quand même remarquer.

— Sans doute, reconnut-il en souriant tandis qu'elle se levait. Vous savez, c'est peut-être très égoïste de ma part, mais je suis content que vous ayez tourné le dos au monde de l'aérospatial.

Elle se mit à rire.

— Vous pourriez écrire ça noir sur blanc ? demanda-t-elle.

— Pourquoi ?

— Pour ma mère ! Je la déçois beaucoup. Elle trouve que j'ai baissé les bras.

Tout en portant l'assiette de Steve dans l'évier, elle poursuivit :

— Le plus drôle, c'est que quand j'étais adolescente, je la mettais souvent mal à l'aise. Elle me regardait parfois bizarrement, comme si j'étais une anomalie de la nature, parce que je travaillais autant.

— Toute personne qui sort du MIT à dix-huit ans se distingue du commun des mortels ! Votre mère avait sûrement du mal à accepter que sa fille soit à la fois beaucoup plus jeune qu'elle, et au moins deux fois plus intelligente.

— C'est ce que vous ressentez envers Stephanie ?

— Seulement dans la mesure où j'aimerais qu'elle arrête parfois d'étudier, pour être pleinement une petite fille de son âge, comme elle le faisait encore il y a peu. Elle sera adulte bien assez tôt, il faut qu'elle profite de son enfance. C'est ce que j'essaye de lui faire comprendre, depuis quelque temps.

— Accordez-lui un peu de temps. Elle pourrait vous surprendre et revenir vers vous.

— J'aimerais pouvoir le croire, murmura-t-il d'une voix empreinte de tristesse.

Becky réfléchit quelques secondes, puis reprit :

— Quand les cours d'été seront terminés, pourquoi n'emmèneriez-vous pas votre fille faire une escapade, comme vous le faisiez il n'y a pas si longtemps ? Elle en serait peut-être ravie.

Steve aurait voulu la croire, mais il lui fallait davantage d'arguments auxquels se raccrocher.

— Qu'est-ce qui vous fait penser ça ? demanda-t-il.

— Premièrement, Stephanie a aussi peur de grandir que vous craignez de la voir devenir adulte. Même si elle rue dans les brancards pour prendre son envol, il y a en elle un côté caché qui se réjouit en secret que vous teniez encore les rênes, que vous la supervisiez.

— Vous savez ce que vous avez dit tout à l'heure, à propos de vous renvoyer ?

Becky se raidit. Avait-il changé d'avis ? S'apprêtait-il à revenir sur sa décision de ne pas la licencier ?

— Oui ?

— Au lieu de redouter que je vous licencie, vous feriez mieux de craindre que je ne vous laisse pas partir, même si vous en exprimiez le souhait.

Elle le fixa sans comprendre.

— Pardon ? murmura-t-elle.

— Je vais être plus clair. Rebecca Reynolds, vous avez ici un emploi à vie, ou en tout cas, pour aussi longtemps que vous le désirez. Parce que j'ai besoin que vous m'aidiez à naviguer en eaux agitées.

Elle se détendit et sourit. Quelqu'un avait besoin d'elle, quel plaisir !

— Je le ferai avec joie, monsieur Holder.

— Appelez-moi « Steve ». Quand vous m'appelez « M. Holder », je me sens une antiquité.

— Steve, donc. Et maintenant, allez vous coucher.

Ces mots embrouillèrent de nouveau les idées de Steve. Pourtant, il n'était pas question de laisser courir son imagination. Sa vie était déjà assez compliquée comme ça, inutile d'en rajouter.

— Tout de suite, répondit-il en se hâtant vers l'escalier.

- 10 -

Becky s'habitua à la routine quotidienne beaucoup plus vite qu'elle ne l'avait prévu.

Ces dernières années, elle avait vécu seule, aussi lui fallut-il quelques jours pour s'adapter à la vie en commun dans une maison inconnue. Mais contre toute attente, ce fut assez facile.

Ce n'était plus le son de sa propre voix qui rompait parfois le silence de son appartement. À la place, Stephanie l'appelait, pour l'aider à régler un problème de devoir ardu. D'autres fois, plus rares, c'était Steve qui l'appelait, pour lui montrer un concept qu'il expérimentait.

Dans ce dernier cas, il ne s'agissait jamais de quelque chose de très spécifique, car il lui était interdit de traiter de problèmes inhérents à son entreprise avec une personne n'appartenant pas au groupe. Il se montrait donc toujours vague, mais elle pouvait néanmoins parfois lui proposer des suggestions. Non qu'il se trouve bloqué à ne plus savoir quelle direction prendre, mais il aimait discuter, même en termes vagues, de ce qu'il faisait. Elle comprenait les termes qu'il employait, sans qu'il doive lui faire une explication de texte, et il s'en réjouissait.

Au fur et à mesure qu'elle s'acclimatait à son nouveau monde, à sa nouvelle *famille*, la fin des cours de vacances se rapprochait.

— Vous savez ce que cela signifie ? demanda-t-elle à Steve, un soir, après lui en avoir fait la remarque.

Stephanie était allée se coucher, les laissant tous les deux dans la cuisine. Il sirotait son café tandis qu'elle achevait la vaisselle.

— Oui. Cela veut dire plus d'école, répondit-il.

— Et ?

Steve réfléchit quelques instants, à la recherche d'une autre réponse… qui ne vint pas.

— Désolé, rien ne me vient à l'esprit, dit-il.

— Votre cerveau est plein de chiffres, donc je vous excuse.

Elle attendit un peu, puis, comme il ne disait toujours rien, demanda :

— Le mot « camping » évoque-t-il quelque chose pour vous ?

Il sourit, soudain envahi de souvenirs des temps heureux.

— Autrefois, oui, répondit-il. Mais plus maintenant.

Il avait manifestement oublié leur conversation sur le sujet, songea Becky.

— Réfléchissez, Steve.

Il s'apprêtait à donner sa langue au chat quand il eut une vague réminiscence.

— Aller camper avec ma fille, dit-il. Elle est d'accord ?

— Pourquoi ne lui demandez-vous pas ?

— J'ai peur de sa réponse… Peur qu'elle m'envoie promener. Parce que même les pères durs à cuire ont des sentiments, vous savez. Je sais que la plupart des femmes ne le croient pas, parce que cela va à l'encontre de l'image de solidité que nous souhaitons donner, mais nous avons bel et bien des sentiments.

Becky éclata de rire. Jamais Steve ne lui avait donné

l'impression d'être un dur à cuir ! Il était certes très masculin, mais à aucun moment elle ne l'avait pris pour un bloc d'acier de masculinité sans état d'âme.

— Je pense que Stephanie aimerait que vous lui proposiez d'aller camper, dit-elle.

— Elle vous l'a dit ?

L'espoir contenu dans cette question n'échappa pas à Becky, mais elle ne voulait pas lui mentir. Au contraire elle souhaitait être totalement honnête avec lui. Il n'était pas question de réduire à zéro tous les efforts accomplis pour que père et fille redeviennent proches.

— Pas tout à fait en ces termes, répondit-elle.

— Dans quels termes, alors ?

— Stephanie a commencé à me parler de vos séances de camping ensemble, et j'ai réussi à lui soutirer quelques épisodes.

— C'est tout ? En quoi cela vous fait-il croire qu'elle aimerait partir en camping avec moi ? La dernière fois que je lui en ai parlé, elle m'a lancé un de ses regards condescendants dont elle a maintenant le secret, et a repoussé toute idée de camping. Elle trouve ça *ringard*, désormais.

— C'était sûrement pendant la période de découverte initiale.

— C'est-à-dire ?

— La période de découverte initiale de Stephanie.

Comme il la regardait sans comprendre, elle précisa :

— Elle commençait juste à se demander comment agir, qui elle était, ce genre de choses.

— Ça, c'était il y a trois mois.

Elle attendit la suite. Comme rien ne venait, elle demanda :

— Que voulez-vous prouver par là ?

— *Trois* mois. Vous êtes en train de me dire que maintenant, elle s'est trouvée ?

Il aurait adoré pouvoir y croire, mais son rationalisme l'en empêchait.

— Ce que je veux dire, expliqua Becky patiemment, c'est que Stephanie est maintenant un peu moins perdue. Elle a un peu moins peur, elle se sent un peu moins menacée par tous les changements qui s'opèrent en elle.

Au fond de lui, Steve aurait préféré abandonner ce sujet avec lequel il se sentait si mal à l'aise. Cependant, la possibilité de refaire quelque chose qu'il adorait partager avec sa fille le tentait énormément. Sans vouloir trop espérer, il entendait les arguments de Becky. Les colères impromptues de sa fille s'espaçaient, et parfois Stephanie se comportait presque comme la fille qu'il aimait depuis plus de dix ans.

— Vous avez peut-être raison, dit-il.

— Demandez-lui si elle veut partir en camping avec vous après la fin des cours de vacances. Qu'avez-vous à perdre ?

— Vous me le conseillez vraiment ?

— Concentrez-vous sur ce que vous avez à gagner, si elle accepte. Pour ma part, j'ai le sentiment qu'elle est prête.

Steve réfléchit un instant. C'était plus que tentant. Revivre ces moments particuliers avec sa fille…

— D'accord, dit-il.

— N'oubliez pas de l'appeler « Stephanie ».

— Bien sûr, répondit-il sans grand enthousiasme.

Le ton de Steve retint l'attention de Becky. De toute

évidence, il ne croyait pas beaucoup au succès de cette entreprise.

— Écoutez, Steve. Appelez votre fille « Rose », si c'est ce qu'elle désire. Cela n'a aucune importance. Sous le prénom, quel qu'il soit, il y a une gamine à qui vous avez appris à faire du vélo, à pêcher, à lancer un ballon. Et c'est avec tous ces éléments que vous devez essayer de reconstruire votre relation. Pas avec son prénom.

Stupéfait, Steve la contempla un instant sans rien dire. Elle venait d'énumérer toutes les choses que sa fille et lui adoraient faire ensemble, il y a peu de temps encore. À part faire du vélo, ce n'était pas vraiment les choses courantes qu'un père apprenait à sa fille.

— Comment savez-vous tout ça ? s'enquit-il.

— Cela ne vient pas de tomber du ciel, si c'est ce que vous suggérez. Stephanie m'a raconté tout ça. Pas tout de suite, ni d'un coup. Je ne lui ai rien soutiré, je l'ai juste laissée parler, au cours de différentes conversations. Et au passage, contrairement à ce que vous croyez, vous êtes toujours son héros.

— Cela ne transparaît pas dans son attitude envers moi, fit-il remarquer avec tristesse.

Becky résista à l'envie de se moquer de lui.

— Stephanie est une préadolescente en qui fourmillent les hormones, dit-elle. Elle n'est pas censée se comporter ouvertement comme si son père était son héros, au moins pas en sa présence.

— Tout cela n'a aucun sens pour moi, marmonna-t-il.

— Bienvenu dans le monde troublé des préados !

— Je ne suis pas taillé pour ça.

— Bien sûr que vous l'êtes ! Vous ne pouvez pas faire faux bond à votre fille.

— Lui faire faux bond ? Comment ça ?

— Quoi que Stephanie dise ou ne dise pas, au fond d'elle-même, elle compte sur vous, sur votre soutien en toute circonstance. Vous êtes son papa, son roc, elle dépend de vous. Et elle a de la chance. Elle sait que si quelque chose tourne mal, vous serez son parachute.

L'image inattendue surprit Steve.

— Jamais je n'ai pensé à moi comme à un parachute..., murmura-t-il. Votre père aussi, était votre parachute ?

Avant qu'elle réponde, il laissa échapper un petit rire confus.

— Je n'arrive pas à croire que je vous aie posé cette question, dit-il. Vous avez décidément changé beaucoup de choses, chez nous.

Becky, voulant éviter que l'attention de Steve se focalise sur elle, se hâta de faire dévier la conversation.

— Je suis seulement ici pour faire le ménage, la cuisine, et garder Stephanie en votre absence.

Il la contempla un long moment avant d'affirmer :

— Vous êtes beaucoup plus que ça.

Quand il la regardait de cette façon, elle oubliait presque de respirer. Et elle devait se forcer à redescendre sur terre : elle était gouvernante chez Steve.

— Si vous le dites, dit-elle d'un ton calme, presque soumis.

— Au fait, vous ne m'avez pas répondu.

Elle avait cherché à faire diversion, avait-il remarqué. Mais pourquoi ? Évoquer son père l'embarrassait-il ? N'aimait-elle pas parler d'elle-même ?

— Ah bon ? répliqua-t-elle d'un ton faussement innocent.

— Je vous ai posé une question au sujet de votre père. Était-il votre parachute ?

— Disons que… il n'a pas eu l'occasion de l'être.

— Pourquoi ça ? Vous n'en aviez pas besoin ?

Une fille qui sortait du MIT à dix-huit ans n'avait sans doute pas besoin de protection, songea-t-il. Elle devait avoir été très indépendante. Si ça se trouvait, c'est son père qui lui demandait des conseils.

— Mon père nous a quittées, ma mère et moi, quand j'avais huit ans, répondit-elle. Il a annoncé à maman qu'il n'était pas taillé pour être père, et il… il est parti.

Steve éprouva soudain le besoin de la prendre dans ses bras pour la consoler. Mais serait-ce raisonnable ? Cela provoquerait certainement de nombreux problèmes sans en résoudre aucun. Il demeura donc à sa place, les bras le long du corps.

— Je suis désolé, dit-il.

— Ne le soyez pas. Ce n'est pas vous qui l'avez fait partir.

D'ordinaire, il ne s'embarrassait pas de psychologie. Ou du moins pas avant que Becky fasse irruption dans sa vie et lui ouvre les yeux, lui permettant de voir sa fille sous un jour nouveau. Là, pourtant, il eut le sentiment qu'elle se reprochait le départ de son père.

— Vous n'êtes pas non plus responsable de son départ, fit-il remarquer en la regardant dans les yeux.

— Oh ! je n'en sais rien. C'est ce qu'il a dit à ma mère, en tout cas.

— Et à vous, que vous a-t-il dit ?

Lui qui essayait de remuer ciel et terre pour se rapprocher de sa fille, il ne concevait pas qu'un homme abandonne sa chair et son sang. Comment le père de Becky avait-il pu lui tourner le dos ?

— Il ne m'a rien dit, pas même au revoir, avoua-t-elle.

En disant cela, elle comprit soudain ce qu'elle était en train de faire. Quelque chose qu'en général elle ne faisait jamais : parler de cette partie de son passé. Elle ne voulait à aucun prix susciter la pitié de Steve. À part sa mère, la seule personne au courant était Celia Parnell.

Ça s'était passé un soir, alors qu'elle allait demander un renseignement à Celia dans son bureau. C'était le jour de l'anniversaire de son père. Tout à coup, une tristesse l'avait envahie, dont elle avait eu envie de se débarrasser. Celia avait été une oreille attentive.

Mais, en dehors de cette circonstance particulière, elle avait toujours gardé cette histoire pour elle. Jusqu'à cette question impromptue de Steve.

— Je suis navrée, dit-elle se détournant. Je n'avais pas l'intention de vous parler de ça.

— C'est ma faute, je n'ai aucun droit de m'immiscer dans votre vie privée.

Tout en parlant, il contourna Becky pour lui faire face et fut confus de voir des larmes dans ses yeux. Tirant de sa poche un Kleenex, il le lui tendit.

— Excusez-moi, dit-il. Je n'ai fait qu'aggraver les choses sans le vouloir.

— Vous n'avez pas à vous excuser.

Si ! Il s'en voulait énormément de la blessure qu'il venait d'infliger à Becky en insistant pour qu'elle fouille dans son passé et le fasse remonter à la surface. S'il avait su ce qu'elle avait enduré, jamais il n'aurait insisté comme il l'avait fait.

— Puis-je faire quelque chose pour vous ? demanda-t-il, désireux d'atténuer les propos qui l'avaient fait pleurer.

Elle le regarda un petit moment puis hocha la tête.

— Oui, vous pouvez faire quelque chose.

— Quoi ?

Il était soulagé de pouvoir s'amender. Depuis son arrivée dans leur maison, il ne l'avait jamais vue triste, encore moins en larmes. Il se sentait coupable d'avoir, par ses questions indiscrètes, fait remonter tous ces souvenirs malheureux dans le cœur de cette jeune femme courageuse.

— Vous pouvez demander à Stephanie si elle a envie d'aller camper avec vous, répondit-elle avec un sourire.

Elle ne cédait pas d'un pouce ! songea-t-il avec admiration.

— Vous pensez vraiment qu'elle acceptera ?

— Il n'existe qu'un moyen de le savoir, rétorqua-t-elle avec un clin d'œil.

Puis, percevant son besoin d'être rassuré, elle ajouta :

— Mais oui, je le crois.

Il hocha la tête. Ça valait le coup d'essayer.

— Eh bien, dit-il, si elle accepte, pourquoi ne viendriez-vous pas avec nous ?

— Pardon ?

— Venez camper avec nous.

— Je ne pense pas que je vous serais très utile, je n'ai jamais campé de ma vie, et je n'ai pas la moindre idée de comment on fait.

— Dans ce cas, ce sera une première pour vous.

Il lisait la résistance dans son regard. En temps ordinaire, il n'aurait pas insisté. Mais elle était le levier dont il avait besoin pour convaincre sa fille d'accepter.

— Si vous venez, cela encouragera peut-être Stephanie à dire oui, expliqua-t-il.

Elle s'était mise elle-même dans cette situation, songea Becky. Elle avait tendu la perche à Steve pour la coincer. Maintenant, elle était bloquée. Elle décida de se donner une issue de secours.

— Je vais y réfléchir, dit-elle.

- 11 -

Ce vendredi matin, Becky conduisait Stephanie à ses cours.

— Tu es contente que ce soit ton dernier jour de classe ? lui demanda-t-elle.

— Je ne sais pas, répondit-elle avec un haussement d'épaule. Ouais.

Becky avait réfléchi et hésitait entre deux attitudes. D'un côté, laisser à Steve le soin de proposer quelques jours de camping à sa fille. De l'autre, essayer de réchauffer la relation tendue entre père et fille. Si Steve proposait de partir en camping, et si Stephanie refusait, ils reviendraient à la case départ. Dans ce cas, combien de temps faudrait-il à Steve pour se décider à faire une nouvelle tentative ?

Elle opta donc pour la deuxième solution : préparer la gamine à l'idée de partir en camping. De la sorte, quand Steve ferait sa proposition de sortie ce week-end, Stephanie pourrait se comporter comme si l'idée l'ennuyait, mais elle finirait par accepter. Elle aurait eu le temps d'y réfléchir, de reconnaître qu'elle avait envie d'y aller.

— Ton père, lui, est très content que ce soit ton dernier jour d'école.

— C'est ça, oui. Il ne sait même pas que c'est mon dernier jour d'école. Je ne l'ai pas vu rentrer à la maison, hier soir, et ce matin, je ne l'ai pas vu non plus, ce qui veut dire qu'il est parti très tôt, ou alors qu'il n'est même pas rentré du bureau hier.

Il y avait de la tristesse, dans sa voix. De l'inquiétude. Elle ne jouait plus à la préado blasée. Elle n'était plus que la petite fille de Steve Holder, qui pensait que son père ne s'intéressait pas à elle.

— Il est bien rentré hier soir, n'est-ce pas ? demanda-t-elle soudain.

— Bien sûr !

Aussitôt Stephanie reprit un air agacé.

— J'en étais sûre ! s'exclama-t-elle. Il a toujours hâte de partir travailler.

Puis la colère la submergea et elle ajouta :

— Il ne sait même pas que j'existe.

Plutôt qu'argumenter, Becky décida de lui exposer les faits.

— Si ton père est rentré tard hier soir et parti tôt ce matin, c'est parce qu'il a un projet important à terminer, et qu'il voulait éviter de travailler tout le week-end, car il voudrait le passer avec toi, à camper et à pêcher.

— Camper ? Peuh ! On ne le fait plus jamais !

— C'est parce que tu n'en avais plus envie, ma belle. Ton père m'a dit que ces moments avec toi lui manquaient beaucoup. Il aimerait les reprendre, si tu es d'accord pour y aller.

Du coin de l'œil, Becky observait sa réaction.

— Tout ça, c'est des trucs pour les petits, ou pour les vieux, marmonna Stephanie d'un air dégoûté.

Elles arrivaient devant l'école, mais au lieu de se garer contre le trottoir pour laisser la fillette descendre, Becky alla jusqu'au parking de l'école, à l'arrière du bâtiment.

— Qu'est-ce que tu fais ? s'écria Stephanie. Tu as raté la porte d'entrée !

— Je veux juste te parler quelques minutes. Ne t'en fais pas, tu ne seras pas en retard.

Ce qu'elle s'apprêtait à faire portait un nom : interférence dans ce qui ne la concernait pas. Mais Stephanie ne lui laissait pas d'autre option.

— Je pense que tu devrais aller camper avec ton père.

Stephanie la défia du regard.

— Pourquoi ?

— Parce que très vite tu iras à l'université, et il n'y aura plus d'occasion de camper ou de pêcher, ou de faire quoi que ce soit d'autre avec ton père. Toutes ces choses que vous adoriez faire ensemble. Tu regretteras d'avoir raté cette occasion, juste pour prouver quelque chose.

— Prouver quoi ? grommela Stephanie.

Becky tourna le visage de la fillette vers elle, la fixa dans les yeux et répondit, très calme :

— Prouver que tu es trop cool pour faire des choses avec ton père. Stephanie, c'est dur pour lui de te voir grandir…

— Ouais, je ne le sais que trop !

— Ton père est triste de perdre sa petite fille chérie. Tu ne peux pas le lui reprocher.

— Oh si, je peux ! Écoute, je dois y aller, maintenant, décréta-t-elle en ouvrant sa portière.

Becky la referma.

— Tu n'as pas idée de la chance que tu as d'avoir un père qui veut passer du temps avec toi. Cela n'a pas été mon cas.

— Ah bon ?

Becky retint un soupir. Chaque mot lui coûtait un effort. Mais c'était pour une bonne cause. Aussi reprit-elle :

— Quand j'étais petite, mon père ne voulait pas passer de temps avec moi, au point qu'il a quitté la maison.

— Pour combien de temps ? demanda Stephanie d'un air soupçonneux.

Elle n'était pas prête à croire sa gouvernante. Inventait-elle cette histoire au fur et à mesure pour les besoins de sa cause ?

— Pour toujours, répondit Becky avec un calme apparent, comme si cet aveu ne lui tordait pas le cœur. Il est parti quand j'avais huit ans. Tu veux un conseil ?

Stephanie souleva ses frêles épaules et les laissa retomber.

— Si tu veux, murmura-t-elle.

— Si ton père se trompe de temps en temps et t'appelle « Stephie », laisse-le faire, ne te mets pas en colère.

Les élèves se pressaient de plus en plus nombreux vers l'entrée de l'école. Les cours ne tarderaient pas à commencer.

— Vas-y, maintenant, dit Becky.

Ce fut comme si l'adolescente revenait à elle.

— Oh ? Oui. Je ne veux pas être en retard.

Ouvrant la portière elle jaillit hors de la voiture et courut vers la double porte de l'école.

Becky la suivit du regard jusqu'à ce qu'elle disparaisse à l'intérieur.

Avait-elle fait plus de mal que de bien en évoquant la sortie camping avec Steve ? se demanda-t-elle. Stephanie était vraiment en pleine rébellion, mais derrière son côté bravache, il fallait espérer qu'elle ait envie de partager des moments avec son père, comme du temps où ses hormones ne brouillaient pas les pistes.

Depuis une demi-heure, Becky guettait le bruit de la voiture de Steve dans l'allée. Elle craignait que, malgré ses bonnes intentions, plongé dans son travail, il ait perdu la notion du temps. Ou bien qu'un problème de dernière minute ait contrarié ses plans.

En entendant la voiture se garer cinq minutes avant l'heure du dîner, elle poussa un profond soupir de soulagement. Stephanie se trouvait dans sa chambre, elle jouait au jeu vidéo que Becky lui avait offert en l'honneur de la fin des cours d'été, d'ailleurs couronnés par un brillant succès. Cela lui laissait du temps pour mettre Steve au courant avant qu'il pénètre dans la maison.

Prenant la jolie carte qu'elle avait achetée pour qu'il la donne à sa fille, elle se glissa vivement dehors sans faire de bruit, à la rencontre de son patron.

Ils se seraient bousculés si ce dernier n'avait pas réagi rapidement, l'attrapant aux épaules pour éviter la collision.

Mais pas assez vite pour éviter le contact de leurs corps et l'électricité qui en résulta.

S'efforçant d'ignorer les battements de son cœur, Steve retint sa respiration et baissa les yeux vers le visage de Becky. Un visage auquel il avait pensé toute la journée, bien plus qu'il ne l'aurait dû.

— Quelque chose ne va pas ? s'enquit-il, inquiet.

Becky frémit. Il lui fallut plusieurs secondes pour s'éclaircir les idées et retrouver son calme. Elle recula alors de quelques pas, le corps toujours en alerte avant de répondre :

— Euh… non. Je voulais juste vous voir avant que vous

entriez pour vous faire signer la carte que j'ai achetée… pour que vous la donniez à Stephanie.

— Une carte ? Pour quoi faire ?

— Pour célébrer le succès de la fin des cours de votre fille.

Steve ouvrit de grands yeux.

— On fait des cartes pour *ça* ? demanda-t-il.

— On fait des cartes qui célèbrent des événements importants, comme les excellentes notes que Stephanie a obtenues à la fin de ses cours de vacances.

Steve semblait toujours aussi perplexe. Son côté ingénieur, songea Becky, amusée.

— Ne vous posez plus de questions, Steve. Contentez-vous de signer la carte, d'accord ? Stephanie en sera très heureuse, même si elle ne le montre pas.

— Si elle ne le montre pas, comment saurez-vous que ça compte pour elle ?

— Je vous assure que si, faites-moi confiance. Signez la carte avant de rentrer dans la maison, ordonna-t-elle en la lui tendant.

De retour dans la cuisine avant lui, elle installa le repas sur la table.

— Stephanie, ton père est arrivé ! lança-t-elle du bas de l'escalier. Tu vois, je t'avais bien dit qu'il serait à l'heure pour le repas.

La fillette descendit tout de suite, avec une nonchalance exagérée.

— Ils n'avaient plus de travail pour toi au bureau ? demanda-t-elle à son père en entrant dans la cuisine.

— J'avais encore du pain sur la planche, répondit-il. Mais je leur ai dit que je devais rentrer parce que ma fille fêtait la fin de ses cours de vacances, et je voulais lui offrir ceci.

Stephanie sembla prise de court.

— Tu… tu m'offres une carte ?

Son père lui sourit.

— Ma foi, on dirait bien, non ?

L'espace d'une seconde, Becky craignit le pire : Steve allait révéler à sa fille *qui* avait eu l'idée de cette petite attention… Mais grâce au ciel cela n'arriva pas, rien n'alerta Stephanie.

Jouant toujours la nonchalance, elle ouvrit l'enveloppe et en tira la carte. Elle sembla la lire deux fois, vu le temps qui se passa avant qu'elle lève les yeux vers son père.

— Tu as vraiment acheté ça pour moi ? lui demanda-t-elle en le fixant intensément.

Pour laisser à Steve le temps d'élaborer sa réponse, Becky intervint :

— Je t'avais bien dit que ton père était attentif à tout ce qui te concerne.

Stephanie fit un gros effort pour ne pas paraître touchée, mais ce fut peine perdue.

— C'est gentil, murmura-t-elle, la voix empreinte d'émotion. Vraiment gentil.

Becky observait Steve du coin de l'œil. Mentir à sa fille semblait l'embarrasser. Mais, s'il s'abandonnait à lui dire la vérité, cela mettrait par terre tout ce qu'ils avaient commencé à reconstruire.

— Le dîner va être froid, dit-elle en les poussant doucement vers la table.

Stephanie s'apprêtait à dire quelque chose d'autre, mais elle l'oublia en voyant ce qui trônait sur la table.

— Tu as fait des *tamales* ! s'exclama-t-elle. Et des *quesadillas* ! Comment tu savais que j'adore ça ?

Le sourire de Becky aurait fait pâlir la Joconde.

— Je fais toujours mes enquêtes, même quand il s'agit de choses simples comme la nourriture, répondit-elle. Et maintenant, mangez, tous les deux ! Ces choses-là sont meilleures chaudes.

— Je n'en peux vraiment plus, soupira Steve. Je n'aurais pas dû manger autant.

L'envie le tenaillait de défaire sa ceinture, mais il s'en empêcha.

— Se faire plaisir une fois de temps en temps n'a jamais fait de mal à personne, fit remarquer Becky. Il vous reste de la place pour le dessert ?

Pour toute réponse, il gémit.

— Et toi, Stephanie, tu veux un dessert ? J'ai acheté une *helado*.

Les yeux de la fillette s'agrandirent de plaisir.

— Pas possible ! C'est vrai ?

— Bien sûr !

Le regard de Steve allait de l'une à l'autre. Le sens de leur dialogue lui échappait.

— C'est une glace mexicaine, papa, expliqua Stephanie, les yeux brillants. Becky, tu es super ! Tu ne trouves pas qu'elle est super, papa ?

Steve sourit. Becky était son sauveur. Elle lui avait rendu sa fille, même si ce n'était peut-être que temporaire.

— Ce n'est pas moi qui te contrarierai sur ce point, déclara-t-il en regardant Becky.

Becky se sentit rougir. Elle se leva d'un bond, avant que le père et la fille s'en aperçoivent.

— Disons que vous êtes faciles à contenter, dit-elle par-dessus son épaule.

Sortant la glace du congélateur, elle en remplit les trois coupelles en verre disposées sur le comptoir et les porta jusqu'à la table.

Steve la regarda distribuer les trois coupelles.

— Vous êtes très habile, dit-il, impressionné.

— Oh ! ce n'est pas difficile ! Étudiante, j'ai travaillé comme serveuse à mi-temps.

— Je croyais que tu avais une bourse ? lança Stephanie, étonnée.

— La bourse payait l'essentiel de mes cours, mais j'avais besoin d'argent pour les petits plaisirs de la vie. Travailler comme serveuse a été très enrichissant.

— Rebecca Reynolds, vous êtes une source permanente de surprises, décréta Steve.

— Merci, murmura-t-elle en se rasseyant.

Jugeant que le moment semblait idéal, elle ajouta :

— Au fait, Steve, ne vouliez-vous pas demander quelque chose à Stephanie ?

— C'est exact, répondit Steve en se tournant vers sa fille. Stephanie, tu aimerais aller camper, ce week-end ?

La cuillère de la fillette demeura en l'air.

— Avec toi ?

— Tout le monde était pris, alors oui, avec toi, répliqua Steve en souriant. Ça te dit ?

— Tu ne vas pas travailler ? lâcha-t-elle d'un air de défi.

— Non, non. Je me suis libéré de toutes mes tâches, en annonçant au bureau que quelqu'un d'autre devrait prendre en charge les éventuelles urgences. Je leur ai dit que j'avais des souvenirs à retrouver avec ma fille. Et en prime, quelques poissons à pêcher, qui sait ? Alors ?

Stephanie sembla remuer sa réponse dans sa tête.

— Becky peut venir avec nous ? s'enquit-elle.

Une sonnette d'alarme résonna dans la tête de la jeune femme, qui s'exclama :

— Pas du tout ! C'est une sortie entre père et fille, je ne veux pas m'immiscer entre vous.

— Mais tu ne nous dérangerais pas du tout, n'est-ce pas papa ?

— Au contraire, cela pourrait être très amusant, dit Steve.

Becky secoua la tête.

— Je ne suis pas drôle du tout, dans la nature, marmonna-t-elle. Et je ne connais rien au camping.

— On t'apprendra. Pas vrai, papa ?

L'enthousiasme de la fillette augmentait au fur et à mesure qu'elle parlait.

— Bien entendu ! affirma Steve avec un grand sourire. Tu verras, à la fin du week-end, Becky saura tout sur le camping. Je te le garantis.

— Alors, tu viens avec nous, Becky ?

Comment se sortir de cette situation ? Si elle protestait trop, elle pouvait ruiner tout le projet. Et à aucun prix elle ne prendrait cette responsabilité, même si le camping lui était totalement étranger, et dormir par terre une punition.

— Bon, d'accord, répondit-elle avec un sourire résigné.

- 12 -

L'idée était mauvaise.

Très mauvaise.

Dans la voiture, Becky se le répétait en boucle. Le bon sens la poussait à se rétracter, à inventer une bonne excuse pour se défiler.

En fait, si elle était aussi forte qu'elle l'avait toujours cru, elle n'avait qu'à annoncer son désintérêt pour cette excursion, point final. Après tout, elle n'aimait pas les activités extérieures, elle n'avait jamais eu envie de se fondre dans la nature, ni de s'endormir en admirant les étoiles. De plus, la salle de bains faisait partie intégrante de son idéal de confort, suivie immédiatement par l'eau courante.

Or, la seule eau courante dans leur lieu de camping, c'était la rivière où ils iraient pêcher.

Elle saisit toute l'incongruité de la situation lorsque Steve arrêta le moteur en annonçant :

— Nous y voici !

Stephanie et lui jaillirent hors de la voiture, l'incitant à les suivre.

Réticente, elle quitta son siège comme une somnambule.

— On laisse la voiture ici ? demanda-t-elle en s'accrochant à sa portière, les genoux flageolants. Vous êtes sûrs que c'est prudent ?

— On ne peut accéder à notre lieu de camping en

voiture, expliqua Steve. Ne vous inquiétez pas, ça ne craint rien.

Les yeux fixés sur la voiture, son dernier lien avec la civilisation, Becky murmura :

— Je ne m'inquiète pas pour la voiture…

— Pardon ? fit Steve. Je n'ai pas entendu.

— Rien ! lâcha-t-elle vivement. Vous savez où nous allons, au moins ?

— Nous sommes venus ici des quantités de fois, répondit Steve. Nous adorons cet endroit, tous les deux. Stephanie pourrait faire le chemin les yeux fermés. Ce n'est pas si loin que ça.

Becky contempla le matériel que Steve sortait du coffre de la voiture et étalait au sol. Selon son estimation, ils avaient là de quoi construire une petite ville.

— Comment allons-nous transporter tout ça sans la voiture ? s'enquit-elle.

— C'est simple, intervint Stephanie. Nous allons le prendre sur notre dos, dans nos sacs.

— *Tout ça* ? s'exclama Becky, suffoquée.

— C'est beaucoup plus léger que ça n'en a l'air, fit remarquer Steve.

Sans doute. Incrédule, elle contemplait Steve occupé à regrouper tout le matériel.

— Et c'est à ça que vous vous amusiez, tous les deux ? demanda-t-elle au bout d'un moment.

Tout en s'activant, Steve hocha la tête en souriant.

— En effet. Pas vrai, Stephanie ?

À cet instant, Becky comprit l'enjeu de la situation. Si elle manifestait de la réticence envers ce week-end dans la nature, cela pourrait, par contrecoup, avoir un effet sur la fillette.

Allons ! Du courage ! Ici, il ne s'agissait pas d'elle, de ce qu'elle aimait ou pas. Il s'agissait de Stephanie et de son père. S'ils l'avaient invitée à venir camper avec eux, c'est parce qu'ils pensaient que cela lui plairait. Si elle cédait à ses doutes et incertitudes, encore pire, si elle les *exprimait*, ils finiraient par se sentir coupables de l'avoir entraînée avec eux. Et cela nuirait à l'ambiance générale du week-end.

Il n'y avait qu'une solution : se ressaisir.

Forte de cette conclusion, elle refoula ses frayeurs. Après tout, il ne s'agissait que de deux jours, ce n'était quand même pas la mer à boire.

Réprimant son malaise, elle se racla la gorge et lança :

— Que la fête commence !

Sur ce, elle se mit à rassembler des affaires au hasard et à les fourrer dans son sac. Elle nota le regard qu'échangeaient Steve et sa fille.

— Quoi ? dit-elle.

— Si vous faites mieux votre paquetage, vous emporterez davantage de choses, suggéra Steve avec tact.

— Je fais tout mal, murmura-t-elle.

Ce n'était pas une question mais une réalité. Et cette réalité la déprimait…

— T'inquiète, j'arrive ! s'écria Stephanie, abandonnant son propre sac à dos. À moi aussi, papa a dû montrer comment faire, les deux premières fois. C'est normal que tu ne saches pas.

— Avec un bon professeur, je vais apprendre vite, répliqua Becky en souriant.

Une fois rempli par les soins de Stephanie, son sac à dos pesait une tonne, au bas mot ! Elle dissimula sa surprise en le soulevant.

Steve l'aida à bien ajuster les lanières du sac sur ses épaules. Sous le poids, elle dut faire un effort pour ne pas tomber en arrière.

Maîtrisant son inquiétude, elle demanda :

— Vous n'espérez pas me faire courir avec ça sur le dos, au moins ?

— Seulement si vous êtes poursuivie par un ours, répondit-il, pince-sans-rire.

— *Quoi* ?

— Je plaisante ! Il n'y a pas d'ours dans les parages, précisa-t-il vivement.

— C'est vous qui le dites !

— Les rangers pourraient en avoir manqué un au cours de leurs inspections, mais de toute façon, je vous assure que l'ours aurait sans doute davantage peur que vous.

— J'en doute, bougonna Becky à voix basse.

— Allez, en route ! s'écria Stephanie.

— En voilà une qui est heureuse de camper, fit remarquer Steve avec bonheur.

Pas moi, faillit rétorquer Becky tout en plaquant un grand sourire sur son visage.

— Oui, allons-y, dit-elle. Plus vite nous parviendrons sur les lieux, plus vite vous m'apprendrez comment on appâte les poissons.

Comment avait-elle pu formuler cette phrase cruelle sans frémir ou faire une grimace ? Mystère.

Stephanie se retourna et la fixa avec étonnement.

— Quoi ? dit-elle. Tu ne sais pas appâter les poissons ?

— Je n'en ai jamais eu l'occasion. J'achète mon poisson au supermarché.

Stephanie la regarda avec pitié.

— Ne t'en fais pas, dit-elle, papa te montrera comment on fait. D'accord, papa ?

— Ce sera avec grand plaisir, répondit ce dernier.

Becky retint une grimace. Elle avait une tout autre définition du plaisir !

— Je pense que vous allez vite déchanter, marmonna-t-elle.

Steve laissa échapper un petit rire puis donna le signal du départ.

Au bout d'un certain temps, il remarqua la démarche hésitante de Becky. Son sac à dos était trop lourd pour elle.

— Voulez-vous que je vous soulage de certaines choses ? proposa-t-il en tendant le bras vers elle.

— Non, répondit-elle en repoussant sa main.

Le sac de Stephanie pesait à peu près autant que le sien. Si une gamine de dix ans y arrivait, elle était déterminée à y parvenir aussi !

— Promettez-moi juste de ne pas rire si je tombe tête la première, dit-elle.

La main sur le cœur, se retenant de rire, il promit.

Becky se mordit la langue pour ne pas poser la sempiternelle question : « On arrive bientôt ? » Pourtant, à chaque pas, elle en mourait d'envie.

Finalement, au moment où elle flanchait, elle aperçut le site, de toute évidence le campement dont Steve et sa fille lui avaient parlé. L'endroit se trouvait à peu près à cinquante mètres d'un lac.

— On est arrivés ! s'écria Stephanie avec enthousiasme.

Becky n'avait jamais rien vu d'aussi beau de sa vie.

— Je peux poser mon sac ? demanda-t-elle, essoufflée.

Sentant d'instinct que cela ne plairait pas à Becky,

Steve ne fit aucun commentaire ironique. Il ne voulait absolument pas la blesser, elle qui faisait des efforts manifestes pour se mettre au diapason.

— Bien sûr, répondit-il.

— Papa, je vais t'aider à monter la tente, proposa Stephanie. Tu veux nous aider aussi, Becky ?

Becky retint un gémissement. Ce qu'elle voulait *vraiment* ? Se laisser tomber par terre et se reposer. Mais bien sûr, ce n'était pas la réponse qu'attendait la fillette.

— Tout à fait, affirma-t-elle. Je veux vivre l'expérience complète du camping.

Ravie, Stephanie prit les choses en main.

Steve la laissa faire.

— Voilà comment on plante les piquets, expliqua-t-elle.

Becky écouta attentivement, suivit les instructions avec application et se réjouit d'y arriver mieux qu'elle ne l'aurait cru.

L'installation de la tente lui fit l'effet d'un ballet bien huilé. Personne ne gênait l'autre dans ses mouvements, tout se déroulait dans l'harmonie et l'efficacité, même si personnellement elle se sentait la plupart du temps à côté de ses pompes.

Une fois la tente dressée, Steve se tourna vers elle.

— Vous êtes une vraie pro ! dit-il.

— Une pro bien empotée, précisa-t-elle, sans la moindre illusion sur ses dons de campeuse.

— Vous êtes beaucoup trop dure avec vous-même, dit-il en se tapant ses mains l'une contre l'autre pour en chasser la poussière. Vous voulez vous reposer un moment ?

Mon rêve le plus cher ! eut-elle envie de crier de toutes ses forces. Cependant techniquement, elle le savait, leur installation commençait à peine. Ce n'était pas le moment de se reposer. Ni Steve ni sa fille ne semblaient fatigués. Plus tôt, Stephanie avait émis l'idée de se débarrasser de l'installation du campement, pour « commencer la journée ». De sorte que, si elle acceptait la proposition de se reposer, cela équivaudrait à laisser tomber la fillette.

— Non, assura-t-elle, mobilisant son énergie. Je veux aller pêcher. C'est pour ça que nous sommes venus, non ?

— Vrai ! s'écria Stephanie, enthousiaste.

Steve se pencha vers Becky.

— Merci, lui murmura-t-il à l'oreille.

Son souffle chaud dans son cou la fit frissonner des pieds à la tête, lui ôtant momentanément la faculté de réfléchir. Il lui fallut quelques secondes pour répondre :

— De rien.

Son cœur ne retrouva son rythme normal qu'après quelques minutes supplémentaires.

— Prête pour la leçon ? demanda Steve en attrapant les trois cannes à pêche.

Interloquée, Becky le contempla, avant de comprendre à quoi il faisait allusion.

— Ah, la pêche. Oui… Bien sûr… Allons-y.

À son grand soulagement, ni Steve ni sa fille ne semblèrent remarquer son cafouillage.

Steve portant les cannes, Stephanie le seau contenant les appâts, tous les trois se dirigèrent vers la berge du lac.

Stephanie se mit au travail comme une pro. Amorçant son hameçon, elle lança sa ligne dans un geste ample, d'une pure beauté, sous les yeux éblouis de Becky.

Elle se sentit coupable d'obliger Steve à lui tenir compagnie.

— Si vous voulez vous joindre à votre fille, n'hésitez

pas, dit-elle. Je peux très bien rester assise ici à vous regarder tous les deux faire le gros du boulot.

— On n'attrape rien en regardant, répliqua-t-il. Vous disiez que vous vouliez pêcher.

— En effet, marmonna-t-elle, regrettant ses propos.

— Alors commençons la leçon. Certains aiment employer des leurres. Il y a des gens qui passent des heures à en fabriquer. Mais Stephanie et moi sommes beaucoup plus terre à terre, et nous employons des vers.

— Des vers… *vivants* ?

La question fit rire Stephanie aux éclats.

— Si je comprends bien, la réponse est oui, conclut-elle.

— Les vrais vers sont plus efficaces, expliqua Steve en attirant à lui le seau des appâts.

Becky y jeta un œil à contrecœur.

— Ils sont vivants, en effet, dit-elle, quelque peu dégoûtée. Et il faut les… piquer sur l'hameçon ?

— Je vais le faire pour vous, si vous préférez, proposa-t-il.

Accepter la tenta, mais elle aurait eu honte d'échapper à cette tâche ingrate, que Stephanie venait d'exécuter avec une aisance confondante.

— Non, je vais le faire, déclara-t-elle. Montrez-moi comment on s'y prend. Je n'ai jamais empalé un vers de ma vie.

Cette fois-ci, Steve éclata de rire. Elle était si charmante, malgré sa visible aversion pour cette sortie champêtre. Le fait qu'elle ait accepté de venir signifiait beaucoup pour lui.

— Venez, je vais vous montrer, dit-il.

Se plaçant derrière elle, il posa ses mains sur les siennes, et ensemble ils parvinrent à fixer le ver à l'hameçon.

Le corps de Steve était si près du sien… Ses mains sur les siennes étaient si douces… Elle respira son odeur légèrement musquée. Depuis combien de temps n'avait-elle pas eu avec un homme une relation de quelque ordre que ce soit ?

Steve, de son côté, fut surpris par l'attraction particulière qui l'envahissait. La sensation qu'un homme éprouve lorsqu'il désire une femme.

Cela ne lui était plus arrivé depuis la mort de Cindy. Six longues années s'étaient écoulées, au cours desquelles la tentation de sortir avec une femme ne l'avait même pas effleuré.

Et aujourd'hui…

Cette sensation le traversait, sortie de nulle part. Une sensation à double tranchant. D'un côté, cela le ramenait à la vie, de l'autre, cela le troublait, le dérangeait.

Un sentiment de déloyauté envers Cindy l'effleura.

— Pourquoi tu ne montres pas à Becky comment lancer la ligne, papa ? Tu vois bien qu'elle est prête.

La voix de sa fille dissipa la magie du moment, le forçant à concentrer son attention sur le présent immédiat.

— Leçon 2, dit-il à Becky. Le lancer.

De nouveau placé derrière elle, les mains posées sur les siennes, il lui montra comment lancer la ligne dans l'eau aussi loin que possible.

Les premières fois, Becky échoua, surtout à cause de la présence de Steve, si proche qu'elle en perdait un peu la tête. Mais, après plusieurs essais infructueux, elle trouva enfin le geste satisfaisant.

C'était idiot, mais elle se sentit fière de sa réussite.

— C'est le meilleur poisson que j'aie jamais mangé, annonça Stephanie en montrant son assiette vide. Et toi, Becky ? Qu'est-ce que ça t'a fait de pêcher ton premier poisson ? Ça t'a plu ?

— Je reconnais qu'au début, j'ai eu envie de le remettre à l'eau. Mais ensuite, j'ai été très fière de l'avoir attrapé.

— Et c'est le plus gros, précisa Steve. Vous êtes sûre de ne jamais avoir pêché avant aujourd'hui ?

— Certaine.

— La prochaine fois qu'on vient camper, tu viendras encore avec nous, décréta Stephanie.

Becky se tourna vers elle.

— D'accord, dit-elle. Comptez sur moi.

Puis, regardant la zone éclairée par le feu de camp, elle ajouta :

— Maintenant que nous avons mangé, que faisons-nous ?

— Maintenant ? dit Stephanie d'une voix de petite fille de dix ans enthousiaste, et non d'une ado blasée. Maintenant, on fait griller des marshmallows !

Elle le dit avec un tel élan que Becky comprit : c'était une autre de leurs traditions chéries.

— Excellente idée ! déclara-t-elle.

- 13 -

Aussitôt dit aussitôt fait. Stephanie et son père firent griller des marshmallows en évoquant leurs aventures de camping passées, jusqu'à ce qu'arrive l'heure du coucher.

— Non, pas déjà ! s'écria Stephanie en étouffant un bâillement. Allez, papa, sois gentil ! Les horaires ne s'appliquent pas en camping !

— En effet, répondit Steve, car s'ils s'appliquaient, il y a presque deux heures que tu devrais dormir.

La fillette se tourna vers son alliée.

— Becky ?

Déchirée entre père et fille, Becky finit par se ranger à l'avis de Steve.

— Je pense que ton père a raison. Tes paupières se ferment d'elles-mêmes, répondit-elle.

— Pas du tout ! s'exclama Stephanie.

Sous le regard entendu des deux adultes, elle reformula son affirmation :

— Peut-être un tout petit peu. Allez, papa, encore dix minutes.

Cette journée merveilleuse était un cadeau tellement inattendu et précieux, que Steve flancha et accorda à sa fille la prolongation qu'elle quémandait.

Ce qui lui valut un sourire radieux.

Avant la fin des dix minutes, en dépit de ses efforts,

Stephanie s'était endormie près du feu, sa tête sur l'épaule de Becky.

— Elle est prête à aller se coucher, murmura celle-ci.

— Ah bon ? À quoi voyez-vous ça ?

— J'ai un sixième sens ! Vous croyez qu'on peut la glisser dans son sac de couchage sans la réveiller ?

Steve crut d'abord qu'elle plaisantait. Mais non, elle était sérieuse.

— Vous ne savez pas comment est fait un sac de couchage, n'est-ce pas ?

— Pas la moindre idée, avoua-t-elle. Je suis vraiment une citadine jusqu'au bout des ongles.

— Restez près d'elle un petit moment, le temps que je prépare le sac de couchage, dit-il en disparaissant sous la tente.

Assise près du feu, avec une petite fille de dix ans abandonnée contre elle, Becky se sentit soudain très maternelle.

Un jour, peut-être, elle aussi…

— Tout est prêt, déclara Steve en sortant de la tente. Elle dort toujours ? Parfait.

— Je n'ai pas bougé d'un centimètre, dit-elle tout bas.

Steve souleva sa fille dans ses bras.

— Il est l'heure de te coucher, Stephie, murmura-t-il tendrement.

Levant les yeux vers Becky, il précisa :

— Puisqu'elle ne m'entend pas, je peux bien l'appeler « Stephie », non ?

— Je n'ai fait aucune remarque !

— Peut-être pas à haute voix, mais vous le pensiez.

— Vous n'en saurez rien.

Elle le devança et souleva le rabat de la tente.

Il avait ouvert le sac de couchage au milieu de la tente. Avec mille précautions, il déposa sa fille sur le sac, l'enveloppa dans les pans et ferma lentement la fermeture Éclair, jusqu'à ce qu'elle soit au chaud.

— Ah, c'est comme ça qu'on fait ? chuchota Becky.

— Voilà encore un des mystères de la vie résolu, indiqua Steve en riant doucement.

Se moquait-il d'elle ?

— Ce n'est pas un mystère, protesta-t-elle, sur la défensive. Je croyais tout simplement qu'on se glissait dans le sac de couchage. Je me trompais, apparemment.

Steve décida de laisser tomber le sujet. Son intention n'avait jamais été d'embarrasser Becky.

— Il se fait tard, dit-il en croisant le regard de la jeune femme. Connaissant Stephie, elle va vouloir commencer tôt demain. Si nous allions nous coucher ?

— *Nous* ?

Pas une seconde elle ne s'était interrogée sur l'organisation du coucher. La tente lui avait semblé très grande au moment de la monter, mais tout d'un coup, elle lui paraissait beaucoup plus petite et intime.

— Oui, répondit Steve. Vous et moi, dans nos sacs de couchage. Je pensais que vous pourriez prendre ce côté, à gauche de Stephanie, pendant que je prendrais la place à droite. À moins que vous ne préfériez l'inverse ?

— Non, non, ce côté-ci me va très bien, assura-t-elle d'une voix qui sonna un peu trop aiguë à ses oreilles.

— Si vous n'y arrivez pas, je peux vous aider à faire glisser la fermeture Éclair de votre sac de couchage.

Surtout pas ! Près de cet homme très tentant, mieux valait pour le moment maintenir une certaine distance.

— Je peux me débrouiller toute seule ! répliqua-t-elle vivement.

— Il n'y aucune raison que vous vous sentiez nerveuse, lui fit remarquer Steve d'un ton calme.

Les yeux écarquillés, elle le regarda. Que voulait-il dire ? Qu'il allait se comporter en gentleman ? Qu'il ne tenterait rien ?

— Je ne suis pas nerveuse, répondit-elle, tout en sentant son pouls s'accélérer.

— Tant mieux, car il n'y a pas matière à s'inquiéter. D'abord, la tente est sûre, ensuite il n'y a pas d'ours dans la région.

Elle comprit soudain. Il lui parlait sécurité contre les éléments extérieurs, et non contre lui-même ! À l'évidence, la seconde hypothèse ne lui avait même pas traversé l'esprit.

Elle se détourna. Son imagination lui jouait des tours, cela ne pouvait pas durer. Steve ne s'intéressait pas à elle, et comment lui reprocher d'être aussi séduisant ?

— Vous en êtes sûr ? demanda-t-elle pour lui faire croire qu'elle s'inquiétait pour leur survie dans cette nature hostile.

— Absolument.

Maintenant qu'elle y songeait, la nature à l'état sauvage lui faisait un peu peur.

— À chaque bruit, je vais quand même penser qu'un ours rôde, à la recherche de quelque chose à se mettre sous la dent, dit-elle.

— Si cela peut vous rassurer, nous pouvons rester à parler tous les deux, proposa-t-il en s'asseyant à côté de son sac de couchage non déployé. Je n'ai pas vraiment sommeil.

Elle n'en crut pas un mot.

— Si, vous êtes même très fatigué, dit-elle. Merci beaucoup, mais je ne veux pas être la cause de votre manque de sommeil.

C'est déjà le cas, ne put s'empêcher de penser Steve. Mais il devait résoudre son problème tout seul, sans en parler à quiconque. Surtout pas à Becky.

— Pourquoi vous préoccuper de mon sommeil ? s'enquit-il d'un ton léger.

Leurs regards se croisèrent.

— D'accord, dit-elle en s'asseyant.

Ils discutèrent un moment. Il lui exposa le projet sur lequel il travaillait, prenant soin de ne pas dévoiler les aspects confidentiels de ses recherches. Il fut heureux de la voir non seulement comprendre ce qu'il disait, mais aussi faire des observations pertinentes et intéressantes pour enrichir le projet.

Stimulé, il parla beaucoup plus longtemps qu'il n'en avait eu l'intention. Mais au bout d'un moment, le sommeil eut raison de Becky.

— Je ferais mieux de me coucher avant de m'endormir au milieu d'une phrase, murmura-t-elle en retenant un bâillement.

Il lui souhaita une bonne nuit. Soulagé qu'elle se soit endormie, il plongea à son tour dans un sommeil de plomb.

Le second jour fut une reproduction du premier, et pourtant différent pour Becky. Plus intime, plus en confiance. Stephanie avait abandonné son armure défensive et était détendue, heureuse.

En promenade, elle courait devant, les appelait pour leur montrer les fleurs, nommant celles qu'elle connaissait.

Et quand ils pêchèrent, Becky n'était plus la novice sans expérience de la veille.

Ils prirent encore quelques poissons, et cette fois-ci, Becky se sentit suffisamment en confiance pour proposer de les nettoyer.

— Vous êtes sûre de vouloir le faire ? lui demanda Steve. Vous êtes notre invitée et n'êtes pas tenue aux corvées.

— Être servie, ce n'est pas vraiment ma tasse de thé. Je vous ai observés hier, et cela ne m'a pas paru très difficile.

— C'est facile, en effet, répondit Steve. Juste sale et ennuyeux.

Secrètement ravi qu'elle ait proposé d'aider, il poursuivit :

— Si cela vous fait plaisir, coupons la poire en deux, et nettoyez la moitié des poissons.

Stephanie les observait, navrée. Que d'histoires pour nettoyer des poissons !

— Vous êtes idiots tous les deux, dit-elle en regardant son père et Becky, puis le seau rempli de poissons. Ça va durer longtemps, vos discours ? Je commence à avoir vraiment faim, moi.

— Tu as raison, nous allons faire le plus vite possible, promit Becky.

— À moins que tu aies envie de nous aider, ma chérie ? demanda Steve, pince-sans-rire.

— Non, non, j'attends !

— Je ne peux pas croire que le temps ait passé si vite, dit Becky, quelques heures plus tard.

Ils avaient nettoyé les poissons, les avaient fait cuire

et les avaient mangés, et maintenant ils digéraient tranquillement autour d'un feu de camp.

— On doit vraiment rentrer ce soir, papa ? Je n'ai plus classe, maintenant.

Steve, lui, n'était pas en vacances.

— J'aimerais rester encore une nuit, répondit-il, mais je dois aller travailler demain matin, ma chérie.

La fillette fit la moue.

— Ils te font trop travailler, au bureau, marmonna-t-elle.

Steve se mit à rire et passa son bras autour des épaules de sa fille.

— Tu n'as pas tort, mon chou !

— Alors restons un jour de plus, proposa-t-elle. Tu le mérites.

— Et si nous revenions bientôt ?

Stephanie le regarda, peu convaincue.

— Bientôt, c'est quand ? demanda-t-elle.

De peur que l'humeur de la fillette ne change, Becky intervint :

— Le week-end prochain ? suggéra-t-elle en regardant Steve. C'est possible pour vous ?

Il réfléchit à son emploi du temps des prochaines semaines. Cela s'annonçait compliqué. Au bureau, tout le monde travaillait d'arrache-pied pour être prêt dans les temps. Mais grâce à Becky, il avait pu récupérer un peu du plaisir intense qu'il éprouvait à partager du temps libre avec sa fille. Il tenait à conserver cette avancée.

Sans doute devrait-il faire des heures supplémentaires pendant la semaine, mais cela valait le coup si c'était pour passer un autre week-end avec Stephie et cette jeune femme qui avait le don de faire advenir les choses heureuses.

— Avec plaisir ! affirma-t-il. Et pour toi, Stephanie, c'est bon ?

— Oui ! s'exclama-t-elle.

Elle se mordilla la lèvre inférieure un instant avant d'ajouter :

— Tu sais, papa, tu peux m'appeler « Stephie », si tu veux, quand nous sommes seuls tous les deux, ou avec Becky. Simplement, tu ne le fais pas quand il y a d'autres gens autour. D'accord ?

— D'accord, répondit Steve, le visage éclairé d'un grand sourire.

Il regarda Becky du coin de l'œil, sans avoir besoin de prononcer un mot. Elle savait ce qu'il pensait.

Elle lui rendit son sourire.

Becky trouva son sac à dos encore plus lourd au retour. Peut-être parce qu'elle regrettait de partir ? Mère Nature ne l'emballait pas, en général, mais ce petit séjour l'avait conquise. Stephanie et son père s'étaient rapprochés, et cela lui donnait le sentiment d'avoir accompli quelque chose de positif qui la satisfaisait profondément.

Ce succès valait bien les nombreuses piqûres de moustique, et les gros efforts qu'elle faisait pour ne pas se gratter. Le prix à payer était modeste. De plus, ce week-end ayant été une réussite, elle redoutait moins la perspective du prochain week-end en camping. Il n'en demeurait pas moins qu'elle aurait préféré descendre dans un bon hôtel, avec une chambre confortable, un *room service* et un grand écran de télévision sur lequel elle aurait pu regarder des documentaires. Qui sait ? Sur la nature, si elle en éprouvait le désir !

— Vous êtes bien calme, déclara Steve.

Ils approchaient de la maison. Stephanie s'était endormie, ce qui avait mis un terme à toute conversation.

— Je ne veux pas risquer de la réveiller, expliqua-t-elle.

— Quand elle dort comme ça, même une explosion ne la réveillerait pas ! L'air pur et la marche l'ont achevée. Rien de tel que le grand air pour dormir comme un bébé.

— Vous feriez mieux de ne pas faire référence au bébé en présence de Stephanie, lui fit remarquer Becky en souriant.

— Elle sait très bien que je ne parle pas d'elle.

— Mieux vaut rester prudent, à mon avis…

— Vous avez sans doute raison, dit-il après quelques secondes de réflexion. C'est une bonne chose que vous soyez là pour me reprendre quand je fais une erreur. Merci pour tout ce que vous avez fait pendant ces deux jours.

— Je n'ai pas fait grand-chose, répondit-elle en haussant les épaules.

— Vous plaisantez ? Sans vous, ma fille et moi serions toujours des presque étrangers l'un pour l'autre. Et, ajouta-t-il avec un sourire attendri, je ne pourrais pas l'appeler « Stephie ».

— Seulement en privé, souvenez-vous !

Steve se gara dans l'allée de sa maison.

— C'est mieux que rien, dit-il. Beaucoup mieux.

Sortant de la voiture, il ouvrit la portière arrière et prit doucement sa fille dans ses bras.

— Je vais ouvrir la porte, proposa Becky.

— Prenez les clés, dit-il en lui tendant le trousseau.

- 14 -

Becky précéda Steve à l'étage pour lui ouvrir la porte de la chambre de sa fille. Elle tira les couvertures et il la déposa doucement sur le lit.

— Vous croyez qu'elle va se réveiller, quand je la mettrai en pyjama ? demanda-t-elle en regardant la fillette endormie.

— Ne vous préoccupez pas de ça. Elle a dormi tout habillée en camping, une nuit supplémentaire ne fera pas une grosse différence.

Becky avait tendance à penser la même chose. Cependant, elle avait du mal à ne pas respecter les règles d'hygiène qu'on lui avait inculquées dans son enfance.

— Ma mère mettait un point d'honneur à suivre toutes les règles, expliqua-t-elle en arrangeant le drap sur le corps de Stephie. C'était probablement dans le but d'exercer une sorte de contrôle sur moi. Pour le reste, je sentais que j'étais hors de sa portée.

Elle ne se croyait en aucun cas supérieure à sa mère, mais voyait les choses de manière très différente et comprenait beaucoup plus de choses qu'elle.

À certains moments, elle en était sûre, sa mère pensait qu'elles appartenaient à deux mondes très différents.

— On dirait que vous n'avez pas eu une enfance très facile, fit remarquer Steve en se glissant hors de la chambre avant d'en fermer la porte.

— Ça dépendait des moments. Mais ne vous y trompez pas, ma mère a vraiment essayé de bien faire.

Pour changer de conversation, elle ajouta :

— Demain matin, vous vous levez tôt, je vous laisse aller vous coucher. Merci de m'avoir incluse dans votre week-end de camping.

La réaction de Steve la surprit.

— J'ai eu l'impression très nette que vous êtes venue sous la contrainte, dit-il en riant.

Dire le contraire aurait été mentir.

— L'idée de partir camper ne m'attirait pas spécialement, à l'origine, c'est le moins qu'on puisse dire, avoua-t-elle. Mais je m'y suis faite, au fur et à mesure. En réalité, j'ai même fini par apprécier. Sauf les piqûres de moustique !

— J'ai remarqué que vous vous grattiez, en effet. J'espère que vous savez que plus on se gratte, plus on a envie de se gratter. C'est une loi de la nature !

— Je sais. Mais ça me démange… et ça me rend folle !

Il réfléchit deux secondes avant de proposer :

— Venez avec moi, je pense avoir quelque chose dans ma pharmacie qui pourrait vous aider. Un ami à moi a composé un remède artisanal. Et ça fonctionne !

Un peu mal à l'aise, Becky hésita. Était-ce une proposition innocente, ou pas ?

— D'accord, je place mon destin entre vos mains !

Elle le suivit jusqu'à la salle de bains de la suite parentale.

— Où êtes-vous piquée ? s'enquit Steve. Je le promets, ça ne vous fera pas mal.

— Principalement sur les épaules et dans le haut du

dos, répondit-elle. Je n'aurais pas dû mettre un T-shirt aussi échancré.

Elle hésita un peu avant de se tourner pour lui découvrir l'endroit.

Devant l'étendue des piqûres, Steve se retint de siffler. Les épaules de Becky étaient constellées de boursouflures !

— Dites donc, vous ne plaisantiez pas ! dit-il.

Becky soupira.

— Ce doit être très pénible, ajouta-t-il.

Ouvrant sa boîte à pharmacie, il en étudia rapidement le contenu, trouva le flacon qu'il cherchait, le déposa sur le rebord du lavabo et se lava les mains.

— Je vais enduire vos épaules de cette pommade, expliqua-t-il.

— Ça va piquer ?

Pour que Steve ne la prenne pas pour une mauviette effrayée à l'idée de subir un petit désagrément, elle précisa :

— Je pose juste la question pour savoir à quoi m'attendre.

— C'est un peu froid. Je pense que ça doit ressembler à un mélange de chantilly et de miel que l'on étale sur la peau.

— Vous me transformez en dessert, si je comprends bien, dit-elle avec un petit rire sec.

En voilà une idée agréable ! songea Steve en souriant, soulagé que Becky, le dos tourné, ne voie pas l'expression de son visage.

— Prête ?

Becky se prépara mentalement. Elle avait de plus

en plus de mal à ne pas se gratter. Tout lui parut plus souhaitable que cette démangeaison intolérable.

Elle retint sa respiration tandis que Steve commençait à étaler le remède maison sur les piqûres de ces satanés moustiques.

— Pourquoi n'avez-vous rien dit plus tôt ? demanda-t-il, étonné.

— Je pensais pouvoir le supporter. J'ai déjà été piquée par des moustiques, mais jamais aussi massivement.

En ce moment même, les piqûres la démangeaient, mais au-delà de ça, elle sentait les doigts forts et habiles de Steve qui étalaient lentement la pommade sur sa peau… Elle avait de plus en plus chaud.

C'était sans doute son imagination, mais en dépit des démangeaisons et de la crème, les doigts de Steve glissant sur sa peau déclenchaient en elle des frissons qu'elle ne parvenait pas à contrôler.

Un désir irrépressible l'envahit. Comment lutter contre ?

— Ça devrait aller, dit soudain Steve. Comment vous sentez-vous ?

Au paradis.

Comme si cela empêcherait Steve de lire en elle, elle s'éclaircit la voix avant de répondre :

— Ça gratte moins.

— Tant mieux, dit-il d'un ton satisfait. Je vous laisse la crème, si vous en avez de nouveau besoin. Parfois, les moustiques se focalisent sur une personne plutôt que sur une autre, c'est un phénomène connu. Ça paraît totalement illogique, mais cela expliquerait pourquoi vous avez été piquée, alors que Stephie et moi n'avons rien.

— Super, murmura-t-elle en se retournant vers Steve. Vous voulez dire que j'attire les moustiques ?

Il se mit à rire.

— On peut le dire comme ça ! répondit-il en se lavant les mains. J'espère que cette pommade vous soulage un peu ?

— En fait, ça ne me gratte plus du tout !

Elle était tellement heureuse, qu'éperdue de reconnaissance, elle s'écria « Merci ! » en jetant ses bras autour du cou de Steve pour l'embrasser.

Aussitôt, elle écarquilla les yeux. Mon Dieu, que venait-elle de faire ? Avait-elle perdu la tête ?

Elle se recula aussitôt.

— Excusez-moi, bredouilla-t-elle, honteuse. Je… je n'avais pas l'intention de… Je suis désolée.

— Ne le soyez pas. Moi, je ne le suis pas.

Pas du tout ! Le corps de Becky si près du sien… Ses bras autour de son cou… Tout cela venait de remuer quelque chose d'intense en lui. La tentation était forte de l'embrasser à son tour. Il n'avait pas embrassé une femme autre que son épouse depuis si longtemps. L'espace d'un instant, il s'avoua l'inavouable : la douce chaleur d'un lien que seul un homme et une femme peuvent éprouver ensemble lui manquait.

— Vous n'êtes pas fâché ? murmura-t-elle.

Ce qu'il lut dans les yeux de Becky sembla le guider vers l'étape suivante. Avant même de l'avoir décidé, il prit le visage de la jeune femme entre ses mains et posa sa bouche sur ses lèvres.

Le cœur de Becky explosa dans sa poitrine.

Le baiser de Steve correspondait en tout point à ses attentes, et au-delà. Un baiser exquis.

Pourtant, elle n'avait aucun moyen de comparaison. La plupart des hommes qu'elle avait côtoyés l'avaient soit traitée comme une anomalie, soit comme une femme intimidante dont on se tenait éloigné.

Et, même si elle se disait que cela n'avait aucune importance, elle avait beaucoup souffert de sa mise à l'écart. À l'époque où elle travaillait dans l'aérospatial, les hommes la fuyaient malgré sa beauté.

Quand elle avait changé d'activité et avait commencé à travailler pour Celia Parnell, les occasions de rencontrer des hommes s'étaient faites rares. Sauf les époux des femmes dont elle entretenait la maison. Mais elle n'était pas du genre à sortir avec un homme marié, même si elle avait eu des occasions.

Elle avait eu des célibataires, parmi ses employeurs, mais ils étaient peu nombreux, et de toute façon elle ne les voyait pratiquement jamais. Pour régler les affaires pratiques, ils s'adressaient toujours à Celia.

N'ayant pas envie de recourir aux sites de rencontres sur Internet, elle s'était résignée à mener une existence solitaire.

Aujourd'hui, la situation était exceptionnelle. Le corps tout entier parcouru de délicieux frissons, elle s'abandonna au baiser de Steve.

Steve sentait son pouls s'accélérer. Des émotions naissaient en lui, endormies depuis si longtemps qu'il pensait ne plus jamais être capable de les éprouver. Pas avec cette force, en tout cas.

En cet instant, ce qu'il ressentait dépassait largement la petite étincelle que les qualités de Becky avaient suscitée en lui ces temps derniers. C'était bien différent du léger attrait qui l'avait poussé vers elle de temps en temps.

C'était beaucoup plus intense que ça.

Très vite cependant, la vague d'émotion sensuelle qui le submergeait se mua en un fort sentiment de culpabilité.

Troublé, il se détacha de Becky.

— Excusez-moi, marmonna-t-il en se reculant. Je n'avais pas l'intention d'agir ainsi. Je suis désolé.

Des sentiments contradictoires faisaient rage en lui. Il avait besoin de s'éloigner d'elle.

— À demain, conclut-il.

Becky, encore sous le choc de ce qu'elle avait ressenti, esquissa un pauvre sourire.

— Merci pour la pommade, dit-elle.

— Je vous en prie, répondit-il avant de quitter la salle de bains.

Pendant un moment, elle ne sut pas que faire.

Ce baiser, c'était… le paradis. Ses lèvres palpitaient encore du contact de la bouche de Steve. Mais pour lui, l'embrasser n'avait manifestement été qu'une impulsion passagère, tout de suite regrettée, visiblement. Peut-être s'en voulait-il d'avoir transgressé la barrière virtuelle qui sépare un employé de son employeur ?

Mais… peut-être était-ce autre chose ?

Se pouvait-il qu'il se sente coupable vis-à-vis de son épouse ?

Elle soupira. Elle était bien trop exténuée pour réfléchir avec bon sens et donner une signification à ce qui venait de se passer.

Il ne restait qu'une chose raisonnable à faire : dormir. Et demain, à moins qu'une brillante idée ne lui vienne, elle ferait semblant que rien ne s'était passé entre eux. Ainsi, Steve ne se sentirait plus gêné, et tout rentrerait dans l'ordre.

Même si ce n'était pas vraiment certain.

Le lendemain matin, Steve se prépara pour la journée comme d'habitude, mais une question l'obsédait : quelle attitude adopter envers Becky ?

Que lui avait-il pris, de l'embrasser ? Il n'en avait pas la moindre idée. Certes, il n'était pas sorti avec une femme depuis la mort de Cindy, mais il avait eu des contacts avec la gente féminine, que diable ! Dans l'entreprise, plusieurs femmes travaillaient dans son département, et il les côtoyait constamment. Jamais il n'avait éprouvé la moindre envie de les embrasser.

Son attitude de la veille le déroutait au plus haut point. Cela ne lui ressemblait pas.

Sans être pour autant un ermite, il ne sortait pas avec les femmes. Il n'en éprouvait simplement pas le désir. Et cela, depuis des années.

Alors pourquoi maintenant ?

Et comment se comporter ?

Il ne pouvait quand même pas rester enfermé dans sa chambre jusqu'à ce que Becky sorte. Il devait se rendre tôt à son travail, s'il voulait tenir sa promesse envers Stephie de retourner camper le week-end prochain.

Sortant de sa chambre, il jeta un regard en direction du rez-de-chaussée. La maison était calme. Normal, à cette heure-ci. Avec un peu de chance, il quitterait la maison en catimini sans rencontrer Becky, qui devait encore dormir.

Chaque marche de l'escalier le rapprochait un peu plus de la victoire. La porte d'entrée était en vue quand soudain, sortie de nulle part, Becky jaillit devant lui.

— Je pensais bien que vous vous lèveriez de bonne heure, déclara-t-elle joyeusement. Votre petit déjeuner est prêt.

Le cœur de Steve s'emballa.

— J'allais prendre un café dans un drive-in, dit-il.

— Dirigez-vous plutôt vers la cuisine. Il est inutile de dépenser inutilement de l'argent pour prendre un café. Votre petit déjeuner attend, il ne vous fera aucun mal, promis !

Il ne put résister à son argument. Ni à son sourire...

Obéissant contre son gré, il la suivit dans la cuisine et prit place à table.

— Ça sent bon, reconnut-il.

— Le goût est encore meilleur. Allez, mangez pour ne pas être en retard.

Allons ! Cela ne prendrait que quelques minutes, songea-t-il en commençant à manger.

— Où est Stephie ? demanda-t-il.

— Elle dort encore, répondit Becky en lui versant un verre de jus d'orange. Il n'est que 6 h 30, vous savez.

— Et vous ? Que faites-vous debout à cette heure-ci ?

— Je fais votre petit déjeuner. J'ai eu l'intuition que vous partiriez très tôt et, avec tout le travail qui vous attend, j'ai pensé qu'il vous fallait un bon petit déjeuner dans l'estomac.

Tout cela paraissait logique, mais il demeurait mal à l'aise.

— Vous n'étiez pas obligée de le faire, vous savez.

— Peut-être pas, répondit-elle en buvant une gorgée de jus d'orange. Mais j'en avais envie.

Il avala quelques bouchées d'œufs brouillés et de toasts. Puis, incapable d'oublier sa conduite de la veille, il s'éclaircit la voix.

— Euh... à propos d'hier soir, Becky...

— Hier soir ? répéta-t-elle, surprise. Il ne s'est rien passé, hier soir.

Il la contempla d'un air étonné.

— Vous ne vous rappelez pas ?

— Me rappeler ? dit-elle en débarrassant les assiettes pour les mettre dans l'évier et faire couler de l'eau dessus. Me rappeler quoi au juste ? Je ne me souviens de rien.

— Mais…

— Si vous ne prenez pas la route tout de suite, vous allez vous retrouver coincé dans les embouteillages du lundi matin. Alors, partez maintenant, nous discuterons ce soir, si vous en éprouvez encore le besoin.

Il la regarda un moment sans rien dire. Il comprenait son intention : effacer délibérément son sentiment de culpabilité. D'une manière ou d'une autre, elle avait tout compris de lui, le remords qui l'avait assailli, parce que au fond de lui, il était toujours marié à Cindy. À en juger par son attitude, elle avait non seulement tout deviné, mais elle avait décidé de lui pardonner.

— Merci, dit-il.

— Ne me remerciez pas. Préparer votre petit déjeuner fait partie de mes attributions, je suis payée pour cela. Et maintenant, je vous en prie, partez. Vous connaissez la circulation du lundi matin.

— Vous êtes la meilleure.

Les yeux de Becky brillèrent, et elle sourit.

— Peut-être pas la meilleure. Disons plutôt dans le top *ten* ?

Sur ce, elle lui tourna délibérément le dos, lui signifiant ainsi la fin de leur conversation.

- 15 -

À la maison, les journées suivirent un cours tranquille pendant plusieurs semaines, ce dont Steve se réjouit.

Au travail, c'était une autre paire de manches. Suite à des retards dans le projet, à l'échec de certaines expériences délicates, il devait rester plus longtemps au bureau, plongé dans calculs et projections. Savoir Becky à la maison lui ôtait un grand poids. Elle s'occupait de tout, de Stephie en particulier.

Toutefois, à force d'heures de travail supplémentaires, il parvint à offrir à sa fille deux autres week-ends de camping, en compagnie de Becky.

Il n'avait jamais été aussi heureux depuis longtemps, songea-t-il un jour. Il ne s'attarda pas sur cet état, de peur de le faire disparaître. Tout en demeurant parfois un mystère pour lui, sa fille était la plupart du temps redevenue sa Stephie de toujours.

Grâce à Becky, il n'avait plus à s'inquiéter de laisser sa fille toute seule. La jeune femme lui consacrait son temps. Elle était fiable et aimante, et Stephie s'y était rapidement attachée.

— J'aime bien Becky, elle est cool, lui dit sa fille, un jour.

Que voulait-elle dire, au juste ? Un peu perplexe, il répéta :

— Cool ?

— Oui. Peut-être que si tu n'étais pas tout le temps occupé hors de la maison, tu t'en rendrais compte.

— Tu exagères, je ne suis pas tout le temps absent ! protesta-t-il.

— Ça en a l'air, en tout cas.

Entendant les voix du père et de la fille s'élever un peu, Becky pénétra dans la pièce, juste à temps pour venir à la rescousse de Steve.

— Sois honnête, Stephanie, si ton père était aussi occupé que tu le dis, il ne t'aurait pas emmenée deux fois camper, tu ne crois pas ?

Stephie détourna les yeux en soupirant.

— Ouais, marmonna-t-elle.

Becky sourit et les invita à passer à table.

Avant d'entrer dans la cuisine, Steve lui souffla à l'oreille :

— Stephie était en train de me dire que vous êtes cool.

Elle savoura le compliment en silence.

— Elle m'a aussi confié que je devais en prendre conscience, ajouta-t-il en souriant.

— Peut-être, en effet, repartit Becky d'un ton badin.

En fait, songea Steve en s'asseyant à table, il remarquait bel et bien les qualités et le charme de Becky. Peut-être un peu trop, même. Il s'efforçait de ne pas y prêter attention, sans trop y parvenir. Et il était au supplice chaque fois qu'il se trouvait dans la même pièce qu'elle.

Devait-il s'en alarmer ? Se réjouir, au contraire, de sortir de son long coma émotionnel ?

Il semblait plus facile et plus prudent de prendre les choses au fur et à mesure, en s'attachant aux états d'âme de sa fille, plutôt qu'aux siens. L'épanouissement de Stephie ne faisait aucun doute. Il avait beau essayer de ralentir le processus, sa petite fille grandissait inéluctablement.

Mais ses interrogations de préado, celles qui l'avaient plongé dans des abîmes d'incompréhension jusqu'à récemment, ne parvenaient plus à ses oreilles. Becky en était devenue le réceptacle et fournissait les réponses qu'il n'aurait pas su donner.

Steve avait parfois des journées de travail interminables. Une fois il dut rester au bureau jusqu'à 22 heures. En rentrant, il n'avait plus qu'une idée en tête : dormir.

Mais Becky ne l'entendait pas de cette oreille.

Elle avait préparé le dîner pour lui.

— Vous ne pouvez être Super Papa si vous perdez des forces, dit-elle. Il faut que vous mangiez.

Il n'était pas de taille à lutter contre elle. Pas ce soir. D'autre part, le fait que quelqu'un s'inquiète à son sujet lui mettait du baume au cœur.

— D'accord, dit-il à contrecœur. À condition que vous me teniez compagnie.

— Entendu, répondit-elle en prenant place à table. Alors, où en est le projet ?

— Ça avance lentement.

Il avala quelques bouchées, puis lança :

— Tout va bien entre Stephie et vous ?

— De mieux en mieux, répondit Becky, intriguée. Pourquoi ?

— Je me demandais si elle se confiait encore à vous ou si elle avait décidé de voler de ses propres ailes ?

— Je ne peux vous donner de réponse précise. Je ne veux pas trahir sa confiance en dévoilant ses confidences.

Son radar de père se déclenchant, Steve lâcha vivement :

— Quelles sortes de confidences ?

— Rien qui doive vous inquiéter. Rien ne se passe qui soit mauvais ou dangereux pour elle. Dans le cas contraire, je serais la première à tout faire pour changer le cours des choses. Non, nous parlons de secrets de filles. Votre fille est normale. Toute intelligente et brillante qu'elle soit, elle éprouve les sentiments ambivalents et embrouillés qui tourmentent les ados depuis la nuit des temps. Mais pourquoi me demander si votre fille me parle encore ?

— Parce qu'elle ne me parle plus vraiment, à moi.

— Ce n'est pas vrai ! Simplement, elle ne vous pose plus les questions qui vous embarrassaient. C'est bien la raison pour laquelle vous avez cherché de l'aide, n'est-ce pas ?

Hochant la tête, il regarda Becky dans les yeux un instant avant de répondre :

— Vous avez raison. Mais je veux que Stephie sache que je suis là pour elle, même si le sujet est embarrassant. Je suis son père pour les bons et les mauvais moments.

Tellement pris dans la conversation, il ne s'était pas rendu compte que son assiette était vide. L'estomac plein, il se sentait mieux. Sans compter que sa petite conversation avec Becky l'avait rassuré : sa fille allait bien.

— Vous ai-je déjà dit à quel point je suis heureux que vous travailliez pour moi ?

Becky fit semblant de s'interroger, puis :

— Non, je ne crois pas.

— Eh bien, j'en suis très heureux, affirma-t-il d'un ton convaincu.

S'efforçant de garder son sérieux, elle demanda :

— Est-ce que cela signifie que vous me ferez un bon rapport sur Yelp ?

— Pardon ?

— C'était une blague ! Oh ! avant que j'oublie… Stephie est invitée à passer une nuit chez une copine avec d'autres filles, annonça-t-elle triomphalement. Sa première invitation, apparemment.

Comme il ne disait rien, elle insista :

— Eh bien ? Vous lui donnez la permission de s'y rendre ?

L'idée que sa fille aille dormir chez une amie ne lui avait jamais traversé l'esprit. Aussi loin qu'il se souvienne, Stephie ne lui avait jamais demandé de dormir ailleurs que chez eux. Cela ne lui ressemblait pas.

— Elle a vraiment envie de se rendre à ce truc ? s'enquit-il.

— Absolument ! Elle est ravie d'être invitée. Entre nous soit dit, cela lui donne le sentiment d'être une fille comme les autres.

— Euh… il n'y aura aucun garçon, au moins ?

Était-il sérieux ? Il devait bien se douter que les soirées pyjama chez une copine se faisaient obligatoirement sous la surveillance des parents.

Elle décida de mettre un peu d'humour dans sa réponse.

— Si. Le père de la copine se trouvera quelque part dans la maison, je pense, mais il sera très probablement avec la mère de la copine.

Mais Steve ne retint que la présence des parents, ce qui parut le soulager.

— Et vous, Becky, qu'en pensez-vous, personnellement ?

— C'est bon pour Stephie, ça lui apprendra à interagir

avec d'autres filles. Jusqu'ici, elle a quand même été assez solitaire, il me semble.

— Vous connaissez le nom de la fille qui l'héberge, et celui de ses parents ?

Elle eut du mal à ne pas éclater de rire. Que fera-t-il quand Stephie ira au collège, puis au lycée ? Quant au premier garçon qui s'intéresserait à elle…

— Oui, j'ai leurs noms, et je vais vous les écrire sur un papier, répondit-elle en joignant le geste à la parole.

Tandis qu'il étudiait les noms, elle lisait les pensées qui lui traversaient l'esprit et l'inquiétaient.

— Je parie que dès que vous serez au bureau demain, vous allez mener votre enquête sur cette famille, fit-elle remarquer.

Steve leva les yeux vers elle. L'espace d'un instant, il fut tenté de nier. Mais s'il lui mentait, et si elle le découvrait, rétablir la confiance entre eux serait difficile. Elle avait manifestement la capacité de lire en lui à livre ouvert, et cela lui plaisait, dans le fond.

Cela faisait même plus que lui plaire…

— En effet, répondit-il. Vous pensez que j'ai tort ?

Becky ne souhaitait pas l'empêcher de mener son enquête. Il était père, et cette invitation était une nouveauté pour sa fille. Jusqu'ici, celle-ci était restée à l'écart de la vie extrascolaire. Elle comprenait donc les réticences de Steve.

— Faites comme vous le sentez, déclara-t-elle.

Il hocha la tête et se leva.

— Vous n'avez pas répondu à ma question, dit-elle au moment où il quittait la pièce. Stephie peut-elle se rendre à cette soirée pyjama ?

Il aurait voulu dire oui, mais des années de prudence le retenaient.

— Nous en reparlerons plus tard, dit-il.

— L'invitation est pour demain soir.

Il ne répondit pas. Il voulait faire les choses à sa façon.

— Ou alors, poursuivit Becky, vous pourriez vous fier à mon jugement et accepter tout de suite.

— Je suis son père, Becky. J'ai besoin de savoir à qui je confie ma fille.

— Vous pensez vraiment que je l'enverrais passer la nuit chez quelqu'un sans prendre mes précautions ?

Pour la première fois, les propos de Steve l'offensaient.

— Pour le cas où je n'aurais pas été assez claire jusqu'ici, sachez que votre fille n'est pas un simple *travail*, à mes yeux. Son bien-être et sa sécurité comptent beaucoup pour moi. Je ne l'abandonnerais jamais à une compagnie de loups, même si c'était des loups très attrayants et si elle mourait d'envie de les fréquenter.

— Je n'avais pas l'intention de vous blesser.

— Non, mais vous l'avez fait.

Prenant une profonde inspiration, elle se calma.

— Aucune importance, reprit-elle. Ce n'est pas moi qui compte dans cette conversation. Je comprends que vous vous préoccupiez de la sécurité de votre fille. Les Alexander sont très aimables, d'un milieu intéressant. Stephie sera entre de bonnes mains pour la soirée et la nuit. Si tous les parents donnent leur permission, elles seront sept filles, et c'est un bon chiffre. Plus, cela aurait pu être étouffant. Moins cela aurait pu tourner en une sorte de clique.

— *Clique* ?

— Vous êtes un homme, et là, il s'agit d'une chose

de fille, dit-elle en souriant. Stephie doit y aller, ça élargira son horizon. Alors faites votre recherche sur les Alexander demain matin au bureau, et donnez-moi votre réponse avant midi.

— Pas la peine. Vous m'avez convaincu. Ma réponse est oui.

— Parfait ! Stephie va être vraiment heureuse. Même si, de vous à moi, si vous aviez refusé, elle aurait peut-être fait le mur pour la première fois de sa vie.

— Ne me mettez pas en tête de pareilles idées, marmonna-t-il. Sans ça, je vais m'inquiéter de sa réaction éventuelle chaque fois que je lui interdirai quelque chose.

— Pourquoi ? C'est vous qui l'avez emmenée camper.

— Quel rapport ?

— Vous lui avez appris à être autonome et à improviser.

— Je n'ai fait que lui apprendre à monter une tente et à pêcher.

Que cet homme pouvait être lent à comprendre, par moments !

— Extrapolez un peu, l'encouragea-t-elle.

— Extrapoler ?

Tout d'un coup, il comprit.

— Mon Dieu, murmura-t-il. Je n'ai de reproches à faire qu'à moi-même.

— Ne dites pas ça ! Vous avez développé chez votre fille des talents qui lui permettront de survivre dans ce monde. On devrait vous applaudir, au contraire.

Steve se mit à rire.

— Vous savez vraiment vous y prendre pour formuler les choses, dit-il.

— Cela vient de mes années d'ingénieur. J'ai appris à toujours présenter les projets sous leur meilleur jour.

Voyant qu'il mourait de fatigue, elle ajouta :

— Vous alliez dormir quand nous avons entamé ce débat.

— C'est exact, répondit-il en étouffant un bâillement. À demain matin, Becky.

— Comptez-y, répliqua-t-elle tandis qu'il s'éloignait.

Et en effet, à son corps défendant, Steve se rendit compte qu'il y comptait.

- 16 -

Dès qu'il entra dans la maison, Steve fut frappé par le calme. Non que d'ordinaire Stephie soit bruyante, ni qu'elle écoute de la musique à fond. C'était plutôt une impression, comme lorsqu'on ressent l'absence d'une personne.

Il en serait sans doute tout le temps ainsi lorsque Stephie partirait faire ses études. À ce moment-là, il faudra qu'il apprivoise la solitude…

Miss il n'en était pas là. Avec un peu de chance, sept ans s'écouleraient avant que sa fille quitte la maison. À moins qu'elle se révèle être une sorte de prodige, comme Becky.

Il refusa d'engager son esprit dans cette direction. Ce n'était pas d'actualité.

Hormis le silence, une autre chose le frappa : aucune odeur délicieuse ne s'échappait de la cuisine, contrairement aux autres soirs. Même lorsqu'il arrivait tard, il flottait dans l'air l'odeur du plat que Becky avait préparé pour lui.

Mais ce soir, rien. Aucun repas ne mijotait sur le feu.

Becky avait dû profiter de l'absence de Stephie pour sortir. Comment l'en blâmer ? Depuis qu'elle avait pris son poste, elle ne s'était pas accordé le moindre jour de repos, comme c'était son droit.

Loin d'agir en employée, elle se comportait comme un membre de la famille.

En fait, Becky lui manquait. Il s'était accoutumé à ce qu'elle l'accueille et l'oblige à manger au moins une partie de son dîner.

Il se rendit dans la cuisine, posa sa veste sur le dossier d'une chaise, desserra le nœud de sa cravate et ouvrit le réfrigérateur. Becky n'avait rien prévu pour lui. Il ne put s'empêcher d'en éprouver de la déception.

Mais, en fait, ne valait-il pas mieux qu'il en soit ainsi ? Il ne devait dépendre de personne, et encore moins de cette jeune femme. Becky était son employée et non une personne avec laquelle il était lié émotionnellement. Pourquoi lui aurait-elle laissé quelque chose à manger ? Si elle l'avait fait jusqu'à ce soir, c'était un bonus, non une obligation. Elle avait une vie bien à elle et ne lui devait aucune explication, ni…

Le bruit de la porte d'entrée qui se refermait l'alerta.

L'instant d'après, Becky pénétra dans la cuisine, une boîte carrée en carton dans les mains.

— Vous rentrez plus tôt que je ne pensais, dit-elle. Je viens de déposer Stephie chez son amie. Je ne l'avais jamais vue aussi excitée !

Elle déposa sur la table la boîte en carton sur laquelle s'étalait le nom d'une pizzeria.

Comme il avait l'air surpris, elle expliqua :

— Comme c'est la première fois que Stephie couche hors de la maison, j'ai pensé qu'une petite distraction vous ferait du bien. Ce soir, les Angels jouent contre les Mets. Si nous regardions le match à la télévision, avec une pizza et de la bière ? À moins que vous ne préfériez regarder le match tout seul ?

La présence de Becky le distrairait bien davantage que n'importe quelle pizza arrosée de bière !

— Pourquoi donc ? répliqua-t-il.

— Souvent j'ai la manie de dire aux gens ce qu'ils doivent faire… Peut-être préférez-vous être seul…

— Ce sera un plaisir de le regarder avec vous. Et apparemment, le base-ball vous intéresse. Allons nous installer devant la télévision.

Comme elle semblait un peu hésitante, il ajouta :

— Vous savez que vous avez droit à des moments de repos ?

— Je sais.

Avant qu'elle change d'avis et décide de faire autre chose, alors qu'il mourait d'envie de passer ce moment en sa compagnie, il emporta la pizza dans le salon, tandis qu'elle portait les assiettes, les serviettes et deux bouteilles de bière, qu'ils déposèrent sur la table basse devant le canapé.

— Je ne savais pas que vous aimiez le base-ball, dit-il quand le match commença. Je ne vous ai jamais vue en regarder un.

— En général, je me contente de suivre les scores, jusqu'au moment où une équipe qui m'intéresse est en tête pour la finale. Même dans ce cas, je ne regarde pas toujours, cela me stresse trop. Je déteste voir perdre l'équipe que je soutiens. Mais ce soir, Stephie m'a dit que vous aimiez les Angels, j'ai donc pensé que ça vous plairait peut-être de les regarder en dînant.

— C'est le cas, dit-il en déposant dans son assiette une part de pizza. En fait, bien davantage que mon employée, vous êtes mon génie personnel.

— Si je l'étais, je ne pourrais vous accorder que trois vœux, et ensuite, pouf ! je disparaîtrais. Il vaut donc mieux que je sois votre employée.

— Vous avez sans doute raison, dit-il en riant. Je ne veux pas que vous disparaissiez.

Je ne le veux pas non plus, pensa Becky.

Quelque temps plus tard, Steve jeta un regard un peu penaud à la boîte de pizza.

— J'en ai mangé plus de la moitié, fit-il remarquer. Je suis désolé.

— Vous deviez avoir plus faim que moi. Et puis, pris par l'action du match, vous avez mangé sans vous en rendre compte.

Poussés par le même élan, ils se levèrent pour débarrasser la boîte, les assiettes sales et les serviettes en papier.

— C'était un match très excitant, dit-elle.

— Je suis content d'avoir eu l'occasion de le regarder. Sans vous, je n'y aurais sans doute pas pensé.

De retour dans la cuisine, il jeta la boîte en carton dans la poubelle de recyclage.

— Merci pour cette soirée, Becky.

— J'ai pensé que puisque Stephie faisait quelque chose de différent, il serait bon que vous fassiez vous aussi quelque chose d'inhabituel.

Becky se sentit rougir. En disait-elle trop ?

— Désolée. J'ai tendance à prendre les choses en main, si l'on ne m'arrête pas, avoua-t-elle.

— Faire quelque chose de différent est une bonne chose. Bien que, si je voulais faire quelque chose de différent…

Se rendant compte de la direction que prenaient ses pensées, Steve s'arrêta net avant de dire quelque chose qu'il regretterait.

— Oui ? dit-elle.

Il la dévisagea sans répondre. Le bon sens luttait contre

le désir en lui. Figé, il attendait de voir lequel des deux remporterait la bataille.

Au bout de quelques secondes, il regarda Becky au fond des yeux, en tâchant de ne pas s'y perdre.

— Je pense que vous devinez, murmura-t-il.

Le silence entre eux se fit électrique.

Becky retenait sa respiration. Fuir ? Elle n'en avait pas envie, même si c'était la seule chose sensée à faire. Elle se trouvait à la croisée des chemins, et la voie qu'elle souhaitait prendre menait à quelque chose de très excitant…

La pensée d'emprunter ce chemin la tentait au-delà de toute raison.

Son cœur battait à grands coups dans sa poitrine, menaçant de la trahir à tout moment.

À peine pouvait-elle respirer.

— Faites-vous allusion à quelque chose en particulier ? demanda-t-elle à voix basse.

Il ne répondit pas. Mettre des mots sur son désir lui faisait peur.

Pourquoi fallait-il que Becky soit si attrayante ? C'était sans doute à cause de l'éclairage. Mais non, elle aurait été aussi belle dans une forêt sombre, par une nuit sans lune.

Il la désirait. Même si le prix à payer allait être très lourd.

Mais en cet instant, qu'importait le prix à payer ? Plus rien ne comptait que ce besoin qui lui brûlait le sang, au point de lui faire perdre la tête.

Son côté ingénieur logique lui ordonnait de faire marche arrière, de se détacher de cette femme avant qu'il soit trop tard. Et pourtant, au contraire, il donna libre cours à son instinct.

Prenant le visage de Becky entre ses mains, il l'embrassa avec une force qui leur coupa la respiration à tous les deux.

Quand il recula, poussé par un reste de bon sens, Becky murmura :

— Je crois que je vais avoir besoin d'une allusion plus précise.

Et là, il perdit pied.

Il ne voulait pas renoncer. Cela faisait trop longtemps qu'il n'avait pas ressenti, au creux de son ventre, cette chaleur intense qui prélude à l'union avec une femme désirée.

C'était une combinaison bien trop rare pour y résister.

La volonté de reculer, de réfléchir, le lâchait. Seul existait le moment présent. Ici et maintenant.

Il entraîna Becky dans sa chambre.

N'ayant jamais vécu pareille situation, Becky ne parvenait pas à mettre un nom sur ce qu'elle éprouvait. Elle ne savait qu'une chose : cela la ravageait, la réduisant à des braises brûlantes qui menaçaient de la consumer.

Mais, avant d'être consumée, elle voulait profiter de cette extase sauvage qui avait pris possession d'elle.

Il lui semblait venir au monde pour la seconde fois. Tout était nouveau. Des besoins de plus en plus exigeants grouillaient en elle, grandissaient de minute en minute.

Sans plus réfléchir, elle se mit à agir comme elle ne l'avait jamais fait. À chaque vêtement que Steve lui ôtait, elle lui en enlevait un avec fièvre. Prise d'une sorte de frénésie, elle le déshabillait de manière désordonnée, dictée par le désir.

Une urgence incontrôlable fit courir ses paumes sur

les muscles déliés du torse de Steve. Elle découvrait son corps et sa peau avec émerveillement, tandis qu'il explorait chaque parcelle de son corps à elle, la marquant au fer rouge de ses baisers.

La tête lui tournait, la réalité se dérobait à elle.

Aucun homme ne lui avait jamais fait cet effet, car jamais elle n'avait laissé un homme l'approcher de si près.

Jamais elle n'avait fait l'amour.

Maintenant, au contraire, elle voulait tout expérimenter. Toucher et être touchée, embrasser et être embrassée. Plus que tout, elle voulait atteindre l'endroit où son instinct brûlant la conduisait.

La peau de Becky était douce et souple. Plus il l'embrassait, plus il la désirait. Elle était un festin dont il rêvait de se repaître. Cette faim insatiable, il l'attribuait au long célibat qu'il s'était imposé. Cependant, au fond de lui, il sentait qu'il s'agissait d'autre chose. Mais pour le moment il ne parvenait pas à réfléchir, à démêler les fils de la situation. Il ne voulait qu'une chose : savourer cette femme délicieuse, si érotique et sauvage.

Il ne fallait pas se fier aux apparences. De l'extérieur, Becky avait tout d'une femme douce et réservée. Mais elle venait d'exploser entre ses bras, devenant une sorte de chat sauvage. À l'idée de la posséder, son corps tout entier frémissait comme jamais auparavant.

Désireux de satisfaire la femme qu'il tenait contre lui, il refréna sa propre impatience, se força à prendre son temps, à avancer sans sauter aucune étape, alors qu'il ne souhaitait qu'une chose : la prendre là, maintenant, avec une fougue démesurée.

Il fit lentement courir ses lèvres sur tout le corps de

Becky, picorant ici et là, s'attardant longuement en certains endroits. Sous sa bouche en feu, elle se tordait contre lui.

Les yeux brûlant de désir, elle le contemplait avec une ardeur telle…

N'y tenant plus, il pressa son corps dur sur celui de sa partenaire. Ne plus faire qu'un avec elle.

Son regard plongé dans celui de Becky, il lui écarta les cuisses du genou pour la pénétrer.

Pas un instant il n'avait anticipé la résistance qu'il rencontra.

- 17 -

Becky le sentait, Steve allait s'arrêter.

Comme ça, sans préavis, il allait s'arrêter. Cette simple éventualité la frustra au plus profond d'elle. Elle était allée trop loin pour que tout s'achève ainsi. Lorsque Steve l'avait pénétrée, elle avait eu mal, mais s'il se retirait d'elle maintenant, ce serait bien plus douloureux.

Elle avait besoin qu'il continue.

Pour l'y inciter, elle lui entoura le cou de ses bras avec fougue et colla son corps contre le sien.

Les dernières résistances de Steve volèrent en éclats.

La douleur qui avait cisaillé Becky un instant diminua au fur et à mesure que le rythme de leurs deux corps accélérait. Désir brûlant et passion l'engloutirent de nouveau.

Elle ondulait, accompagnait chacun des va-et-vient de Steve. Soudain le ciel explosa de mille couleurs, l'enveloppant d'un plaisir infini.

Elle aurait voulu prolonger pour toujours cet instant magique.

Pourtant, au bout d'un moment, la sensation de fièvre ardente se dissipa lentement.

L'adrénaline qui l'avait traversée reflua, lui ôtant cette impression de bien-être absolu.

Steve roula à côté d'elle.

Un silence s'installa dans la pièce, là où quelques

minutes auparavant, leurs respirations haletantes et leurs gémissements avaient jailli.

Intuitivement, Becky prépara son cœur à ce qui allait suivre.

Elle n'eut pas longtemps à attendre.

— Pourquoi ne me l'as-tu pas dit ? demanda Steve.

La bouche soudain sèche, elle s'enquit :

— Dire quoi ?

Incrédule, il la contempla. Puis il lâcha d'un ton accusateur :

— Pourquoi ne m'as-tu pas dit que tu étais vierge ?

Était-il vraiment en colère ? Déçu ? Elle n'arrivait pas à le déterminer.

— J'ai dû oublier de le mentionner sur mon CV, répondit-elle, les yeux fixés au plafond.

— Ceci n'est pas une plaisanterie.

Elle se tourna vers lui.

— Et quand exactement aurais-je dû te le dire ?

— Je ne sais pas. À un moment ou à un autre, j'imagine, marmonna-t-il.

Dressé sur un coude, il la regardait, surpris.

— Comment est-il possible que tu n'aies jamais… Tu as vingt-sept ans, non ? demanda-t-il.

— Oui, et ?

Tirant la couette à elle, elle couvrit sa nudité et ajouta :

— Il y a une date limite pour la virginité ?

— Ce n'est pas ce que je voulais dire, répondit-il en se passant une main fébrile dans les cheveux. Mais… Becky, tu es belle. Je pensais qu'un certain nombre d'hommes avaient essayé de…

— Ce qu'ils ont essayé de faire ne compte pas, l'interrompit-elle. Je ne suis pas si facile à avoir, figure-toi.

— Tu veux dire que tu n'as jamais eu envie de faire l'amour avant ?

Elle tira encore un peu plus sur la couette. Des larmes perlaient à ses yeux, qu'elle ravala.

— Écoute, je suis désolée si tu es déçu, dit-elle.

— Déçu ? Tu plaisantes ? C'est toi qui devrais l'être.

Elle ne comprenait plus rien. Pourquoi serait-elle déçue ? Les yeux écarquillés, elle contempla Steve.

— Tu étais bien avec moi, n'est-ce pas ? demanda-t-elle. Tu n'as pas senti mon bonheur ? Je viens de vivre la plus belle expérience de ma vie. Pourquoi serais-je déçue ?

— Parce que ta première fois aurait dû être particulière.

— Je répète, tu étais avec moi, oui ou non ? Ce que nous avons fait était bien plus que particulier pour moi ! Tu as dû t'en rendre compte, non ? Je peux t'écrire une lettre de recommandation, si tu veux. Bien sûr, je serai obligée de tuer la femme qui l'accepterait. Mais ça, c'est mon problème, pas le tien.

Steve se glissa lentement sous la couette et attira Becky contre lui.

— Tu n'as aucun problème, lui dit-il en l'embrassant.

Becky sentit son corps s'embraser de nouveau, et elle se fondit contre son amant. Il y avait toujours entre eux quelque chose de non résolu, elle le sentait. Mais pour l'instant seul comptait son désir de revivre le moment magique qui les avait unis.

Passant ses bras autour du cou de Steve, elle lui fit comprendre la force de son envie.

Et il y répondit.

Steve savait qu'il se sentirait coupable, à un moment ou un autre. Mais pas à ce point. Dans son cœur pesait un tel poids qu'il avait du mal à respirer. Faire l'amour avec Becky avait été une expérience tumultueuse, rajeunissante.

Une renaissance.

Pourtant, une fois passée l'euphorie, un violent sentiment de culpabilité s'empara de lui. Et il fut incapable d'y faire face.

Il ne savait plus que faire, sinon ne plus se retrouver dans cette situation.

Dès son réveil, il se leva, décidé à aller travailler, même si c'était samedi.

— Vous allez travailler ? s'enquit Becky, revenant d'instinct au vouvoiement.

Quelque chose l'avait poussée à se lever pendant qu'il dormait encore, sans doute l'intuition qu'il n'était pas prêt à la découvrir dans son lit au réveil.

Le temps de finir la préparation du petit déjeuner, elle avait entendu Steve se diriger en catimini vers la porte d'entrée et l'avait rattrapé in extremis.

— Vous partez sans déjeuner ? ajouta-t-elle.

Conscient qu'elle avait préparé quelque chose pour lui, il alla s'asseoir à table à contrecœur, lui disant qu'il devait se rendre au bureau.

— Vous êtes sérieux ? lui demanda-t-elle, stupéfaite.

— Oui, répondit-il sans lever les yeux de son assiette.

— Je ne comprends pas. Je croyais que vous aviez libéré votre week-end.

— Oui. Eh bien, il y a du nouveau au bureau, répliqua-t-il en évitant son regard.

Becky le contempla un moment. Il avait peur,

comprit-elle. La nuit dernière, il avait éprouvé des émotions qui l'effrayaient.

— Dans une heure, je vais chercher Stephie chez les Alexander, dit-elle. Elle va être déçue que vous ne soyez pas à la maison à son retour.

La culpabilité de Steve augmenta encore d'un cran. Loin de lui l'idée de décevoir sa fille, mais pour l'instant il ne pouvait régler ce problème.

— Elle comprendra. Elle a l'habitude de ces contretemps, affirma-t-il en se levant de table.

— Elle a certainement envie de vous raconter sa soirée chez son amie.

Déchiré, il réfléchit quelques secondes. Mais il devait à tout prix faire la part des choses, régler la guerre qui se livrait en lui. En restant ici, il n'y parviendrait pas.

Cela le bouleversait, mais pour le bien de tout le monde, il devait partir maintenant.

— Dites à Stephie qu'elle pourra tout me raconter quand je rentrerai.

— Et ce sera quand ?

Il était sur le point de quitter la cuisine. S'il se retournait pour lui répondre, la tentation de rester serait trop forte, et il ne le pouvait pas. Pas encore. Pas avant d'avoir compris certaines choses et relégué aux oubliettes pour toujours le malaise violent qu'il éprouvait.

— Je ne sais pas encore.

Le cœur plein de tristesse, Becky le regarda s'éloigner sans un mot. Elle sursauta lorsque la porte d'entrer claqua.

Avait-elle attendu vingt-sept ans pour donner son

corps à un homme et voir ce don négligé comme s'il ne comptait pas ?

Comme une somnambule, elle débarrassa la table et fit la vaisselle.

Elle n'avait pas le temps de penser à tout cela maintenant.

Elle devait aller chercher Stephie, et trouver une bonne excuse pour expliquer l'absence de son père qui aurait dû être présent pour l'écouter et se réjouir de ce qu'elle avait à raconter.

Elle soupira. Cela n'allait pas être facile.

Elle alla chercher Stephie et fit de son mieux pour l'amuser, la distraire, diriger son attention vers différents sujets tout au long de la journée.

Elles se rendirent au cinéma pour voir un film, puis déjeunèrent dans un snack.

Entre sa soirée pyjama, le film et le restaurant, Stephie avait beaucoup à raconter. Si elle était déçue de l'absence de son père, elle ne le montra pas.

Quand elle alla se coucher, Becky eut le sentiment d'avoir épargné à Stephie la tristesse de ne pas avoir vu son père.

En revanche, son propre cœur était en friche.

Steve continua à partir très tôt le matin et rentrer très tard le soir. Cela dura toute la semaine, y compris le week-end.

Quand il parut clair que cette partie de cache-cache allait durer indéfiniment, Becky prit le taureau par les cornes. Cela la bouleversait, mais elle n'avait pas d'autre choix.

Ce jour-là, il était 22 heures quand Steve rentra chez lui.

Becky avait laissé la lumière allumée pour lui, mais elle ne l'attendait plus, comme elle le faisait au début. Il en éprouva de la déception. Aujourd'hui enfin il avait les idées claires et le cœur plein d'élan, et il avait hâte de lui faire part de ses émotions.

Toute la semaine, il avait travaillé à réconcilier dans sa tête ses sentiments envers Becky et la mauvaise conscience qu'il ressentait à aimer une autre femme que Cindy. Au prix de beaucoup d'angoisse, il avait fini par comprendre : Cindy n'aurait pas souhaité qu'il se recroqueville sur lui-même. Elle aurait voulu qu'il soit heureux. Et Becky le rendait heureux. Désormais, il était apte à le reconnaître et à l'accepter.

Maintenant, il brûlait d'envie de lui en parler !

Au moment de monter à l'étage voir si elle était dans sa chambre, il s'arrêta net. Celia était assise au salon, occupée à lire un livre. En le voyant, elle leva la tête.

— Madame Parnell ? Que faites-vous ici ? Où est Becky ? Il est arrivé quelque chose à Stephie ?

— Calmez-vous, lui conseilla gentiment Celia. Votre fille va bien, elle dort dans sa chambre. Elle ne sait même pas que je suis ici.

— Mais… pourquoi êtes-vous chez moi ? Becky n'est pas là ?

Celia lui décocha un sourire serein.

— Becky m'a appelée et m'a demandé de rester ici jusqu'à votre retour, expliqua-t-elle.

— Je ne comprends pas. Pourquoi ferait-elle une chose pareille ?

— Elle m'a donné sa démission et souhaite trouver

un autre poste le plus vite possible. Entre-temps, elle veut s'assurer que Stephanie aime sa nouvelle gouvernante avant que vous l'employiez définitivement.

Steve ne comprenait rien.

— Elle a démissionné ? Mais pourquoi ? Quand est-ce arrivé ?

— Elle ne vous a rien dit ?

— Rien. Il est vrai que j'ai été très peu présent, ces derniers temps.

— Le travail ? s'enquit poliment Celia.

— Quelque chose comme ça, marmonna-t-il. Elle a vraiment donné sa démission ?

— C'est ce qu'elle m'a déclaré.

Comme s'il se réveillait d'un long coma, il s'écria :

— Elle ne peut pas faire ça !

— C'est pourtant ce qu'elle a fait.

Joignant le geste à la parole, elle sortit de son sac une feuille de papier pliée en quatre et la lui tendit.

Cher Monsieur Holder,

J'ai demandé à Mme Parnell de vous trouver une nouvelle gouvernante. Stephanie a besoin de vous à la maison. Comme vous ne semblez plus à l'aise sous votre propre toit, à cause de ma présence, je me retire de l'équation. De la sorte, vous n'aurez plus besoin de chercher de bonnes excuses pour justifier vos absences.

N'oubliez pas de continuer à travailler à améliorer votre relation avec votre fille. Ne vous renfermez pas en vous-même chaque fois qu'une difficulté se présente. C'est une enfant merveilleuse, qui a plus que jamais besoin que vous la guidiez.

J'ai eu beaucoup de plaisir à vous connaître tous les deux, et je vous souhaite le meilleur en toute chose.

Cordialement.

Rebecca Reynolds.

Quelle lettre distante !

Mais il ne pouvait s'en prendre qu'à lui-même. À quoi s'attendait-il, après la manière dont il l'avait traitée ?

— Elle est vraiment partie, murmura-t-il.

— Je le crains. Je viendrai moi-même demain matin, jusqu'à ce que j'aie trouvé la gouvernante adéquate.

Steve ne l'écoutait pas.

— Vous m'avez entendue ? s'enquit-elle.

Il ne répondit pas. L'esprit en feu, il cherchait désespérément une solution. Il devait retrouver Becky et lui parler avant de la perdre pour toujours.

— Où habite-t-elle ? demanda-t-il soudain.

— Elle voulait que je sous-loue son appartement, mais jusqu'à maintenant, cela ne s'est pas fait. Elle y est donc retournée.

En fait, elle n'avait pas encore demandé à Maizie de trouver un locataire pour l'appartement de Becky. Elle voulait d'abord s'assurer que le couple Becky/Steve fonctionnait, de façon à ce que, dans le cas contraire, Becky ne se retrouve pas sans logement.

Après le coup de fil de Becky, elle avait cru que tout était perdu. Mais maintenant il semblait exister un espoir, et cela lui réchauffa le cœur.

Celia lui donna l'adresse de Becky, et il lui serra longuement les mains en signe de gratitude. Les sentiments ambivalents qu'il avait combattus toute la semaine s'étaient envolés, et il n'avait qu'une envie : supplier la jeune femme de lui pardonner.

— Je… je vais encore vous importuner un peu, madame Parnell. Je sais que c'est beaucoup demander, mais pourriez-vous rester ici encore un peu avec ma fille, jusqu'à mon retour ?

— Bien sûr. Où allez-vous ? lança-t-elle d'un ton innocent.

Il avait déjà atteint la porte et se retourna.

— Je dois dire à quelqu'un que je me suis comporté comme un idiot !

Celia lui sourit.

— L'humilité est une précieuse qualité, assura-t-elle. Allez faire ce que vous devez. Je reste ici jusqu'à votre retour.

Steve partit sans attendre la fin de sa phrase.

De son côté, Celia sourit et reprit sa lecture.

- 18 -

Ce n'était plus son foyer.

En fait, songea Becky, son appartement n'avait jamais été son nid douillet. Et maintenant qu'elle y revenait, après avoir vécu dans la maison de Steve, il lui était étranger et froid.

Mais il faudrait s'y habituer de nouveau, question de volonté. Car c'est ici qu'elle devrait se reconstruire et commencer une nouvelle vie !

Peut-être même referait-elle de l'ingénierie…

Non ! Ce monde ne l'attirait plus. Même si sa mère désapprouvait ses choix, elle préférait continuer à travailler pour Celia.

De plus, l'ingénierie lui rappellerait trop Steve. Ce serait beaucoup trop douloureux. Sa blessure était trop fraîche.

Après ce qui avait été la plus belle nuit de sa vie, elle avait dû affronter le pire des lendemains. Suivi de la semaine la plus horrible de son existence, ce qui n'était pas rien, si on songeait aux moqueries, aux affronts, aux insultes qu'elle avait dû supporter à l'adolescence, parce qu'elle était *différente*.

Elle avait cru tout cela derrière elle, et d'une certaine manière, c'était vrai. Cependant, l'épreuve traversée cette semaine, où elle avait fait son possible pour que Stephie ne devine pas sa souffrance ni le drame qui se déroulait sous ses yeux, s'était révélée beaucoup plus difficile que prévu.

Ses pensées se tournèrent une fois de plus vers Stephie.

Elle se tourmentait à l'idée d'être partie sans lui fournir d'explication. Elle avait trouvé une piètre excuse avant de prendre la fuite. Si elle était restée une minute de plus, elle se serait écroulée, avouant à la petite fille la vraie cause de son départ. Malgré la blessure que lui avait infligée Steve, elle détestait l'idée que Stephie se fâche contre son père. En ce moment la relation père / fille était encore fragile, et pour rien au monde elle ne voulait la détruire.

Elle regarda autour d'elle. L'appartement était sombre ; elle n'avait pas allumé la lumière. L'obscurité correspondait à son état d'âme.

Que faire ?

Depuis des semaines, sa vie était occupée à plein temps. Se retrouver assise sur son canapé sans rien faire lui procurait un sentiment étrange d'inutilité, mêlé à une impression de solitude.

Peut-être appellerait-elle sa mère demain. Cela faisait quelque temps qu'elles ne s'étaient pas vues. En cet instant, elle avait besoin qu'on la secoue un peu, qu'on lui montre de l'intérêt. Qu'on la dorlote comme une enfant, en somme.

Tu plaisantes ? Te faire traiter en enfant ? Tu détesterais ça, tu le sais très bien ! Ressaisis-toi, Becky ! Tu es toujours la même personne. Tu es tombée sur un type qui n'est pas capable de s'engager, d'accord. Mais tu crois être la première dans ce cas ? Allez, grandis un peu !

Grandir, n'était-ce pas précisément ce qu'elle avait

fait avec Steve ? Si c'était ça, est-ce que cela en valait vraiment la peine ?

Elle se sentait bien mieux à l'époque où personne ne l'attirait, même si…

La sonnette à sa porte la fit sursauter. Cela ne pouvait être que sa mère.

— Oh non, maman, pas toi. Pas maintenant, murmura-t-elle.

Assise dans le noir, elle ne fit aucun bruit, attendant que sa mère s'en aille.

Mais la sonnette retentit avec une insistance accrue. Sa mère était du genre à insister jusqu'à ce qu'elle lui ouvre.

Fataliste, elle se leva en soupirant et se dirigea vers la porte d'entrée comme une condamnée à mort.

Avant même d'ouvrir la porte en grand, elle déclara :

— Maman, je suis mal, je couve quelque chose, je ne suis pas en mesure de recevoir de la compagnie. Donc si…

Découvrant Steve sur le pas de la porte, elle s'arrêta net.

— Je ne suis pas de la compagnie, mais l'imbécile qui vient supplier que vous lui pardonniez, dit-il en franchissant le seuil de l'appartement. Mais… il n'y a pas de lumière. Vous n'avez pas payé votre note d'électricité ?

— J'avais juste envie de m'asseoir dans le noir, répondit-elle en refermant la porte derrière lui. Vous parliez d'un imbécile ?

— Cela vous dérange si j'allume la lumière ? Je ne peux pas m'exprimer sans voir votre visage.

— Je pensais pourtant que si vous restiez tout le temps au bureau, c'était pour éviter de le voir…

Refusant de s'engager dans cette direction, Steve alluma la lumière.

— Il m'a fallu un certain temps pour réfléchir à certaines choses, dit-il.

Elle fit mine de s'éloigner, mais Steve la retint par le poignet et l'obligea à le regarder.

— Becky, il ne faut pas être sorcier pour reconnaître que vous êtes la meilleure chose qui me soit arrivée depuis longtemps. Vous êtes la première femme qui m'ait attiré, depuis la mort de Cindy. Mais j'ai éprouvé une grande culpabilité de sentir que je passais à une autre étape de ma vie, alors que Cindy ne le peut plus. Cela vous semble sûrement idiot, mais…

— En fait, pas du tout.

— Votre compréhension, voilà une raison supplémentaire de vous aimer, dit-il, sans s'apercevoir qu'il venait d'avouer ses sentiments. Il faut que vous sachiez que Cindy et moi nous sommes aimés depuis le collège. Dans mon cœur, il n'y a jamais eu personne d'autre. Pas la moindre amourette, rien. Je suis passé de la puberté à Cindy. Le jour où elle est morte, elle se trouvait au mauvais endroit au mauvais moment. Je lui avais demandé de faire une course pour moi, et elle s'est trouvée prise dans un hold-up. Si j'avais fait mon achat moi-même, elle ne serait pas morte. Depuis ce tragique accident, la culpabilité me submerge. Et puis… vous êtes arrivée dans ma maison, dans ma vie. Je suis tombé amoureux de vous sans même m'en apercevoir. Quand j'ai enfin vu les choses clairement, la culpabilité m'a terrassé, et je m'y suis presque noyé. Alors j'ai fui, conclut-il.

Bouleversée, Becky mit un certain temps avant de parler.

— C'est pour ça que j'ai quitté votre maison, je ne

voulais pas être celle à cause de qui vous ne pouviez plus rentrer chez vous. Votre fille a besoin de votre présence.

— Elle a également besoin de vous.

— Ce n'est pas tout à fait exact, rétorqua-t-elle avec un sourire. Pendant un moment, elle a eu besoin de quelqu'un qui l'aide à démêler les changements qui s'opéraient en elle. Mais maintenant que la partie difficile est passée, vous pouvez vous occuper seul de votre fille.

Il eut soudain le sentiment qu'elle allait lui demander de partir. Or il n'avait pas terminé.

— Quand je me réfugiais dans le travail pour ne pas rentrer à la maison, j'ai compris une chose très importante, dit-il.

Ses yeux plantés dans ceux de Becky, il poursuivit :

— J'ai compris que Cindy ne voudrait pas que je vive en ermite. Elle voudrait que je sois heureux. Si le destin n'avait pas tout brouillé, si c'était elle qui avait survécu, je suis sûr d'une chose : j'aurais aimé qu'elle vive et soit heureuse. Pendant trop longtemps, j'ai été si imprégné de culpabilité que j'en ai oublié quelle personne généreuse elle était.

Se faisait-il comprendre ?

— Ce devait être une personne merveilleuse, murmura Becky.

— En effet. De même que vous êtes une femme merveilleuse, Becky. Il m'a fallu presque sept ans pour être attiré par une autre femme, pour avoir envie d'être avec elle, pas seulement un jour ou une semaine, mais pour le reste de ma vie.

Elle le regarda, hésitante.

— Que me dites-vous ? s'enquit-elle.

Il avait cru être clair.

— Je t'aime, Becky, et je veux vivre avec toi.

Tout en elle voulait le croire. Pourtant, une profonde crainte lui étreignait le cœur.

— Vous… Tu me connais à peine, fit-elle remarquer.

— Détrompe-toi. Je sais que tu comprends l'algèbre booléenne, que tu respectes le fait que je ne puisse te révéler les aspects ultra-secrets de mes recherches scientifiques. Je sais que je peux te parler des autres aspects techniques de mon travail et que tu les comprends. Et je sais aussi que tu as surmonté ton désintérêt pour la pêche et le camping parce que cela compte pour Stephie et moi. Je sais que ma fille t'adore. Et surtout, je sais que l'idée de te tenir dans mes bras me fait tourner la tête.

— Tourner la tête ? Tu es peut-être tout simplement allergique à mon shampooing.

— Tu ne vas pas t'en tirer aussi facilement. Je croyais sincèrement ne pas pouvoir aimer une autre femme que Cindy. Dans mon cœur il n'y avait plus de place que pour Stephie, et je pensais ne jamais y laisser entrer quiconque. Je me trompais. Je t'aime, Rebecca Reynolds, et je te veux dans ma vie.

— D'accord. Si c'est important pour toi, je reviendrai travailler. Je n'ai pu me résoudre à dire quoi que ce soit à Stephie. En conséquence, quand elle me verra demain matin, je n'aurai rien à lui expliquer. Elle n'a pas besoin de savoir tout ça.

— Je ne veux pas que tu reviennes travailler pour moi, Becky.

Ah, voilà, il la renvoyait ! Cela n'avait vraiment pas pris longtemps.

— Je ne veux pas que tu travailles pour moi, répéta-t-il. Je veux que tu *m'épouses*.

Stupéfaite, elle le contempla en silence. Quand enfin elle retrouva l'usage de la parole, elle bredouilla :

— Tu veux *quoi* ?

Elle avait sûrement mal entendu. Se moquait-il d'elle ? Peut-être était-ce sa façon de se venger de l'avoir quitté sans préavis ?

Plutôt que répéter ce qu'il venait de dire, Steve prit la main de Becky et mit un genou à terre.

— Rebecca Reynolds, je sais que je n'ai pas le droit de te demander ça après la façon dont je t'ai traitée, mais… acceptes-tu de m'épouser et de faire de moi le plus heureux des hommes ?

Était-il sérieux ?

Plongeant son regard dans le sien, elle lança :

— Tu es vraiment sûr de vouloir m'épouser ?

Plutôt que répondre directement, il se releva d'un bond, se dirigea vers la fenêtre, l'ouvrit et annonça à tue-tête :

— Du fond du cœur, je veux demander à Rebecca Reynolds de m'épouser !

Plusieurs fenêtres s'ouvrirent.

— Eh bien, faites-le ! cria un homme.

— Demandez-le-lui ! s'exclama un autre.

— Si elle n'accepte pas, moi je veux bien ! hurla une femme.

Steve referma la fenêtre en souriant et se tourna vers Becky.

— Tu vois, un consensus se dégage en faveur du « oui », dit-il. Tes voisins votent pour notre mariage.

— Je ne me suis jamais préoccupée de l'opinion publique, rétorqua-t-elle en posant ses deux mains sur le torse de Steve.

Puis elle sourit et ajouta :

— Jusqu'à aujourd'hui.

Steve l'attira dans ses bras.

— Enfin ! s'écria-t-il. Rappelle-moi de ne plus jamais rien faire de stupide. Se faire pardonner les erreurs commises est bien trop pénible. Tu viens de me faire passer un mauvais quart d'heure.

— Bien fait pour toi ! Et maintenant que la décision est prise, nous ferions mieux de retourner à la maison. Je suis certaine que Celia Parnell a envie de rentrer chez elle.

— Elle n'avait pas l'air pressée…

— C'est parce qu'elle est très polie.

— Au fait, sais-tu qu'un engagement n'est considéré comme légal et légitime qu'après avoir été scellé par un baiser ?

— Ah bon ? Je l'ignorais, déclara Becky, les yeux brillants.

— C'est pourtant vrai. Je l'ai lu dans le Code civil. Tu veux bien que nous nous engagions officiellement ?

— Absolument, répondit-elle en passant ses bras autour du cou de Steve.

— C'est bien ce que je pensais, murmura-t-il en la serrant contre lui pour l'emporter dans un long baiser passionné.

Épilogue

Des hommes en smoking noir montaient et descendaient l'allée centrale de l'église, pour placer ies invités.

— Je ne sais comment te remercier, dit Bonnie Reynolds en serrant la main de Celia dans les siennes. Tu as accompli un miracle.

— C'est toi qui as fait un miracle, ma chérie. Tu as donné naissance à Becky et tu as travaillé dur pour l'élever et lui payer ses études.

— Celia, je parle de ce mariage ! Je ne croyais plus pouvoir un jour être la mère de la mariée.

Celia posa sa main sur celle de son amie et lui sourit.

— Et il y a une autre bonne nouvelle, reprit Bonnie. Becky parle de retourner travailler dans l'ingénierie ! Un poste s'est présenté dans la boîte de Steve, qui lui convient parfaitement. À mi-temps pour commencer, mais c'est mieux que tourner le dos aux études difficiles qu'elle a faites. Et en plus, j'ai une petite-fille ! s'écria-t-elle d'une voix enrouée. Je ne sais comment te remercier pour ce que tu as fait.

— Je l'ai fait avec plaisir, répondit Celia en regardant du coin de l'œil ses amies Maizie et Theresa, déjà installées dans une travée. Maintenant, va t'asseoir à ta place. La cérémonie va commencer.

— Tu as raison, merci encore, murmura Bonnie en se dirigeant vers sa place.

Celia rejoignit Maizie et Theresa.

— Eh bien, mes amies, un couple de plus à notre palmarès !

— C'est toi qui les as mis en contact, précisa Maizie. Tout le mérite te revient.

— En théorie, oui, mais je n'aurais rien pu faire sans votre soutien.

Les premières notes de *La Marche nuptiale* retentirent, et elle se retourna au moment où les portes s'ouvraient.

— La voici, murmura Celia. Qu'elle est belle…

— Toutes les mariées sont belles, répliqua Maizie. C'est une règle non écrite.

La musique s'intensifia, et tous les yeux se tournèrent vers Becky qui remontait lentement l'allée centrale, derrière Stephie, sa demoiselle d'honneur.

Rose de plaisir, cette dernière rayonnait en éparpillant des pétales de rose devant la femme qui serait bientôt sa belle-mère.

En arrivant devant l'autel, elle adressa un clin d'œil à son père puis alla se placer à côté de sa future grand-mère par alliance.

Quand Becky le rejoignit devant l'autel, face au prêtre qui allait officier, Steve se pencha vers elle et lui murmura à l'oreille :

— J'avais peur qu'au dernier moment tu changes d'avis et ne viennes pas.

— Tu crois que j'aurais manqué l'occasion de revêtir et montrer cette belle robe ? répliqua-t-elle à voix basse. Pas question !

Une lumière ardente dansait au fond de ses yeux.

Sûrement la même que celle qui brûlait dans son cœur à lui, songea-t-il.

— Allez, marions-nous ! dit-elle joyeusement. Tout le monde nous attend.

Steve n'avait pas de rêve plus cher.

ZURI DAY

Le secret de l'héritier

Traduction française de
HÉLÈNE ARNAUD

PASSIONS

HARLEQUIN

Titre original :
THE SECRET HEIR

Les rebelles sont sexy et méprisent l'autorité,
Vivant suivant leurs règles sans se laisser dompter.
Quand on n'a rien à perdre et tout à gagner,
On prend des risques – même le risque d'aimer.

- 1 -

Après une longue semaine de travail stressante, le moment était enfin venu de se détendre. Reign Eddington était ravie que l'on soit vendredi et se sentait d'excellente humeur. De retour d'un voyage d'affaires, elle s'apprêtait à rejoindre son petit ami, joueur de basket pro, pour qui on organisait une grande fête. Le monde du sport, les chaînes de télévision et tous les sites Internet importants avaient retransmis l'annonce. Les Chicago Bulls venaient de signer un accord avec Trenton « Super Jump Shot » Carpenter, s'assurant ses services pour cinq ans de plus, moyennant un salaire de cinquante-cinq millions de dollars et une prime à l'embauche de quinze millions supplémentaires. Bien sûr, l'argent n'était pas à négliger, mais Reign avait d'autres raisons de se réjouir… Durant les cinq années à venir, elle n'aurait plus à craindre que Trenton parte dans une autre équipe, loin de Chicago. Il était déjà assez difficile d'entretenir une relation avec un athlète professionnel sans ajouter l'obstacle de la distance. Sortir avec une star dont la popularité transcendait même le milieu du basket était encore plus dur – quasiment impossible. Leurs premières années passées ensemble l'avaient prouvé. Trenton voyageait sans cesse. Son empire, composé de contrats publicitaires, de sponsors et d'un portefeuille d'investissements géré par Jake, le frère de Reign, lui prenait un temps considérable. Sans compter les femmes, les groupies, les tentatrices, les requins. Et les *haters*. Bref, tout le raffut absurde et incessant des médias…

Plusieurs fois, elle avait même douté de la loyauté de Trenton. Dix-huit mois plus tôt, il avait été photographié dans les bras d'une chanteuse pop à succès et la seule chose qui l'avait sauvé, aux yeux de Reign, avait été son honnêteté en reconnaissant qu'il l'avait trompée. Cette affaire était arrivée après des mois de disputes, de jalousie, de doutes et de méfiance des deux côtés. Ils s'étaient séparés, officieusement, mais leur rupture avait duré deux mois et lui avait fait comprendre une chose. Elle voulait une relation exclusive. Trenton avait dû lui offrir un flot de cadeaux extravagants, l'appeler presque tous les soirs et multiplier les promesses pour qu'elle l'accepte de nouveau. Quand elle avait enfin cédé, elle l'avait mis en garde.

« Trompe-moi encore, et je m'en vais pour de bon. »

Depuis, il faisait tout pour regagner sa confiance. Ils avaient même commencé à parler de leur avenir. Certes, sortir avec un homme que toutes les femmes du pays désiraient n'avait pas été facile, mais ça en valait la peine.

C'était pourquoi cette soirée promettait d'être unique. Elle avait d'ailleurs craint de ne pas pouvoir rentrer à temps pour la fête. Trenton n'avait pas été ravi, néanmoins il comprenait. Les affaires venaient en premier, surtout quand elles impliquaient l'empire Eddington. Quand le dîner luxueux donné pour conclure l'accord s'était achevé au bout de deux heures à peine, Reign aurait pu sauter de joie. Elle avait foncé à l'aéroport et avait appelé Trenton en chemin. Après être tombée plusieurs fois sur son répondeur, elle avait fini par lui envoyer un texto et s'était envolée pour Chicago.

Elle comptait aussi profiter de cette soirée pour célébrer les débuts officiels de sa propre entreprise. Après avoir passé des années à rêver de devenir influenceuse *lifestyle*, elle avait fini par suivre les conseils plus sensés de Jake et lançait enfin son nouveau studio de graphisme commercial « Make It Reign ». Ce soir, toute la décoration, depuis les ballons jusqu'aux serviettes, casquettes, verres et T-shirts offerts aux invités allaient porter le logo qu'elle avait concocté pour Trenton : son portrait stylisé en plein lancer accompagné des initiales TC. Elle avait même embauché un photographe et invité plusieurs médias pour couvrir l'événement. Dès le lendemain, son logo apparaîtrait partout, arboré par une foule de célébrités. Une ligne de merchandising créée par Ace, le mari couturier de sa meilleure amie London, allait suivre. Bref, elle pouvait espérer un décollage en fanfare pour Make It Reign. Les seules ventes de ce soir allaient aussi ajouter des millions à la fortune de Trenton…

Son vol atterrit en avance et une limousine l'attendait déjà pour l'emmener directement au Verve, le dernier club à la mode de Chicago. Trenton n'avait pas encore répondu à son texto, mais elle ne s'inquiétait pas. Sans doute était-il trop occupé à recevoir les félicitations extatiques de ses fans. Pendant le trajet, elle troqua sa veste sobre et sa petite robe noire, contre une version personnalisée du T-shirt que tous les invités allaient recevoir. Elle eut à peine le temps d'ajuster sa coiffure, son maquillage et d'enfiler une paire d'escarpins à talons avant que le chauffeur ne se gare devant la porte. Il s'empressa d'ouvrir sa portière. Elle passa une cape de fausse fourrure sur ses épaules, tira un billet de son sac pour le chauffeur et sortit de la voiture.

— Passez une bonne soirée, mademoiselle Eddington.

Elle songea un instant aux sous-vêtements sexy tout neufs qu'elle portait en prévision de la nuit à venir et sourit.

— C'est bien mon projet, dit-elle.

Une forêt de flashs accueillit son arrivée. Elle passa devant les journalistes, remonta la file d'attente et s'approcha de la porte. Le gérant la reconnut et la fit entrer immédiatement. Elle ne se soucia pas des regards et des murmures de la foule qui attendait de pouvoir entrer, de la jalousie des femmes et de l'admiration des hommes.

Elle était belle, ayant hérité les meilleurs traits de ses deux parents. Elle faisait partie d'une famille que tout l'Illinois considérait comme royale – surtout dans leur petite ville, La Pointe du Sable. Elle était intelligente, douée et possédait un magnétisme capable d'attirer tous les regards. Mais ça ne l'avait pas rendue hautaine. Les gens ignoraient qui elle était vraiment... Ses frères et sœur avaient placé la barre très haut, pour la benjamine de la famille. Elle avait toujours eu l'impression de ne pas être au niveau et espérait que Make It Reign parvienne enfin à combler le fossé entre le succès des autres et le sien.

Elle pénétra dans le club, vibrant de vie. La musique était très forte. Les basses secouaient presque les murs. Tout le monde dansait déjà. Elle reconnut quelques visages tandis qu'on la conduisait à l'ascenseur qui menait au salon VIP du deuxième étage. Trenton devait y tenir sa cour, comme dans un stade. La salle était en effet aussi animée que celle du rez-de-chaussée. Son logo s'affichait partout et des dizaines de conversations bourdonnaient en même temps. Elle sourit, enchantée. Tout ça pour son bébé et tout ce qu'il avait accompli. Cinq ans de plus au sein des Chicago Bulls !

Elle passa devant plusieurs alcôves, le long du mur du fond. Une paire de longues jambes dépassait de l'une d'entre elles et elle accéléra le pas, avec l'aisance d'un mannequin sur ses talons de douze centimètres.

— Salut, béb…

Bon sang ! La scène qu'elle découvrit la tétanisa. Les jambes appartenaient bien à Trenton, mais il n'était pas seul. Ses lèvres bougeaient, mais il ne parlait pas. Sa langue était au contraire très occupée avec celle d'une femme à peine vêtue perchée sur ses genoux. La paralysie de Reign ne dura pas. Remarquant une bouteille de champagne ouverte sur la table, elle envisagea un instant de la verser sur la tête des deux tourtereaux et s'avança, mais une main forte la retint.

— Laissez-moi passer ! cria-t-elle.

Elle se libéra et se retourna rageusement pour découvrir Donald, le photographe qu'elle avait engagé.

— Il y a des caméras partout, murmura-t-il. N'oubliez pas le lancement de votre studio…

Ces quelques mots la tirèrent du nuage de colère qui avait failli lui faire perdre la tête. Consciente des regards, et des appareils photo, elle redressa la tête et vit qu'un ami de Trenton venait de le prévenir d'un coup de coude. Sa petite amie, à qui il avait juré fidélité, venait d'arriver… Trenton repoussa l'inconnue et se leva.

— Reign !

Comme une danseuse de boîte à musique, celle-ci fit volte-face sur le talon de son escarpin et repartit.

— Bébé ! Attends !

Parce que je suis ton « bébé », maintenant ? songea-t-elle en accélérant autant que possible.

Elle atteignit l'ascenseur, pressa sa carte VIP contre le scanner et pria pour que les portes s'ouvrent rapidement. Trenton la rattrapa en une dizaine de pas.

— Reign, répéta-t-il en posant la main sur son épaule.

— Ne. Me. Touche. Pas.

L'ascenseur arriva enfin et, Dieu merci, il était vide. Elle se précipita à l'intérieur, Trenton à sa suite.

— Dégage, lâcha-t-elle entre ses dents.

— N-non, bafouilla-t-il.

Il était soûl. Évidemment. Le Dom Pérignon ouvert sur la table ne devait pas être sa première bouteille de la soirée…

— Laisse-moi t'expliquer.

— Je ne veux pas t'écouter.

Quelqu'un, à l'étage du dessous, appela la cabine et les portes se refermèrent. Reign recula pour se plaquer au mur, dévisageant l'homme à qui elle s'était dévouée corps et âme depuis un an et demi.

— Comment as-tu pu… ? murmura-t-elle, encore sous le choc. Cette soirée représentait tout pour nous !

— Bébé, j'ai cru…

Il passa ses mains dans ses cheveux, puis sur son visage, comme si ça allait l'aider à dessoûler.

Bonne chance avec ça, songea-t-elle, dégoûtée.

— Nous n'avons pas… Comment… Je te croyais à New York, reprit-il d'une voix mal assurée.

— De toute évidence, je n'étais pas la bienvenue ici.

— Pourquoi ne m'as-tu pas appelé ?

Il verrait plus tard les messages sur son téléphone.

Quand il serait de nouveau sobre. Inutile d'en parler maintenant.

— Tu savais à quel point cette fête comptait pour mon studio de marketing, cria-t-elle, et tu t'en foutais !

— Non. Bien sûr que non ! Tout le monde adore, bébé…

Elle étouffa un rire amer au moment où les portes s'ouvrirent et s'extirpa de la cabine en jouant des coudes pour éviter le groupe qui se préparait à monter. Des acclamations suivirent Trenton, couvrant presque leurs voix.

— Laisse tomber, reprit Reign en tirant son portable de son sac pour prévenir son chauffeur. J'espère que tu aimes ton logo, mais ne compte pas sur moi pour la suite du projet. Je t'enverrai ma facture par courrier.

— Arrête, Reign. Ne fais pas ça. Ces filles ne comptent pas pour moi.

— Oh ! *des* filles, hein ?

— Non, ce n'est pas… Tu sais ce que je veux dire.

— Hélas, oui.

Renonçant à sortir par la grande porte, où se massaient des fans, elle obliqua vers l'issue secondaire. Trenton la suivit, sans souci des gens qui criaient son nom.

— Laisse-moi tranquille ! dit-elle, les dents serrées, consciente qu'on les prenait en photo.

Trenton ne l'écouta pas.

— Pourquoi es-tu si fâchée ? Ce n'était qu'une groupie qui me félicitait.

— Vraiment ? Elle devait pourtant avoir du mal à parler avec ta langue dans sa bouche !

— Nous n'étions pas en train de…

— Si !

— Chérie…

Reign l'interrompit d'un geste et consulta son téléphone. Le chauffeur n'avait pas répondu. Pas étonnant : elle l'avait libéré pour la soirée et il devait déjà être à l'autre bout de la ville. Elle renvoya un message, en y ajoutant un « 911 » pour lui signifier que la situation était grave. Un texto s'afficha immédiatement.

Je serai là dans 5 min.

Elle ouvrit la porte en grand, sans se laisser freiner par l'air froid. Au contraire, ça allait lui éviter d'imploser. Trenton était toujours derrière elle.

— Ma puce, ce n'était rien. Je t'en supplie, ne pars pas. Cette fête est aussi la tienne.

— Trenton, je ne veux plus que tu m'adresses la parole.

— Voyons, Reign ! supplia-t-il encore.

Dans sa bouche, rendue pâteuse par l'alcool, son nom se déformait en quelque chose qui ressemblait à « Wayne »…

— C'est notre soirée ! Le moment que nous attendions. La récompense de nos efforts.

— Va-t'en. C'est du harcèlement, Trenton !

Il essaya de l'embrasser, et elle l'esquiva. Quand elle voulut s'éloigner, il l'attrapa par le bras et refusa de la lâcher.

— Arrête ! cria-t-elle.

— Vous avez entendu la demoiselle, lança soudain une voix autoritaire dans leur dos. Votre présence n'est plus souhaitée, ici.

Un froissement de tissu suivit, et Trenton étouffa un petit cri. Il lâcha enfin Reign, qui se retourna et vit qu'un inconnu tenait le bras de son copain tordu dans son dos. Elle n'arrivait pas à en croire ses yeux. Cet homme avait-il vraiment osé tenir tête à Trenton ? Elle ne dit rien mais adressa à son sauveur un sourire empreint de reconnaissance.

— Lâche-moi, mec ! hurla Trenton en tentant vainement de se libérer de la poigne de fer de l'autre.

— Uniquement si vous vous calmez et acceptez de laisser à cette demoiselle un peu d'espace, comme elle le désire.

— Je vais bien, dit-elle.

Sa voix, où perçait à la fois de la colère, de la gêne et la douleur d'un cœur qui se brisait, trembla un peu. L'inconnu parut sceptique, mais lâcha tout de même sa victime.

Du haut de ses deux mètres, Trenton massa son bras en dévisageant l'autre, qui faisait bien une demi-tête de moins que lui. En cet instant, la différence de taille semblait insignifiante. Le sauveur de Reign était entouré par une aura puissante et, bien qu'elle ignorât son nom, elle aurait pu jurer qu'il avait l'habitude de se faire obéir.

— Qui es-tu ? lança Trenton.

— Ce soir, je suis le protecteur de cette jeune femme.

Quelqu'un avait dû entendre le tapage, car quelques curieux glissèrent la tête à l'angle du mur. Conscient que la foule ne ferait que grossir, Trenton fit de son mieux pour rire.

— Et d'où tu viens ? Du Wakanda ? Tire-toi et occupe-toi de tes affaires !

L'inconnu ne parut pas choqué et sa voix resta très calme. Dos aux groupies qui s'agitaient, il ajouta :

— Je suis surtout un homme que vous ne voulez pas voir en colère. S'il vous plaît, laissez cette demoiselle en paix.

Trenton voulut s'avancer, mais il trébucha. L'homme

le retint, tout en se plaçant entre Reign et lui. Peu à peu, elle parvenait à oublier l'atroce scène de trahison du club pour admirer l'héroïsme de son protecteur improvisé.

Qui était cet homme ?

Les deux adversaires ne se quittaient plus des yeux. Des flashs de téléphones crépitèrent. L'inconnu recula dans un coin d'ombre pour éviter d'être photographié et Reign l'imita. Soudain, la porte du club s'ouvrit à la volée sur Luke, l'ami si bien intentionné qui avait aperçu Reign en premier tout à l'heure, Donald le photographe et deux des gardes du corps de Trenton.

— Y a-t-il un problème ? lança l'un des gorilles.

— Trenton ! cria Luke. Retournons à l'intérieur avant qu'un combat de coqs vienne gâcher ta publicité de demain…

Trenton fusilla l'inconnu du regard.

— Tu as de la chance que je sois de bonne humeur et que nous ayons un public. La prochaine fois, ça sera différent.

— Il n'y aura pas de prochaine fois, répondit l'homme avec calme.

Il suivit Trenton des yeux, tandis que les autres le poussaient dans le club, avant de se tourner vers Reign. Son regard l'enveloppa comme une couverture chaude et réconfortante.

— Êtes-vous certaine que ça va aller ?

Non, elle n'en était pas sûre, mais elle acquiesça tout de même. Son regard était *hypnotique*… Dans la lumière des réverbères, ses prunelles paraissaient très sombres, presque noires – et elles brillaient. Son sauveur n'avait pas une beauté classique, mais quelque chose en lui vous coupait le souffle. Ailleurs, dans une autre vie, elle aurait pu être intéressée par un homme comme lui. Mais pas maintenant.

Sa limousine apparut à l'entrée de l'allée, s'arrêtant juste derrière une voiture garée le long du trottoir et dont le chauffeur faisait de grands signes à son sauveur. C'était un véhicule vieillissant, qui ne correspondait pas du tout à l'inconnu qui lui faisait face. Vêtu élégamment, il aurait paru plus à sa place dans une voiture de sport… Il la regardait toujours, avec plus d'attention encore.

— Comment vous appelez-vous ?

— Reign.

Il sourit, et elle eut l'impression qu'il venait de l'enlacer. Elle était fascinée par sa douceur, sa gentillesse et l'énergie écrasante qu'elles semblaient camoufler.

— C'est un beau prénom.

L'homme qui essayait d'attirer son attention baissa la vitre et cria :

— Allez, vieux ! On doit y aller !

— Êtes-vous sûre que ça ira ? demanda l'inconnu encore une fois. Avez-vous un véhicule ? Voulez-vous que j'appelle un taxi ?

— Tout va très bien. Allez retrouver votre ami.

— Parfait. C'était un plaisir de vous rencontrer, Reign.

— Et vous ? Quel est votre nom ?

Il hésita un instant avant de répondre :

— C'est sans importance. Je ne suis qu'un bon Samaritain ravi d'avoir pu se rendre utile.

— Très bien… Merci encore.

Il la salua avant de quitter l'allée et de se glisser dans la voiture aux côtés de son ami. Il adressa à Reign un dernier signe de la main, puis disparut au coin de la rue. Elle ne se détourna que lorsqu'elle eut perdu les phares de vue. Un immense vide l'envahissait soudain – et ce n'était pas dû à la vision de son petit ami en train d'embrasser une autre femme. Non. C'était cet homme. Son inconnu qui avait couru à son secours comme un chevalier d'autrefois.

Hélas, le début de cette soirée venait de lui faire comprendre que les vrais chevaliers n'existaient pas…

- 2 -

— Aldric ! Qu'est-ce que tu fichais là-bas ? s'écria Nolan en appuyant sur l'accélérateur.

— Exactement ce que j'aurais fait à la maison, répondit-il tranquillement en consultant sa montre de luxe. Et, à Chicago, je m'appelle Abe, tu te souviens ? Je ne veux pas que nos concurrents apprennent que je suis ici. C'est très important.

Nolan grimaça, l'air exaspéré.

— Tu n'es pas chez toi, *Abe* ! répliqua-t-il, insistant sur ce surnom que son cousin employait parfois quand il tenait à rester incognito.

Ils s'arrêtèrent à un feu rouge puis, en repartant, Nolan reprit :

— Chicago n'est pas le Kutoka ! Chez toi, ton oncle est le roi, ta famille est respectée et tu es en sécurité partout. Dans cette ville, on pourrait te frapper pour des choses bien moins graves que ce que tu viens de faire… ou pire.

— Je n'ai pas peur de mourir, répondit Abe.

— Je n'ai pas peur que tu meures non plus, mais je n'ai aucune envie d'annoncer ton décès à mon oncle ou ma tante.

— Je comprends. Ils pourraient te tuer pour leur avoir transmis une telle nouvelle.

— Exactement !

Les deux hommes éclatèrent de rire en même temps, puis Nolan soupira. Plus fort.

— Je ne suis pas leur seul fils, lui rappela Abe. Ni leur préféré.

— Peut-être, mais tu es tout de même l'un des futurs dirigeants potentiels de cette monstrueuse entreprise bâtie par ton grand-père, et ton père après lui. Quant à ton frère, il sera sans doute le prochain président du Ghana ; sans parler de ton cousin et meilleur ami, le prince héritier de Kutoka. Ta vie est un rêve, comparée à celle de la plupart des gens.

Abe fronça les sourcils, mais ne répondit pas. Il comprenait que Nolan ait cette impression, mais il ignorait tout des défis qu'il relevait chaque jour. Sa mère insistait pour qu'il se marie et fonde une famille. Ses relations avec son père étaient plus tendues que jamais. Sa décision de se lancer dans une carrière de footballeur professionnel après la fac au lieu de rejoindre l'entreprise familiale avait creusé un gouffre entre eux pendant des années. La glace entre son père et lui commençait à peine à fondre, depuis qu'Abe avait pris sa retraite sportive et accepté d'occuper un poste à temps plein dans la firme pour l'ouvrir au marché américain.

Le fait que son frère aîné semblait toujours tout réussir n'aidait pas. Danso avait travaillé pour Kutoka Global depuis ses treize ans, ne quittant l'entreprise que pour se lancer – avec succès – en politique. Cette décision l'avait bien sûr rapproché de la famille de sa femme Felicia, qui jouissait d'un statut privilégié au Ghana. Même après avoir gravi à une vitesse grandiose les échelons politiques du pays, Danso demeurait membre du conseil d'administration de la firme et contribuait activement à son évolution. Il restait donc le favori de leur père, celui qui avait conclu un mariage extrêmement avantageux et avait toujours respecté le code tacite qu'il avait voulu enseigner à leurs enfants.

Abe, lui, était différent. Il avait tourné le dos aux traditions, dans sa vie personnelle comme dans sa carrière et, à près de trente ans, il en payait encore les conséquences.

— Combien de temps comptes-tu rester en Amérique ? demanda Nolan.

— Je ne sais pas encore. Trois à six mois. Peut-être plus.

Oh oui, bien plus, si les choses se passaient selon son plan. Il n'était pas uniquement venu pour regagner les faveurs de son père…

Depuis qu'il avait rejoint la firme familiale, sa mère ne cessait de vouloir le marier au plus vite, de préférence à une jeune femme qu'elle aurait elle-même approuvée. Hélas, Abe savait que les femmes prêtes à se marier pour améliorer leur statut étaient souvent superficielles, matérialistes, plus intéressée par ce que leur époux possédait et faisait que par sa personnalité. Abe n'était pas *opposé* au mariage, mais il n'était pas pressé. Le jour où il se déciderait, ce serait lui, et pas sa maman, qui choisirait sa fiancée.

— Si tu comptes passer du temps à Chicago, reprit Nolan, il va falloir que je t'explique certaines choses.

— Comme quoi ?

— Par exemple, n'interviens jamais dans des problèmes qui ne te concernent pas.

— Merci de t'inquiéter pour moi, cousin, mais je sais me défendre.

— Écoute, mec, je ne dis pas ça pour te rabaisser. Mais je le répète : on n'est pas au Kutoka. Si jamais tu fais un truc pareil dans mon quartier, tu pourrais ne pas te réveiller le lendemain matin.

— J'ai vu ton quartier. Ce n'est pas si… terrible.

— Ce n'est pas magique non plus, répondit Nolan, moqueur. Admets-le, cousin. Nous avons grandi dans des mondes différents, obéissant à des règles précises. Dans mon univers, on s'entraide quand on le peut mais on ne se mêle pas de la vie privée du voisin.

— J'ai vécu à Londres et exploré le monde entier. Ma grand-mère maternelle habite encore dans un petit village très rustique, très simple. Je n'aurais aucun problème à trouver ma place dans ton quartier. Je pourrais même y vivre.

— Jamais tu ne seras capable de faire mon travail ou de vivre chez moi, gloussa Nolan.

— Sans vouloir t'offenser, tu nettoies des bureaux. Ce n'est pas de l'aéronautique. Et ton quartier ? Certes, tu vis dans une communauté aux moyens modestes, mais je pourrais m'adapter. Je m'adapte à tout.

Nolan rit de nouveau, plus fort, ce qui contraria Abe.

— Tu me crois incapable d'habiter dans un ghetto ?

— Oui, ou d'allumer un aspirateur, déclara son cousin.

— Je peux faire les deux ! Tant que l'aspirateur est livré avec un manuel, ajouta-t-il dans un murmure.

— Oh non. Tu ne tiendrais pas une journée.

— Je tiendrais bien plus longtemps que ça.

Ils se turent, chacun plongé dans ses pensées.

— Prouve-le, lança finalement Nolan.

Abe fit un petit « tss », et son cousin sourit.

— Ah, je le savais. Ce n'était que du vent !

Cette fois, Abe réagit. Il ne pouvait pas laisser passer ça.

— OK. Je vais le faire.

— Faire quoi ?

— Je vais m'installer chez toi.

— Et comment comptes-tu impressionner tes riches clients, en les invitant dans mon appartement ?

— Pour l'instant, nous parlons surtout par téléphone ou mail. Ils se moquent de savoir où je vis.

— Tu veux qu'on échange ? Que je m'installe chez toi ?

— Si tu en as envie.

— Meeerde ! murmura Nolan. J'adorerais ça !

Abe eut soudain l'impression qu'on l'avait piégé.

— Pendant… quoi ? Une semaine ?

— Il me faudra déjà sept ou huit jours pour t'expliquer comment fonctionne tout notre équipement, au boulot.

— De quoi parles-tu ?

— Du ménage, monsieur Costard-Cravate. Le défi était de vivre chez moi et de faire mon travail.

Devant le sourire triomphant de son cousin, Abe soupira.

— Content de voir que tu t'amuses…

— Oh oui, beaucoup, dit-il en s'engageant sur la bretelle du périphérique, guettant toute trace de verglas. Disons deux semaines, d'accord ? Tu habiteras chez moi et tu travailleras pour Clean Up Crew. Si tu tiens le coup, je te devrai cent dollars. Si tu échoues, tu m'en devras mille.

— Ce n'est pas équitable !

— C'est proportionnel à nos revenus, mec. Oh ! et puis zut. Laisse tomber : ça ne marchera jamais.

— Quoi ?

— Le boulot. Mes clients vérifient l'identité de chaque employé et tu ne voudrais quand même pas qu'on sache qu'Aldric Baiden est dans la région.

Abe tira son portable de sa poche.

— Ne t'en fais pas. Je gère.

— Tu crois pouvoir obtenir une fausse carte d'identité ?

— Il suffit de connaître les bonnes personnes.

Il envoya un texto à un ami d'enfance qui travaillait à présent à Washington. En moins de cinq minutes, il reçut une réponse positive.

— Voilà, c'est réglé, dit-il. Je commence quand ?

— Dès que tu auras mis tes papiers en ordre. Par contre, tes revenus vont en prendre un sacré coup, tu sais. Je peux tout juste te payer au SMIC.

— Tu n'as pas à me payer du tout. De toute manière, je vais gagner le pari, et quand je le gagnerai…

Il se caressa le menton d'un air songeur.

— Tu me présenteras à Reign, acheva-t-il.

— J'ai eu l'impression que tu la connaissais déjà bien, tout à l'heure. Comment as-tu appris son nom ?

— Facile : je le lui ai demandé. Crois-tu que j'étais trop aveuglé par mon acte de chevalerie pour ne pas remarquer sa beauté ? J'aimerais que tu me la présentes.

— Comme si tous les habitants de Chicago se connaissaient ! Crois-le ou non, ce n'est pas le cas, répondit Nolan en tournant sans se soucier du feu orange. Mais je l'ai déjà croisée…

— Pourquoi ne l'as-tu pas dit plus tôt ?

— Parce que j'aime me moquer de toi. Je ne lui ai jamais vraiment *parlé*, mais j'ai déjà croisé le chemin de sa famille. Ils sont aussi importants ici que ton clan, chez toi.

— Que font-ils ?

— Ils possèdent une entreprise spécialisée dans la haute finance et Reign est l'une des dirigeantes. Dernièrement, elle a surtout été connue en tant que petite amie de Trenton Carpenter.

— Le basketteur ?

Nolan acquiesça.

— Je me disais bien que ce type me semblait familier.

— C'est bien avec lui que tu as failli te battre : l'enfant chéri de Chicago et l'un des meilleurs joueurs du monde.

— Il n'y aurait pas eu de bagarre. Il m'aurait suffi d'appliquer une pression bien ciblée sur un nerf de son poignet pour le rendre plus inoffensif que tout l'alcool qu'il a dû ingérer.

— Il était peut-être ivre, mais pas ses gardes du corps. Et ils devaient porter du lourd.

— Du lourd ?

— Des armes. On ne se bat plus à poings nus, ici, mais au pistolet. Essaye de ne pas l'oublier, si tu veux survivre.

Ils atteignirent le manoir dans lequel Abe s'était installé à son arrivée, cinq jours plus tôt. Nolan se gara mais ne coupa pas le moteur et continua à parler.

— La belle-sœur de Reign est une de mes clientes.

— Dans ton entreprise de ménage ?

— Non, au FBI ! gloussa-t-il. À ton avis ?

— Et travaille-t-elle pour l'entreprise de la famille ?

— Loin de là. Ivy a fondé et dirige une école privée dans une petite ville qui ressemble beaucoup à ton cher royaume, à quelques kilomètres de Chicago. Ça s'appelle La Pointe du Sable.

Abe caressa la barbe, qu'il commençait tout juste à laisser pousser, et réfléchit quelques instants. Une idée bourgeonnait…

— Que fais-tu pour elle, exactement ?

— Ce que nous faisons pour tous nos clients : on nettoie leurs locaux jusqu'à ce qu'ils brillent du sol au plafond, répondit Nolan avant d'énumérer, sous le regard confus de son cousin. On passe la serpillière, on aspire, on dépoussière, on polit les sols, on lave les fenêtres, et tout le reste.

— Chaque jour ?

— Du lundi au vendredi, pour la plupart des clients ; et le week-end pour les plus petites entreprises.

— Je vois, murmura Abe, en plein calcul. Et tu as déjà croisé Reign dans cette école ?

— Une fois ou deux seulement.

Abe réfléchit encore quelques minutes, puis sourit.

— J'ai trouvé !

— Quoi ? demanda Nolan avant de froncer les sourcils. Aldric… Abe, ne fais pas de bêtise.

— Ce n'est pas une bêtise mais une idée de génie ! Je vais t'aider à nettoyer l'école.

— M'as-tu écouté ? *Pas de bêtise !* Ivy est une cliente importante et elle exige la perfection. Je pensais plutôt t'envoyer au Havre.

— Qu'est-ce que c'est ? Un restaurant ?

— Une maison de retraite.

Abe soupira et ouvrit la portière. Un courant d'air glacé traversa l'habitacle.

— J'imagine que tu ne veux pas habiter chez moi, en fin de compte…

— Aldric, attends ! On peut discuter.

Abe dévisagea un instant son cousin, puis referma la portière calmement.

— Il n'y a rien à discuter. Je vais m'installer dans ton appartement et travailler pour toi. En échange, tu t'arrangeras pour que je rencontre Reign.

— Et comment suis-je censé faire ça ? Je ne connais pas son emploi du temps !

— Je t'accorde un mois. Si je ne l'ai pas vue d'ici là, le pari ne tient plus. Je reprendrai mon appartement, ma Maybach, et irai me chercher une autre princesse. La ville est grande. J'admets que Reign est fabuleuse, mais elle n'est pas la seule jolie femme de la région.

Nolan hésitait encore.

— Je ne sais pas, Abe. Ivy est quelqu'un de haut placé et La Pointe est une petite communauté. S'il y a un pépin, les rumeurs se diffuseront à toute vitesse.

— Quel genre de pépin ?

— Je ne vais pas te faire une liste ! Tu n'as jamais rien nettoyé de ta vie, vieux. Tu ne saurais pas différencier une serpillière d'un manche à balai !

— Je peux apprendre. Travailler dans cette école me permettra à la fois d'espérer croiser Reign de nouveau, mais aussi de voir quel genre de personne elle est : une enfant gâtée ou une femme intéressante. Je tiens à savoir si elle m'aimera pour ce que je suis, et pas ce que je possède.

— Qui te dit qu'elle t'aimera ?

— J'en suis sûr. Il y a eu une étincelle entre nous.

— Pendant que tu menaçais son petit ami ?

— Pendant que je lui apportais ma protection.

Plus il y réfléchissait, plus Abe était convaincu et excité.

— Et puis, même si ce n'est pas Reign, je pourrai rencontrer d'autres femmes en vivant comme un type normal. Des femmes qui ne connaîtront qu'Abe l'homme de ménage, un gars simple sans fortune ou honneur. Si elles tombent amoureuses de cet homme-là, alors je saurai que leurs sentiments sont sincères.

— Tu es connu dans tous les pays qui aiment le football, lui rappela Nolan, et au Kutoka, tu es considéré comme un membre de la famille royale. De nombreux voyageurs internationaux passent par Chicago. Comment espères-tu rester incognito ?

— Grâce à ça, répondit-il en montrant sa barbe naissante. Et en évitant d'attirer l'attention. C'est pourquoi travailler pour un service de nettoyage, dans une école éloignée du centre-ville, est la couverture idéale.

Nolan soupira avec résignation.

— Si j'accepte, tu devras prendre le temps de te familiariser avec tout l'équipement que nous utilisons et d'apprendre comment obtenir un résultat professionnel.

— Bien sûr, promit Abe.

— Tu n'as pas peur de te salir les mains ?

— J'ai commencé à jouer au foot à deux ans. La saleté, ça me connaît. Si Reign me voit passer la serpillière et accepte quand même de boire un café avec moi, ça voudra dire qu'elle est capable de voir au-delà des préjugés.

— Je ne veux pas briser tes rêves, mais les femmes comme elle ne sortent pas avec les agents d'entretien. Ce n'est pas une question de préjugés. Ça ne se fait pas, c'est tout.

— Nous verrons bien.

— OK. J'accepte de t'embaucher, mais à contrecœur.

— Merci, cher cousin ! s'écria Abe, enchanté.

— Tss ! Ne me donne pas du « cher cousin ». Quelque chose me dit que cette histoire va très mal finir.

Le téléphone satellite d'Abe sonna et le nom de sa mère, Villianne, s'afficha sur l'écran. Il était aux États-Unis depuis moins d'une semaine, et elle le pressait déjà de rentrer.

— Encore ta maman ?

— Oui, soupira-t-il. Elle m'appelle tous les jours et je ne lui ai toujours pas répondu ; mais j'imagine que je ferais mieux de lui parler avant qu'elle saute dans un avion.

Il déverrouilla la porte du manoir à distance grâce à son téléphone et quitta la voiture.

— On se voit demain, Nolan.

— Oui, je serai là tôt, et avec mes valises. Tu as intérêt à préparer les clés !

Une foule de pensées assaillit Abe dès qu'il passa la porte de l'immense maison que l'agent immobilier de sa famille avait dénichée pour son séjour.

Pourquoi avait-il laissé son stupide ego relever le défi de Nolan ? Il avait déjà bien assez de travail ! Il devait à la fois prouver sa valeur à son père en devenant un associé de poids et esquiver la meute de prétendantes que sa mère lançait en permanence à ses trousses. Ses parents espéraient tous les deux qu'il ferait un beau mariage stratégique, profitable, et capable de lui apporter de parfaits héritiers.

Abe respectait leurs souhaits, bien sûr, mais il tenait à vivre suivant ses propres règles. Pour commencer, il allait tenter de retrouver la belle inconnue qui avait su faire battre son cœur plus vite d'un seul regard. Il serra les dents, bien décidé à ne pas faiblir. Il allait tout faire pour en apprendre plus sur la demoiselle qu'il aurait facilement pu protéger chaque jour de sa vie. Une splendide femme nommée Reign.

- 3 -

Une semaine s'était écoulée depuis le soir où Reign avait passé la porte du Verve, prête à surprendre Trenton – sans se douter qu'elle allait être la plus surprise des deux… La presse s'en était donné à cœur joie, décortiquant l'incident pendant des jours. Heureusement, le mauvais éclairage de l'allée avait empêché les photographes d'immortaliser la dispute ; mais les clichés de Trenton et elle traversant le hall du club étaient devenus viraux. Elle, criant. Lui, courant. On avait commenté l'intervention d'un homme « désarmé » dans la rue… Le seul point positif était le coup de projecteur sur le lancement de Make It Reign. Tous les articles avaient inclus des photos où s'affichait son logo et mentionné son nouveau studio graphique. Certaines personnes pensaient que toute publicité était de la *bonne* publicité… Elle allait bientôt savoir si c'était vrai.

Trenton avait encombré sa messagerie de multiples excuses et envoyé une cascade de textos. Elle n'avait répondu qu'une fois avant de bloquer son numéro. Inutile de parler plus longtemps avec lui. Elle lui avait dit qu'elle le quitterait au moindre faux pas, et il lui avait promis de ne pas la tromper. Il n'avait pas tenu parole. Elle, si.

Elle avait du mal à ne pas trop penser à la fin d'une relation qu'elle avait espéré digne d'un conte de fées, mais heureusement son travail pour Eddington Enterprise et son studio la tenaient très occupée. Un nouveau vendredi arriva et, avec lui, la tristesse. Elle avait prévu de rester chez elle tout le week-end et de réfléchir à son célibat soudain, après presque deux ans passés avec Trenton. Elle entra dans son aile privée du manoir de ses parents et découvrit, stupéfaite, qu'elle avait de la compagnie. Sa sœur Maeve et ses belles-sœurs Ivy, Sasha et Avery l'attendaient de pied ferme.

— Salut, les filles.

Elles l'embrassèrent et la suivirent dans son élégant salon pour se laisser tomber sur les canapés et enlever leurs chaussures à talons.

— On dirait que vous vous êtes préparées pour sortir, remarqua Reign. Vous auriez dû me prévenir. Je ne me sens pas d'humeur à faire la fête, ce soir.

— Et c'est justement pour ça qu'on n'a rien dit, répondit Maeve. Reign, on a toutes connu ce que tu traverses. L'idée n'est pas de minimiser ta douleur. Les médias ne te laissent pas tranquille. C'est un cauchemar. On comprend. *Mais* on ne peut pas te laisser vivre en ermite.

— Tu as réussi à ne pas trahir tes émotions en public, ajouta Ivy, mais nous savons que tu souffres. C'est pour ça que nous sommes venues t'inviter à dîner, histoire de te changer les idées.

— Merci. Je sais que vous voulez m'aider et j'apprécie, mais je n'ai pas encore pris le temps de me poser, ou même de pleurer pour décompresser : ma semaine a été trop chargée. J'ai juste besoin de passer un week-end au calme…

— Ah, sœurette, soupira Maeve en venant s'asseoir près d'elle pour la serrer dans ses bras. Je sais ce que tu ressens. Quand mon ex m'a quittée, j'étais en miettes. Tu le sais, tu étais là… Je comprends que tu aies besoin de temps pour digérer tout ça. Mais n'attends pas *trop*, d'accord ?

— Promis, dit-elle sans savoir si c'était vrai.

— J'ai souvent remarqué qu'aider les autres et me concentrer sur leur bien-être me permet d'adoucir mes blessures, déclara Ivy.

— C'est un bon conseil…

— Contente que tu le penses, parce que je vais avoir besoin de ton aide !

— Zut. J'ai foncé droit dans le piège.

Toutes les filles éclatèrent de rire et l'ambiance s'allégea immédiatement.

— Nous venons de lancer un nouveau programme, à l'école, expliqua Ivy. Le « Lundi des Pros ». Chaque semaine, des femmes à succès viennent déjeuner avec les filles pour leur parler de leur travail, répondre à leurs questions et les conseiller sur tous les sujets, depuis leurs vêtements jusqu'à leurs projets de carrière.

— Ce n'est pas formel ou intimidant, ajouta Maeve, Nous voulons permettre aux élèves de se sentir à l'aise et de rêver.

— Et ça ne dure qu'une heure, précisa encore Ivy devant la mine dubitative de Reign. Tu pourrais apporter un rayon de soleil à mes élèves, malgré ton malheur…

Au final, les filles allèrent manger sans elle et, après leur départ, Reign songea qu'elle ne les rejoindrait pas pour le Lundi des Pros. Mais, après avoir subi l'insistance subtile de sa sœur pendant tout le dimanche, elle finit par céder.

Le lundi matin arriva, plus agité encore que la moyenne. Reign fut submergée de mails lui demandant des renseignements sur son studio. Elle ne vit pas le temps passer et fut surprise quand midi arriva. Le déjeuner commençait une demi-heure plus tard. Elle sauta dans sa Bentley et se rendit à l'école, puis traversa le parking enneigé en courant, malgré ses talons de dix centimètres.

Elle passa la porte et tira son portable de son sac pour lire le texto que lui avait envoyé Ivy. Elle savait déjà qu'on l'attendait dans la salle à manger, mais n'était pas sûre de savoir la trouver. Elle arriva au bout du premier couloir.

Dois-je tourner à droite ou à gauche ?

Elle opta pour la droite, tout en lisant les instructions d'Ivy, passa l'angle et heurta un mur de plein fouet. Du moins, elle le crut jusqu'à ce que deux bras musclés la rattrapent. Elle leva les yeux pour découvrir un torse puissant, le beau visage d'un homme et… ces yeux ! L'inconnu qui l'avait défendue devant le club était là. *Dans l'école d'Ivy ?* Était-ce une coïncidence ? Que faisait-il ici ?

— Attention !

— Désolée, souffla-t-elle.

Son cœur battait très fort, tant à cause de sa course que de la masse de muscles virils qui venait de la secourir – encore. Mortifiée, elle s'accroupit pour ramasser tous les objets qui s'étaient échappés de son grand cabas.

— Est-ce que tout va bien ? demanda-t-il en se penchant pour l'aider.

Ils se cognèrent la tête, et Reign se redressa très vite en criant, une main sur le front. L'homme massa aussi son crâne, tout en l'empêchant de perdre l'équilibre avec sa main libre. Leurs regards se croisèrent. Il sourit. Elle sentit son cœur s'emballer. Il s'agissait clairement de son sauveur, celui qui avait forcé Trenton à la laisser en paix. La même compassion brillait toujours dans ses yeux.

La même joie, aussi. Cependant, qu'il était différent de l'élégant étranger qu'elle avait croisé devant le club ! L'homme dont elle se souvenait portait un manteau luxueux, pas cette combinaison ordinaire et mal ajustée sur ses épaules musclées… Il avait l'air décalé, dans cet uniforme, au milieu d'une école.

— Je suis en retard pour le déjeuner, balbutia-t-elle.

— Ah, c'est donc ça. J'ai vu plusieurs femmes se rendre dans la salle à manger, il y a quelques minutes.

Avec bonté, il lui indiqua une porte double, au bout du couloir. Reign se précipita, lançant par-dessus son épaule :

— Merci !

— De rien, répondit l'homme. Je m'appelle Abe !

Elle poussa la porte, lui faisant un dernier signe de la main sans se retourner. Heureusement, la salle à manger était plongée dans un véritable chaos organisé et nul ne remarqua son retard. Les élèves discutaient bruyamment avec les femmes venues les conseiller, par-dessus leurs assiettes. Ivy fit signe à Reign et l'installa près d'une fillette nommée Lilah. Celle-ci était timide, presque apeurée. Elle répondit à chaque question de Reign par des phrases courtes, mais un commentaire au sujet du repas illumina très vite son regard. Apparemment, elle avait toujours aimé aider sa « Big Mama » en cuisine. Reign lui parla du restaurant ouvert par son amie Quinn, et les langues se délièrent enfin. Pour la première fois depuis la fameuse soirée, Reign put discuter d'autre chose que de sa rupture ou du travail. Ivy avait eu raison en la poussant à se changer les idées : elle passa un très bon moment. Quand la sonnerie rappela les élèves en classe, elle encouragea même Lilah à poursuivre ses rêves et à étudier pour devenir chef. Puis, avant de quitter la salle, elle s'approcha d'Ivy.

— Désolée pour le retard, dit-elle en l'embrassant.

— Aucun problème. Tu as beaucoup de choses en tête, actuellement. Comment as-tu trouvé Lilah ?

— Elle était très réservée, au départ, mais quand je lui ai parlé du restaurant de Quinn, elle s'est épanouie.

— Je suis surprise qu'elle ait accepté de discuter… Une tragédie a frappé sa famille, il y a six mois : son arrière-grand-mère est morte.

— Big Mama ?

— Oui, c'est comme ça que tout le monde l'appelait. Lilah était sa préférée et elles étaient très proches. Nous essayons vainement de la tirer de sa torpeur depuis… Sa passion pour la cuisine pourrait bien être la solution miracle que nous cherchions !

— Je pourrais peut-être l'emmener au Tasty Vegan, un jour, pour que Quinn lui montre comment fonctionne une cuisine professionnelle.

— Elle serait ravie, mais je dois d'abord en parler à ses parents, répondit Ivy.

Reign jeta un coup d'œil à sa montre, puis enlaça sa belle-sœur de nouveau.

— Merci encore de m'avoir invitée. C'était amusant.

— De rien !

Elle s'en alla, jetant un coup d'œil à son portable tout en marchant ; mais, cette fois, elle ne perdit pas de vue les angles de couloir ! Elle venait d'atteindre la porte d'entrée quand quelqu'un l'appela. Elle se retourna. C'était *lui*. Abe. Un frisson la parcourut en le voyant, un balai à la main Arrivé près d'elle, il sortit un petit objet de sa poche.

— Je crois que c'est à vous…

Dans sa main, elle vit briller un fin bracelet doré gravé. C'était l'un de ses préférés.

— Oui, merci ! dit-elle en le récupérant. Il a dû tomber de mon sac, tout à l'heure. Je m'excuse encore pour ça…

— Ce n'était rien.

Il sourit de nouveau, et Reign devina une fossette sur son menton. Pendant un instant, elle crut retrouver l'homme qui l'avait sauvée au club. Elle avait beau avoir le cœur brisé, elle ne put s'empêcher d'être hypnotisée par son sourire.

— Que faites-vous ici ?

— Je travaille, dit-il en montrant le couloir d'un geste.

— Vous êtes homme de ménage ?

Il se redressa, les lèvres pincées.

— D'après mon contrat, je suis « agent d'entretien ».

Reign prit un air faussement affolé et plaqua une main contre son cœur.

— Pardonnez-moi pour cette erreur ! dit-elle avant d'éclater de rire avec lui. J'adore votre accent. D'où vient-il ?

— Du Ghana, répondit-il après un court silence.

— Et pourquoi êtes-vous venu en Amérique ?

— J'avais besoin d'un emploi. L'entreprise de nettoyage est la propriété de mon cousin. Il l'a créée récemment et je suis venu lui donner un coup de main.

— C'est très généreux de votre part, répondit-elle, à moitié convaincue.

Une notification arriva sur son portable, venant d'un numéro inconnu. Sans doute Trenton. Elle rangea l'appareil dans son sac.

— Comme ça, vous êtes venue pour le Lundi des Pros ?

— Oui.

— Et puis-je vous demander ce que vous faites ?

Elle sourit de le voir si direct. Sans doute n'avait-il pas encore assimilé toutes les coutumes du pays.

— Je travaille dans le marketing et les relations publiques, dit-elle évasivement.

— Ça a l'air passionnant.

— Parfois, oui.

— J'adorerais en apprendre davantage. Aimeriez-vous poursuivre cette discussion au restaurant, un de ces quatre ?

— Je vous demande pardon ?!

— Je suis désolé, reprit-il très vite. Je ne voulais pas vous offenser par une question inappropriée…

Il baissa la tête, les épaules voûtées, et Reign se sentit un peu coupable – ce qui ne lui arrivait pas souvent.

— J'accepte vos excuses, mais je ne suis pas intéressée par un repas, ou une relation. N'y voyez rien de personnel.

Abe haussa les épaules d'un air indifférent.

— Mon invitation était innocente. Les choses sont peut-être différentes ici, mais dans mon pays, tout le monde a besoin de manger…

Reign ne put retenir un petit éclat de rire. Son accent était vraiment adorable – tout comme son visage et sa silhouette.

— C'est gentil, Abe, mais non merci.

Il recommençait à neiger doucement, et elle rabattit la capuche de sa veste en cuir sur sa tête avant de se retourner vers la porte. Abe lui emboîta le pas.

— Je vous ouvre.

— Merci, dit-elle avec un sourire sincère.

— Où êtes-vous garée ? Permettez-moi d'ouvrir aussi la portière de votre voiture…

De nouveau, elle ne put s'empêcher de rire, touchée par sa galanterie.

— Je vous remercie, mais je vais m'en sortir.

— Prenez soin de vous, Reign. À bientôt.

Elle songea à Abe sur tout le trajet du retour. Cet homme était une contradiction vivante… Le soir de leur rencontre, il avait porté un manteau luxueux et une montre qui semblait hors de prix ; mais il était monté dans une vieille voiture abîmée. Aujourd'hui, il était vêtu comme un type lambda, tout en parlant avec la distinction d'un homme bien élevé. Il l'attirait, bien malgré elle. Il ne ressemblait pas aux hommes qu'elle fréquentait d'habitude (et encore moins à celui qui venait de lui briser le cœur). Elle envisagea un instant d'accepter son invitation. Lui parler de son travail de marketing serait en effet *innocent*, pour employer ses mots… Mais, alors qu'elle arrivait enfin à Eddington Enterprise, elle renonça. Elle n'avait pas envie de l'admettre, mais elle n'avait pas encore tourné la page sur son ex. Malgré tout, le visage souriant et bon de son étrange protecteur la hanta jusqu'au soir.

- 4 -

— Elle a refusé ! cria Abe en faisant les cent pas dans la pièce principale du petit appartement de son cousin, qui servait à la fois de salon et de salle à manger.

Ils avaient échangé leurs clés le dimanche précédent et Nolan était venu récupérer quelques dernières affaires. À présent, il servait aussi de défouloir à Abe…

— Je n'arrive pas à y croire ! rugit-il de plus belle.

Son cousin éclata de rire, pour la dixième fois depuis le début de son récit. Abe, lui, ne trouvait pas ça drôle du tout.

— Sais-tu seulement combien de fois ça m'est arrivé, dans ma vie ? Quasiment jamais !

— On dirait que tu harcèles nos clients, Aldric…

— *Abe.*

— Et je t'ai pourtant dit de ne pas faire ce genre de choses, poursuivit Nolan sans relever. Tu as de la chance que je ne te mette pas à la porte dès ce soir.

— Reign n'est pas une cliente, mais une visiteuse de l'école, lui rappela Abe.

— C'est pareil. Écoute, cousin, ne fais pas comme si aucune femme ne t'avait rejetée.

— Pas depuis longtemps, en tout cas…

— Jusqu'à aujourd'hui, claironna Nolan.

— Je ne vois pas ce qu'il y a de si amusant.

— Tu découvres enfin ce que c'est, d'être un mec

normal. Pour l'instant, tu es Abe Wetherbee, l'homme de ménage.

— Agent d'entretien, corrigea Abe avec une pointe d'humour acerbe.

— Bref, Reign fait honneur à son nom : elle est une princesse. Elle fait partie de l'élite de Chicago, comme toi au Kutoka. Peut-être aurait-elle pu se laisser tenter par Aldric Baiden ; mais elle est hors de portée pour Abe. Ce genre de femmes ne sort pas avec des types comme nous…

— Ce n'est pas parce qu'elles sont riches qu'elles sortent obligatoirement avec des hommes aussi riches qu'elles.

— Quand elles s'appellent Reign Eddington, si.

— *Eddington ?* releva Abe, soudain plus intrigué. Comme dans « Eddington Enterprise » ?

— Tu as entendu parler d'eux, alors.

— Un peu. Mon comptable utilise un de leurs logiciels.

La situation devenait intéressante. Non seulement il était convaincu que Reign aurait fait une copine idéale, mais ses contacts dans le monde de la finance auraient sans doute pu lui permettre de développer Kutoka Global aux États-Unis.

— Que sais-tu à son sujet ? demanda-t-il.

— Que veux-tu savoir ?

Nolan passa dans le coin cuisine. Abe le suivit et s'adossa au mur tandis que son cousin se faisait un sandwich.

— Combien de temps Reign est-elle restée avec le basketteur ? demanda-t-il.

— Un an, peut-être plus.

— D'après ce que j'ai vu l'autre soir, ils ont rompu…

Cette idée lui arracha un sourire, que Nolan surprit.

— N'y pense même pas ! dit-il.

— Penser à quoi ?

— Je vois les idées défiler dans ta tête…

— Menteur.

— Dans ce cas, tu ne seras pas déçu d'apprendre qu'on prétend qu'ils sont sur le point de se fiancer.

Abe éclata de rire. *Grillé…*

— Alors ? J'avais deviné juste ? Tu as des vues sur elle ?

— Je plaide coupable, admit-il en songeant au visage de Reign. Mais ne m'en veux pas : elle est radieuse. Et, si elle travaille à Eddington Enterprise, ça signifie aussi qu'elle est intelligente.

— La preuve, elle t'a repoussé, gloussa Nolan.

Abe l'ignora et se concentra sur le plan qui commençait à germer dans sa tête.

— Elle a juste besoin d'apprendre à me connaître. Après, je suis convaincu que nous deviendrons de grands amis…

— Tu ne devrais sans doute pas placer la barre si haut.

— Reign m'intrigue. Je veux découvrir quel genre de femme elle est.

— Je comprends, cousin, mais elle n'est pas la seule jolie fille de cette ville.

Nolan acheva son sandwich à la dinde et posa un sac de chips sur le plan de travail avant de s'installer pour manger.

— Sais-tu qu'elle travaille dans le marketing et les relations publiques ?

— N'as-tu donc aucune autre femme en tête ?

Abe haussa les épaules. Sa mère tenait à lui présenter toutes les jeunes femmes qu'elle connaissait et qui, selon elle, feraient de *parfaites* épouses. C'était bien pour fuir cette pression qu'il était venu en Amérique.

— C'est elle qui m'intéresse, pour le moment, dit-il.

— Apparemment, oui, lâcha Nolan d'un air las. Et, pour répondre à ta question : oui. Je sais quel travail elle fait.

— Que peux-tu me dire d'autre sur elle ?

— On raconte qu'elle est très proche de sa famille.

— Parle-moi d'eux.

— Son père est un homme important, tout comme ses frères. Ils sont toujours sous le feu des projecteurs.

— Combien de frères a-t-elle ?

— Deux. Desmond et Jake. Et, si tu veux tout savoir, ils travaillent aussi pour la firme familiale, tout comme leur sœur Maeve qui est aussi belle que Reign. Mais, hélas pour toi, elle n'est plus libre. Elle a épousé un type super riche, Victor Cortez. Un autre gars gravite autour de la famille, Cayden. Il n'est pas leur parent mais est traité comme tel et travaille avec eux.

— Dis donc, on dirait que tu en sais très long.

— Toutes ces infos sont sur Internet, et il m'est arrivé de faire des recherches sur les entreprises de La Pointe du Sable.

— Pourquoi ?

— À ton avis ? Pour dénicher de nouveaux clients !

Nolan se tut et s'absorba dans la dégustation de son sandwich pendant un long moment.

— Que ne me dis-tu pas ? demanda enfin Abe.

— Pardon ?

— Je sais très bien lire le comportement des gens et je sens que tu me caches quelque chose…

— Je ne vois pas de quoi tu parles ! protesta Nolan en attrapant une serviette.

Abe ne le croyait pas, mais la sonnerie de son portable l'empêcha d'insister. C'était son père, cette fois.

— Tu ne m'as pas encore fait de rapport, lança Daniel sans même lui dire bonjour.

— Papa, je ne suis arrivé qu'il y a une semaine !

Nolan acheva son déjeuner, alla récupérer son sac et lui fit un petit signe de la main avant de quitter l'appartement.

— Tu es en voyage d'affaires, pas en vacances. Ne l'oublie pas, grommela le père d'Abe dans le combiné.

— Comment pourrais-je l'oublier ? C'était mon idée !

— Méfie-toi, Aldric. Je ne tolérerai pas de manque de respect de ta part.

Abe prit une profonde inspiration et serra les dents pour réprimer une réponse sarcastique.

— J'ai prévu plusieurs réunions avec nos associés américains. Je suis aussi en train de me renseigner sur différentes start-up que nous pourrions acheter. Je t'enverrai un compte rendu toutes les deux semaines, comme promis.

Son père ne répondit pas, et Abe fut tenté de raccrocher. Certes, il avait bien programmé des entretiens vidéo, mais il comprenait à présent qu'il s'était laissé distraire du vrai but de son voyage par Reign… Depuis leur rencontre, il n'arrivait plus à se concentrer sur quoi que ce soit d'autre.

— Si c'est tout, Père…

— Non, ce n'est pas tout.

Abe serra un peu plus le téléphone entre ses doigts et attendit la prochaine remarque condescendante.

— Je voulais te parler de ton *kbaba*.

Cette fois, tous ses sens se mirent en alerte. Il adorait son grand-père. Hélas, à en croire le ton grave de son père, les nouvelles n'étaient pas bonnes…

— Comment va-t-il ? demanda-t-il nerveusement en faisant les cent pas dans la petite cuisine.

— Le cancer est revenu.

Un poids vint comprimer son cœur.

— On le soigne, bien sûr, mais les médecins ne sont pas aussi optimistes que la dernière fois.

— Dois-je rentrer à la maison ?

Son père soupira. Abe l'imagina sans peine affalé sur l'un des fauteuils de son bureau qui empestait le cigare et le succès.

— Fils, tu devrais tout faire pour devenir un membre important de Kutoka Global, *puis* rentrer et choisir une épouse. Vite. Si tu tiens à ton héritage, tu dois avoir franchi toutes ces étapes avant le décès de ton *kbaba*.

Abe raccrocha, plus tendu que jamais. La pression habituelle que lui mettaient ses parents était aggravée par la maladie de son grand-père. Il s'était donné un an pour améliorer les profits de Kutoka Global ; mais le temps jouait contre lui. S'il échouait, ou si son grand-père dépérissait du jour au lendemain, il se retrouverait à la case départ. De retour chez lui, célibataire et contraint de choisir une épouse… avant que sa mère le fasse pour lui.

Le mois de février s'ouvrit sur une tempête de neige qui recouvrit toute la ville. Même pendant ses années de fac à Londres, Abe n'avait jamais connu un tel froid. Il ne pouvait plus se permettre de faire du jogging ou de s'adonner à des sports de plein air, ses activités préférées.

N'appréciant pas les salles de sport publiques et

pourtant bien décidé à rester en forme, il arriva à l'école un lundi matin en portant sous le bras un ballon de football neuf – qu'il avait acheté après être passé dans une friperie pour trouver des vêtements « normaux » et avoir payé cash une Ford Explorer d'occasion. Le professeur de sport lui avait proposé de se servir du gymnase en dehors des heures de cours et, comme son travail avait surtout lieu le soir, il avait bien l'intention d'en profiter.

Lorsqu'il se gara, encore en un seul morceau malgré les routes verglacées, il fut convaincu que les anges existaient bel et bien. Il courut à travers le parking et se réfugia dans le hall de l'école, où un souffle chaud l'enveloppa. Alors qu'il rejoignait la réserve pour y déposer son manteau, il croisa Ivy. Bien loin d'être aussi inaccessible que Nolan le prétendait, elle s'était présentée dès le premier jour et avait été charmante à chaque fois qu'il l'avait rencontrée dans les couloirs.

— Bonsoir, madame Eddington, dit-il.

— Bonsoir, Abe. Je vous ai déjà demandé de m'appeler Ivy. Je tiens à éviter les formalités avec le personnel.

— D'accord, Ivy. Merci beaucoup.

— Nolan m'avait prévenue qu'il comptait embaucher d'autres employés. Comment les choses se passent-elles pour vous, jusqu'à présent ?

— Très bien, je ne me plains pas…

Il aurait bien aimé pouvoir se rapprocher un peu plus de la belle-sœur d'Ivy, mais il ne pouvait évidemment pas le dire.

— Vous jouez au football ? lança-t-elle en indiquant le ballon d'un signe de tête.

— Un peu, dit-il, évasif.

— Et êtes-vous doué ?

— Je m'en sors.

— Nous envisagions d'ajouter cette discipline à notre programme de sport. Il va falloir que je vous présente Phil.

— Le professeur d'éducation physique ?

— Oui, le connaissez-vous ?

— Nous nous sommes croisés un soir, pendant que j'admirais le gymnase et il m'a proposé de m'en servir… pendant mes pauses ! ajouta-t-il très vite, de peur de passer pour un fainéant.

— Il a bien fait. Sait-il que vous jouez au foot ?

Abe espérait bien que non !

— Nous n'en avons pas parlé…

— Vous devriez. En fonction de votre niveau, vous pourriez prétendre à un poste de professeur assistant.

— Non ! répondit-il sèchement, sans réfléchir. Je veux dire… J'apprécie votre offre et je serais ravi de vous aider, mais je ne peux pas accepter un travail d'enseignant.

Il n'avait aucune envie d'attirer l'attention en ressuscitant sa carrière de sportif – même modestement. Son talent le trahirait très vite. Il ne pouvait tout simplement pas oublier ses années d'entraînement pour paraître… médiocre.

— En êtes-vous sûr ? Ne vous inquiétez pas pour votre niveau scolaire : aucun diplôme ne remplace l'expérience.

Abe étouffa un sourire. Il possédait un double master en marketing international et sciences politiques, avait étudié le chinois pendant des années, et était bien trop qualifié pour travailler dans l'école d'Ivy !

— C'est vraiment gentil de votre part, reprit-il, mais je ne suis là que pour aider mon cousin pendant quelques mois.

— Nolan est votre cousin ?

— Oui.

— Je ne suis pas surprise par l'évolution rapide de son entreprise, vous savez. Sa réputation et son CV sont exemplaires. Vous faites de l'excellent travail.

— Nous essayons, répondit modestement Abe.

— Je comprends que vous ne vouliez pas trouver un autre travail ici mais, avec votre permission, j'aimerais quand même parler de vous à Phil. Peut-être pourriez-vous au moins l'aider à établir un programme d'entraînement et – qui sait ? Il pourrait vous faire changer d'avis.

— D'accord, lâcha Abe à contrecœur.

— Puis-je lui donner votre numéro de téléphone ?

— Oui…

Il aurait préféré qu'elle s'abstienne. Mieux valait éviter de trop fréquenter Phil, ou toute personne liée au monde du sport : on risquait de le reconnaître. Néanmoins, il donna son numéro à Ivy.

— Ne vous étonnez pas, si vous recevez rapidement un coup de fil. Le semestre vient de commencer et, en nous pressant un peu, nous pourrions inaugurer ce nouveau programme au printemps.

En effet, Phil téléphona le soir même, au grand regret d'Abe. Celui-ci fit de son mieux pour minimiser ses connaissances, mais se vit tout de même proposer un poste d'assistant à mi-temps. Il put esquiver en proposant à Phil de l'aider à mettre son programme au point et en lui promettant de réfléchir à son offre plus tard. Après tout, il ne voulait pas décevoir Ivy, qui avait le pouvoir de le rapprocher de Reign.

Alors qu'il commençait à désespérer, il croisa de nouveau l'objet de ses désirs dans le hall de l'école le vendredi suivant, en fin d'après-midi. Que faisait-elle ici, à 18 heures passées ? Sa démarche sensuelle et souple lui fit rapidement oublier sa curiosité et il la regarda progresser, incapable de se concentrer sur son travail.

Hypnotisé, il la vit flotter le long du couloir – une tâche qui aurait dû être impossible avec des talons aussi hauts ! Sa veste de cuir écrue, son jean skinny noir et ses bottes à motifs zébrés lui donnaient une allure à la fois nonchalante et sophistiquée. Abe sentit son cœur s'emballer. Nolan lui avait interdit de se montrer trop familier, mais il ne put bouger tandis qu'elle s'avançait vers lui. Elle était concentrée sur son téléphone, comme toujours, et ne l'avait pas encore remarqué. Il aurait voulu l'attirer dans ses bras et l'embrasser, mais fit de son mieux pour paraître occupé à enrouler le câble de sa shampouineuse quand elle leva enfin les yeux. Sous sa combinaison, son sexe était déjà dur comme les dalles qu'il venait de laver.

— Oh ! bonsoir, Abe !

— Bonsoir, Reign, dit-il d'un air faussement surpris. Vous n'avez pas oublié mon nom…

— Il est facile à retenir.

— Moi qui croyais vous avoir impressionnée grâce à mes talents de balayeur.

Elle sourit, et son cœur manqua un battement. Une chaleur délicieuse envahit son caleçon, et Abe réalisa soudain qu'il n'avait pas fait l'amour depuis un mois. Heureusement pour lui, sa combinaison était assez ample pour cacher son érection…

— Les sols sont étincelants, remarqua-t-elle.

— On a souvent vanté mon don pour le ménage, dit-il en bombant le torse.

Comme il l'espérait, elle éclata de rire.

— Je croyais que vous ne veniez que pour le Lundi des Pros, reprit-il plus sérieusement.

— Oui, mais comme je n'ai pas pu y assister, cette semaine, j'ai promis à une des filles de lui préparer une surprise pour aujourd'hui.

— Vous êtes aussi gentille que belle, murmura-t-il sincèrement, sans même chercher à la flatter.

— Je ne sais pas si c'est vrai, mais je vous remercie.

— De rien : je le pense.

Une fillette un peu ronde sortit au même instant du bureau d'Ivy et s'approcha. Elle portait l'uniforme de l'école – un pull noir sur un chemisier blanc – avec un pantalon à motifs. Elle avait l'air timide et peu sûre d'elle. Abe vit Reign lui faire un grand signe de la main avec un sourire encore plus étincelant que celui qu'elle venait de lui adresser.

— Salut, Lilah !

La fillette baissa les yeux en rougissant.

— Bonsoir.

Reign la serra dans ses bras et lança d'une voix enjouée :

— J'espère que tu es prête à cuisiner quelques bons petits plats, ce soir…

— Votre amie va me laisser cuisiner ? demanda Lilah, d'un air soudain moins réservé.

— Je crois que nous allons surtout préparer les ingrédients, et goûter les plats, bien sûr ! Est-ce que ça te plaît ?

Lilah hocha vivement la tête, et Abe la vit s'ouvrir comme une fleur en présence de Reign. Sa reine était bien une femme unique…

Sa… reine ? Ralentis un peu, vieux ! Il n'avait même pas encore réussi à obtenir un premier rendez-vous !

Soudain, Lilah se tourna vers lui.

— Vous jouez au foot, non ?

Abe sentit la panique monter. Cette gamine si timide allait-elle griller sa couverture ?

— Qui te l'a dit ? demanda-t-il avec un calme feint.

— J'ai entendu Mme Ivy en parler à M. Phil.

— Je vois.

Craignant d'avoir inquiété la petite, il sourit.

— Je m'appelle Abe.

— Lilah, dit-elle en rougissant de nouveau avant de lui serrer la main.

— C'est un joli prénom. Joues-tu aussi au foot ?

Elle écarquilla les yeux et secoua vigoureusement la tête.

— Oh non ! Je ne pourrais pas !

— Pourquoi ?

— Parce que je suis grosse et… nulle en sport.

— Tu sais, avec un peu d'exercice, on peut mincir. Et personne n'est naturellement doué pour quelque chose. On essaye, on s'entraîne, et on apprend.

— Pas moi !

— Bien sûr que si, jeune fille. Avec un peu de volonté et de patience, on arrive à tout. Je te le promets.

S'il s'adressait à Lilah, son affirmation concernait surtout Reign qui semblait soudain le regarder avec une pointe d'admiration. Il continua à parler, le cœur battant. Si travailler avec cette fille lui permettait de marquer des points auprès de la jeune femme, il pourrait même se laisser convaincre de devenir professeur assistant, en fin de compte.

— Nous pourrions peut-être nous entraîner ensemble,

un de ces jours. Juste toi et moi… Et Reign, bien sûr, ajouta-t-il avec tact. Est-ce que ça te plairait ?

Lilah haussa les épaules.

— Je pense que tu devrais essayer, lui dit Reign en adressant un petit clin d'œil à Abe.

— Jouez-vous au football ? demanda-t-il.

— Moi ? Oh non ! Je ne connais rien à ce genre de sports.

— Raison de plus pour accompagner Lilah. Vous pourriez apprendre ensemble.

— J'aimerais beaucoup le faire avec vous, mademoiselle Reign, renchérit la fillette, qui semblait séduite par cette idée.

— Je te promets d'y réfléchir, répondit Reign avant de consulter sa montre. Viens. Il faut nous dépêcher, si nous voulons éviter les bouchons. Et enfile ton manteau : il fait froid, ce soir.

Lilah obtempéra, et Reign s'approcha d'Abe.

— Merci pour elle, dit-elle à voix basse en indiquant la petite fille d'un coup d'œil. À plus tard. Et… inutile de nous tenir la porte !

Non seulement elle se souvenait de son nom, mais en plus elle n'avait pas oublié ses plaisanteries ? Abe se sentit pousser des ailes. Il se moquait des efforts de son cousin pour le décourager. Il *savait* que Reign et lui allaient devenir de grands amis – voire davantage.

— C'est mon devoir de gentleman, dit-il en s'empressant de leur ouvrir la porte d'entrée avec courtoisie. Mesdames…

— Tu vois, Lilah ? C'est comme ça que les hommes sont censés te traiter, gloussa Reign avant d'adresser à Abe un autre de ses sourires étincelants. Bonne soirée, Abe.

— Bonne soirée, Reign. J'espère que tu t'amuseras, Lilah.

Il les regarda s'éloigner en direction d'une Bentley noire qui était la version plus récente de celle qu'il avait conduite quelques années plus tôt. Lorsque les phares s'allumèrent, il s'obligea à rentrer et se rendit au gymnase pour se débarrasser de l'excitation que Reign avait fait naître en lui. La voix de Nolan revint résonner à son oreille.

« Elle est hors de ta portée, Abe… Ce genre de femmes ne sort pas avec des types comme nous. »

Il fit de son mieux pour rester optimiste, mais ces paroles ternirent le reste de sa journée. Il ne voulait pas songer que Reign, sa reine, puisse ressembler à toutes les autres femmes qu'il avait rencontrées – celles qui ne s'intéressaient qu'aux apparences. Hélas, une série d'images défila dans son esprit. Le bar huppé où ils s'étaient rencontrés. Les vêtements de luxe qu'elle portait. Trenton et ses airs de star de cinéma. Il ne pouvait pas ignorer que la balance ne penchait pas vraiment en faveur d'Abe l'homme de ménage…

D'autres soucis remontèrent aussi à la surface. La maladie de son grand-père. La liste d'attributs que sa mère attendait d'une future belle-fille. Les efforts d'Abe pour satisfaire son père en contribuant à l'héritage familial… Il avait peut-être envie de charmer Reign, mais il devait bien admettre que Nolan avait probablement eu raison sur un point. Elle n'était pas à sa portée.

- 5 -

La semaine à venir inquiétait Reign – surtout avec l'approche de la Saint-Valentin. Elle risquait de réveiller des souvenirs autrefois chéris et raviver sa douleur. Tout ça à cause de Trenton. L'année précédente, il l'avait emmenée sur l'île privée de David Copperfield, dans les Bahamas. La soirée avait été magique et s'était achevée par un cadeau unique : un bracelet de diamants de dix carats. Trois jours plus tard, une starlette d'Instagram lui avait envoyé une photo du présent que Trenton lui avait offert. Le *même* bracelet. L'une de leurs pires disputes avait suivi cette preuve d'infidélité, couronnée par une longue séparation et le fameux ultimatum. Tout ça pour qu'elle se retrouve seule à la veille d'une nouvelle Saint-Valentin, le cœur brisé…

Elle avait travaillé dur pour éviter de penser à tout ça. Son malheur avait au moins été bénéfique à Make It Reign. En quelques jours à peine, elle avait déniché dix clients. Bien sûr, elle évitait à tout prix d'accepter des requêtes venant d'athlètes pro.

Plusieurs membres de sa famille l'avaient appelée pour lui proposer de passer la Saint-Valentin avec eux. Maeve et Victor l'invitaient au Costa Rica. Jake lui offrait un week-end d'aventures à Hawaï avec sa femme Sasha et lui. Bref, on essayait de l'aider et elle en était reconnaissante mais, quand son portable sonna en affichant le numéro d'Ivy, elle lui donna la même réponse qu'aux autres :

— Non merci, ma chérie.

— Je ne t'ai encore rien demandé ! gloussa sa belle-sœur. Peut-être que j'allais te proposer un million de dollars.

— Ma réponse resterait « non ». Je veux deux millions !

— Tu es incroyable… À quelle question t'attendais-tu ?

— Je suppose que tu allais m'inviter à tenir la chandelle pendant ton repas en amoureux avec Des. Maeve et Jake ont déjà essayé, et j'ai refusé.

— Je t'adore, c'est vrai, mais il est hors de question que tu viennes gâcher le repas sexy que j'ai prévu avec mon homme. Néanmoins, je pense beaucoup à toi. J'imagine que c'est une période difficile.

Reign se laissa aller au fond de sa chaise, moins tendue.

— Oui, en effet.

— Trenton cherche-t-il toujours à te contacter ?

— De temps en temps, en se servant de numéros cachés. L'un de nos gardiens a même vu sa voiture près du Domaine.

— Penses-tu lui parler un jour ?

— Pour lui dire quoi, Ivy ? La dernière fois qu'il m'a trompée, je l'ai prévenu que je m'en irais s'il recommençait.

— Je te comprends. Je tiens juste à m'assurer que tout va bien pour toi. Mais, crois-le ou non, ce n'est pas pour ça que je t'appelle. Le Lundi des Pros a eu un tel succès que je pense l'étendre à des activités en dehors de l'école. C'est ton vendredi soir avec Lilah qui m'a donné cette idée. Aurais-tu envie de m'aider à mettre ce projet sur pied ?

— Es-tu sûre que tu ne m'as pas appelée pour parler de mon ex ? demanda Reign, encore un peu soupçonneuse.

— Certaine, même si je pense que tu as besoin de te changer les idées. Tu as fait un excellent boulot avec Lilah. Elle s'épanouit de nouveau…

— Et qu'attends-tu de moi, exactement ?

— Je ne sais pas. On peut commencer par un brainstorming. Peux-tu me donner un coup de main ?

— Quand ?

— Pourquoi pas aujourd'hui ?

Reign faillit lui demander ce qui pressait tant, mais elle n'aurait sans doute pas obtenu une réponse sincère. Certes, Ivy adorait ses élèves et elle était prête à beaucoup de sacrifices pour elles ; mais elle n'aurait pas écourté sa soirée juste pour ça…

Reign passa donc les quelques heures suivantes à peaufiner un dossier de communication, puis prit la route de l'école vers 18 heures. Elle se gara près de l'entrée et plongea dans l'air froid. Une fois à l'intérieur, elle traversa le hall, ses talons claquant sur les dalles colorées. Elle frappa à la porte du bureau d'Ivy et entra.

— Salut, lança-t-elle joyeusement.

— Salut, ma chérie. Merci d'avoir pris le temps de passer me voir, répondit Ivy en se levant pour l'embrasser.

— J'ai toujours du temps pour ma famille.

Elles s'installèrent sur le divan confortable et bariolé.

— En parlant de ça, comment vont les enfants ?

— Oh ! ce sont des monstres ! Desiree a décidé de prolonger la phase terrible des deux ans jusqu'à son troisième anniversaire…

— Indépendante et têtue, comme ses parents…

Ivy soupira d'un air exaspéré, mais ne put s'empêcher de sourire en même temps.

— Tu l'as dit. Quant à Iden, il a l'air déterminé à reproduire toutes les bêtises de sa grande sœur.

— Seigneur !

— N'arrête pas de prier, frangine. Nous allons avoir besoin de toute l'aide possible.

Le téléphone sonna et elle se leva en s'excusant :

— Ça doit être la nounou. Accorde-moi un instant.

Elle répondit et, tout en discutant, fit signe à quelqu'un qui devait passer dans le couloir, l'invitant à entrer. Reign vit avec surprise apparaître Abe, dans sa combinaison aux couleurs de l'entreprise de nettoyage. En un éclair, tout son corps s'échauffa et ses tétons se tendirent. Étrange… Le sexe lui manquait-il à ce point ? Il fallait croire que oui.

Abe resta poliment debout près de la porte, mais sourit en voyant Reign. Il lui adressa un petit signe de tête. Enfin, Ivy raccrocha et revint se percher sur le divan.

— Asseyez-vous, Abe, dit-elle en lui indiquant une des chaises. Vous vous souvenez de Reign ?

— Bien sûr. Comment allez-vous ?

— Assez bien, et vous ?

— Sans doute *très* bien, étant donné le nouveau contrat qui vient d'être signé, intervint Ivy. Mes félicitations !

— Pardonnez-moi, mais j'ai été trop occupé pour entendre parler de ce contrat. J'imagine que Nolan a prévu de m'en informer… Est-ce au sujet de l'école ?

— Nous avons en effet prévu de renouveler notre engagement avec Clean Up Crew pour un an, mais je parlais de l'immeuble qui accueille Eddington Enterprise et appartient à mes beaux-parents. Beaucoup d'étages, et presque autant d'entreprises. Nolan dit qu'il n'avait pas encore eu de contrat aussi important jusqu'à présent.

— C'est une excellente nouvelle, s'écria Reign.

Elle fit de son mieux pour ignorer l'espoir soudain qui l'envahit à l'idée qu'Abe puisse être amené à passer plus de temps que prévu à La Pointe du Sable. Décidément, entre ça et ses montées d'excitation imprévues, la Saint-Valentin promettait d'être agitée pour elle…

— Ivy dit que vous travaillez bien, reprit-elle. Peut-être pourriez-vous faire arrondir votre paie en vous occupant aussi de nos bureaux.

— J'en serais ravi.

Il avait répondu sincèrement, sans flirter, et Reign dut ravaler sa déception. Après sa réaction quand il l'avait invitée à dîner, elle devait sans doute s'estimer heureuse qu'il accepte encore de lui adresser la parole. Elle avait d'ailleurs envie de se racheter et préféra ne pas réfléchir à ses motivations. Certes, elle avait décidé de rester célibataire pour le moment, mais ça ne l'empêchait pas d'être gentille. De plus, Abe n'était pas que beau : il semblait être un type honnête et sympathique.

— Pensez-vous pouvoir être affecté à l'équipe qui s'occupera de notre immeuble ?

— Ça dépend de mon patron, déclara-t-il.

— Non, je garde Abe, plaisanta Ivy. C'est un bon prof, patient, et il plaît aux élèves. Nous espérons le convaincre de ne pas rentrer en Afrique et d'enseigner le football ici.

— Est-ce possible ? lança Reign, à qui il plaisait aussi de plus en plus.

— Mon visa expire en décembre, ce qui veut dire que je devrai partir à ce moment-là, au plus tard.

— Et d'où venez-vous ?

— Du Ghana, répondit Reign sans réfléchir.

Ivy et Abe la dévisagèrent d'un air surpris. Elle-même avait du mal à croire qu'elle avait dit ça.

— Mon ex vous a demandé de quel pays vous veniez, lorsque nous nous sommes… *rencontrés* au club. Vous en rappelez-vous ?

— Pour être honnête, j'ai essayé d'oublier cette soirée et surtout la manière dont cet homme vous a traitée.

— Moi aussi.

Puis, voyant l'air confus d'Ivy, Reign ajouta :

— Je t'expliquerai plus tard.

— Très bien. Bref, Abe, si jamais vous envisagez de demander une carte verte, sachez qu'un emploi à plein temps ne pourra qu'améliorer vos chances.

— Merci beaucoup, mais non. Je dois rentrer.

— Vous paraissez bien pressé, reprit Ivy en riant. À croire que quelqu'un vous attend, chez vous.

Reign dut se retenir pour ne pas se pencher vers lui en guettant sa réponse. Il sourit, sans rien dire, et elle insista :

— Avez-vous une petite amie ?

— Non. Juste des *amies*. Rien de… sérieux.

Il prononça ces quelques mots très lentement. Son hésitation déçut Reign. Ainsi, même un homme aussi travailleur et chevaleresque que lui pouvait avoir des côtés sombres – comme Trenton. Aucun type n'était donc capable de rester fidèle ? Une part de son esprit voulut répondre un grand « non », mais elle songea à son père et à ses frères. Eux étaient des hommes bien, au moins.

— Dans ce cas, nous allons devoir vous faire une offre que vous ne pourrez refuser…

Abe répondit par un petit sourire tentateur.

— Sérieusement, reprit Ivy. Vous avez un don inné avec les jeunes enfants, et il est évident que vous avez toujours joué au football.

— J'aime les gamins, et le sport.

— Ça se voit.

Il jeta un coup d'œil à l'horloge murale et se leva.

— Si nous en avons fini, je vais me remettre au travail...

— Bien sûr. Je n'avais pas l'intention de vous détourner de votre devoir. L'éthique que vous cultivez à Clean Up Crew est la raison pour laquelle vous avez autant de succès.

— Je vous remercie et répéterai vos compliments à Nolan.

Il se tourna vers Reign et la salua respectueusement.

— J'ai été ravi de vous revoir, Reign.

Pourquoi son regard lui donna-t-il la chair de poule ? Certes, il était beau, mais elle ne le trouvait pas *si* séduisant. Pas assez pour rompre son vœu de célibat et accepter de sortir avec lui, en tout cas ! Si elle était si troublée, c'était uniquement à cause de l'épreuve qu'elle venait de traverser.

— Merci, Abe, dit-elle donc froidement. À bientôt.

Elles le regardèrent quitter le bureau, puis Ivy referma la porte derrière lui.

— OK. Parle. Quand l'as-tu rencontré ?

— Il m'a sauvée lors de ma dernière dispute avec Trenton.

Elle lui résuma rapidement la soirée au Verve.

— Peu d'hommes seraient intervenus, conclut-elle, surtout face à un basketteur pro.

— Face à n'importe qui, ajouta Ivy. De nos jours, on préfère filmer plutôt que s'interposer.

— C'est fou, non ? Bref, il a été un vrai gentleman. J'étais à la fois surprise, impressionnée, et certaine que je ne le reverrais plus jamais… Quand je l'ai croisé en venant au Lundi des Pros, l'autre jour, je n'en croyais pas mes yeux.

— Intéressant…

Une étincelle inquiétante s'alluma dans le regard d'Ivy.

— Non, déclara Reign avec fermeté.

— Je n'ai rien dit !

— Tu l'as pensé tellement fort que j'ai tout entendu.

— Je sais qu'il n'est pas ton genre habituel, mais il est plutôt adorable…

— Oui, je te l'accorde.

— Et il n'est là que pour quelques mois. Tu n'aurais pas à t'inquiéter de le croiser de nouveau en permanence.

— Pourquoi m'en inquiéterais-je ?

Hélas, elle connaissait déjà la réponse – confirmée par le grand sourire d'Ivy.

— Tu sais ce qu'on dit au sujet des peines de cœur. Le meilleur moyen de guérir est de se remettre en selle.

— En parlant de ça, pourquoi ne pas nous attaquer au brainstorming urgent que tu tenais à entamer aujourd'hui ?

— Oh ! j'imagine que ça peut attendre, finalement, admit Ivy. Maisie vient de m'appendre que Desiree a de la fièvre…

— Je croyais que ta nounou était aussi infirmière.

— Oui, elle est très douée. Mais il est tard. Tu dois êtes fatiguée. On s'occupera de ça un autre jour.

— C'est très gentil de ta part, mais puisque je suis là…

— Moi aussi, lança soudain une voix d'homme à la porte.

Reign bondit instinctivement .

— Trenton !

— Bonsoir, Reign.

— Que fais-tu ici ?

— Et qui t'a laissé entrer ? ajouta Ivy d'une voix calme, alors que tout son corps semblait en alerte.

— Détends-toi, dit-il en entrant dans la pièce d'un pas assuré. Tu sais que ton personnel de sécurité m'adore. Je fais pratiquement partie de la famille.

Ivy s'approcha du téléphone, mais Reign l'arrêta.

— Inutile d'appeler. Il ne va pas rester, affirma-t-elle.

— En es-tu sûre ?

Trenton paraissait détendu, relaxé.

— Reign ne risque rien avec moi.

Ivy le dévisagea encore un instant, puis quitta la pièce en annonçant :

— Je dois parler avec le gardien.

Restée seule avec son ex, Reign le regarda approcher sans bouger. Elle croisa les bras, le mettant au défi de la toucher. Heureusement, il eut l'air de comprendre le message et s'assit sur le divan qu'elle venait de quitter. Il était toujours aussi beau, portait son T-shirt orné du logo qu'elle avait dessiné et le parfum qu'elle lui avait offert pour son anniversaire. Elle remarqua aussi que le frisson qu'il savait autrefois réveiller en elle n'apparut pas. Apparemment, cette réaction était maintenant réservée à un certain homme de ménage… Le simple fait de penser à Abe l'apaisa un peu.

— Que veux-tu, Trenton ?

— Viens t'asseoir, bébé. Parlons un peu. J'ai essayé de t'appeler plusieurs fois, tu sais.

— Et le fait que je n'ai pas répondu aurait dû te mettre la puce à l'oreille.

Des voix étouffées résonnèrent un peu plus loin dans le couloir. Reign reconnut celle d'Ivy et devina que l'autre était celle du gardien.

— Pouvons-nous aller dans un endroit plus intime ? demanda Trenton, l'oreille tendue.

— Non.

— Ou fermer la porte, au moins ?

— Non, répéta-t-elle. Je t'accorde cinq minutes, Trenton.

Il soupira, lui adressant un regard qu'elle avait autrefois trouvé infiniment sexy. Ce soir, il lui donnait envie de vomir.

— Je vais être franc : tu me manques. Les choses ne sont plus les mêmes, sans toi.

— Tu aurais dû y penses avant de me tromper.

— C'était une fête et cette fille était un peu trop excitée. Ça ne signifiait rien, Reign ! Elle ne comptait pas pour moi.

— Pas plus que ta promesse de fidélité, apparemment.

— Enfin, bébé… Tu sais ce que c'est…

— En effet. Et c'est pour ça que tout est fini. Cette fois, je ne me laisserai pas attendrir.

— Sache au moins que je ne t'ai pas trompée. Après ton départ, j'ai mis cette fille à la porte du club.

Reign haussa un sourcil.

— Et celles qui t'ont abordé depuis ?

Il ne répondit pas.

— Je ne te hais pas, Trenton. Sincèrement. Je ne souhaite juste plus faire partie de ton… monde.

— Tu sais jusqu'où les femmes sont prêtes à aller pour séduire des athlètes. Mais la seule qui m'intéresse est toi.

— Nous savons tous les deux que c'est un mensonge, répliqua-t-elle froidement.

Soudain, le ronflement d'un aspirateur à haute puissance vint briser l'atmosphère tendue. Il s'approcha, de plus en plus bruyant, passa devant la porte, puis s'éteignit. Reign et Trenton regardèrent Abe, qui entra dans le bureau comme si c'était la chose la plus naturelle au monde.

— Pardonnez-moi, Reign. Est-ce que tout va bien ?

Trenton se crispa immédiatement.

— Qui êtes-vous ? Fichez le camp d'ici !

Abe ne recula pas et ne quitta pas Reign des yeux.

— Je m'excuse de vous avoir interrompus, mais en passant devant la porte ouverte, j'ai eu l'impression que vous étiez très tendue.

— Tout va bien, dit-elle en s'approchant d'Abe pour se camper près de lui. Il allait partir.

Trenton se redressa de toute sa hauteur, l'air perplexe.

— Vous êtes le clown du Wakanda de l'autre soir, non ?

— En effet.

— Je me disais bien que votre visage m'était familier.

— Et je suis heureux de voir que je vous ai laissé une telle impression, répondit Abe avec un sourire affable. Je ne souhaite pas de conflit avec vous, Trenton. Je me soucie uniquement de la sécurité de Reign.

Trenton paraissait profondément choqué.

— Est-ce que tu sors avec ce type ? lâcha-t-il.

— Ça ne te regarde pas, répliqua Reign.

— Tu es passée d'un joueur de première ligue à un balayeur fauché ? Waouh, je ne savais pas que les hommes se faisaient si rares, de nos jours. Quel dommage pour toi…

Cette fois, Reign en avait assez entendu.

— Adieu, Trenton.

— Écoute, bébé…

Il voulut s'avancer, mais Abe s'interposa. Au même instant, Ivy fit irruption avec le gardien. Se retrouvant en minorité, Trenton céda.

— Inutile de vous énerver. Je m'en vais.

En chemin, il fusilla Abe du regard, mais celui-ci se contenta de s'écarter calmement pour le laisser passer.

— C'est la seconde fois que tu fourres ton nez dans mes affaires. Assure-toi qu'il n'y en ait pas de troisième…

— Je n'en verrai pas le besoin, si vous disparaissez.

— Pardon ? s'étrangla Trenton.

— Vous m'avez entendu. Laissez cette demoiselle en paix, et vous n'entendrez plus parler de moi.

Au même instant, Phil passa la tête dans le bureau.

— Ivy, si tu as un instant, je… *Trenton Carpenter ?*

Il s'avança, la main tendue, sans prendre conscience qu'il se retrouvait en terrain miné.

— Quel plaisir de vous rencontrer ! Je suis un grand fan !

— Tant mieux, intervint Ivy. Trenton allait partir. Soyez gentil et escortez-le jusqu'au parking.

Phil et Trenton quittèrent la pièce ensemble et, du coin de l'œil, Reign vit Abe s'approcher de son aspirateur. Elle voulut l'appeler, le suivre, lui crier que son histoire avec son ex était bien finie… et n'aurait absolument pas su expliquer ce qui la poussait à faire ça.

— Hé, Reign ! lança encore Trenton par-dessus son épaule. Je suis libre, jeudi soir. Ne prévois rien : je te prépare une petite surprise de Saint-Valentin.

Ivy claqua la porte et tira le verrou.

— Je suis tellement désolée, dit-elle en rejoignant Reign près de la fenêtre pour l'enlacer. Est-ce que ça va ?

— Oui, affirma-t-elle, surprise de constater qu'elle était sincère.

— On dirait que ton chevalier servant est arrivé à point nommé. Tu devrais t'assurer de le garder dans les environs…

Reign était encore bien trop perdue pour répondre à sa belle-sœur, mais une petite voix rationnelle, au fond de son esprit, lui murmura la même chose.

- 6 -

Le grand-père d'Abe, ou *kbaba* comme on disait en langue kgo, au Kutoka, était un homme très sage. Il avait été son meilleur mentor, avec ses parents. Ses leçons avaient toujours été simples, mais marquantes. Quand Abe, petit, était trop excité et commençait à bégayer, son grand-père lui disait toujours : « Respire. Calme ton esprit. Il y a trop de mots qui veulent sortir de ta bouche en même temps. » Plus tard, à l'école, cette astuce l'avait aidé à se concentrer pour obtenir les meilleures notes de la classe. Sur le terrain de football, dans les moments tendus, il calmait son esprit pour oublier les milliers de supporters et se concentrer sur le ballon, son pied, ainsi que le but adverse. Cette technique était miraculeuse et il ne l'avait jamais oubliée.

En quittant le bureau d'Ivy, il s'obligea de nouveau à dompter le flot de mots qui emplissait son cerveau et les émotions qui menaçaient de lui échapper. Les surprises s'enchaînaient trop vite, aujourd'hui. Tout d'abord, Nolan avait décroché un gros contrat et il ne lui en avait pas parlé, alors que travailler dans les locaux d'Eddington Enterprise aurait pu le rapprocher de Reign. Celle-ci prétendait aussi que Trenton était son ex, mais il continuait à venir la voir. Était-ce la danse d'un couple qui ne s'est pas encore vraiment dit adieu ? Avaient-ils déjà rompu plusieurs fois, par le passé, comme certains des amis d'Abe ? Reign avait été blessée par la trahison de son copain, c'était compréhensible, et pensait peut-être avoir tourné la page ; mais son cœur en avait-il réellement fini, lui aussi ? Abe n'était pas un homme violent. Il avait horreur du conflit, hors du terrain de foot. Seulement, voir Trenton avec Reign avait réveillé en lui un besoin brutal et animal de la protéger. Il avait d'ailleurs préféré quitter le bureau avant de perdre tout son contrôle face à l'arrogance du basketteur.

Une fois son travail terminé, il décida de passer par le manoir dans lequel Nolan vivait à présent. Il devait parler à son cousin, face à face. Celui-ci n'allait sans doute pas vouloir lui permettre de travailler dans l'immeuble Eddington, mais Abe était prêt à se battre. Hélas, un autre duel l'attendait d'abord, apparemment… Alors qu'il était presque arrivé, sa mère lui téléphona.

— Bonsoir, maman. Comment vas-tu ?

— Mon plus jeune fils me manque, répondit-elle joyeusement. Dela et Rachel aimeraient aussi te retrouver, tout comme d'autres jeunes femmes fort convenables… Iya vient de rentrer de voyage et elle envisage d'ouvrir un restaurant privé, réservé à des membres triés sur le volet. Je pense que cette activité serait parfaite pour ta future épouse.

— Je pourrais rester à Chicago encore un an, maman.

— Daniel t'a-t-il parlé de ton *kbaba* ?

— Oui.

— Dans ce cas, tu sais que le temps nous est compté. Ta priorité devrait être le mariage. Si tu perds ton grand-père avant d'avoir trouvé une épouse et de t'être pleinement intégré au sein de l'entreprise, ça pourrait avoir des conséquences désastreuses, à la fois pour toi et tes enfants. Je t'en supplie, penses-y sérieusement.

— J'y pense, maman. Qui sait ? Je pourrais même trouver une fiancée à Chicago.

Sa mère étouffa un cri.

— Aldric ! Tu ne ferais pas ça. Tu ne peux pas !

Il étouffa un petit rire. Au Kutoka, on n'épousait pas une personne, mais une famille tout entière…

— Pourquoi pas, si je rencontre mon âme sœur ? dit-il.

— Parce qu'elle ne serait pas l'une d'entre nous. Elle ne partagerait pas nos racines. Voilà pourquoi.

— J'aimerais pourtant trouver une femme que je n'épouserais pas uniquement pour assurer mon héritage ou pour former des alliances, mais parce que je l'aurais choisie.

— Oh ! Aldric, ne sois pas bête. On se marie *justement* pour toutes les raisons que tu viens de mentionner.

Sa mère hésita un instant, puis reprit :

— Par pitié, dis-moi que tu ne sors avec personne.

Il fut heureux de pouvoir lui répondre sans mentir.

— Je te le promets, maman.

— Dieu merci ! soupira-t-elle. Ton père et moi ne désirons pas te priver de la moindre aventure, pendant ton séjour en Amérique, mais nous tenons à ce que tu choisisses une fiancée du Kutoka, à ton retour. Et souviens-toi, si tu n'es pas marié avant tes trente ans…

— Tu prendras le relais pour choisir ma promise. Merci pour ce rappel, maman. Et pour l'ultimatum. Ça ne me met pas du tout la pression !

— Tu sais que certaines des filles nées dans les familles les plus prestigieuses du pays sont prêtes à tout pour devenir Mme Baiden. Regarde comme Danso est heureux avec sa famille ! Et toi, tu mets ton héritage en danger, juste pour nous provoquer ?

— Je ne le fais pas exprès. D'ailleurs, si Danso est heureux, c'est parce qu'il a épousé la femme qu'il aime.

— Venue d'une famille que nous connaissons très bien.

Sentant qu'il ne gagnerait jamais sur ce terrain, Abe préféra changer de sujet :

— Comment va *kbaba* ?

— Toujours pareil, mais un mariage et des petits-enfants pourraient l'aider à se remettre…

— Maman !

— Plus sérieusement, soupira-t-elle, nous l'emmenons en Suisse la semaine prochaine pour voir les meilleurs spécialistes. Avec un peu de chance, ils auront de bonnes nouvelles à nous annoncer.

— Je l'espère, dit Abe en frappant à la porte du manoir. Je dois te laisser, mais je te rappelle bientôt. Je t'aime.

— Je t'aime aussi, fils.

Cette conversation renforça sa détermination. Son grand-père souffrait et ses propres heures de liberté s'amenuisaient. Il devenait plus urgent d'apprendre à mieux connaître Reign… Certes, il n'était pas pressé de se marier ; mais s'il devait sauter le pas avec *elle*, il ne serait pas déçu.

— Qu'y a-t-il ? grommela Nolan en ouvrant. As-tu perdu ton téléphone ?

— Je te promets que ce ne sera pas long.

— Tant mieux. Et préviens-moi, la prochaine fois.

— Je suis venu te féliciter pour le nouveau contrat, déclara Abe en suivant son cousin dans l'immense hall de la maison.

— Qui te l'a dit ? s'enquit son cousin d'un air coupable.

— Ivy. Pourquoi me l'as-tu caché ?

— J'allais te mettre au courant !

— Un si gros contrat, avec un client aussi important ? Pourquoi attendre ?

— Tu sais pourquoi. Comme tu le dis, ce contrat est important, et je ne voulais pas risquer de le faire capoter.

— M'en parler aurait été un risque ?

— Si tu m'avais demandé de te mettre dans l'équipe, oui. Je ne veux pas me disputer avec toi, cousin…

— Il est évident que je vais travailler dans les bureaux de Reign, voyons ! Quand commençons-nous ?

Nolan ne répondit pas.

— Ah, le contrat a déjà débuté, devina Abe. C'est pour ça que tu as été trop occupé pour me voir, ces derniers temps. Je te permets de t'installer dans ce manoir, en échange d'un boulot bénévole, et c'est ainsi que tu me remercies ?

— Arrête, vieux. Tu deviens un harceleur !

Abe faillit lui parler de sa rencontre avec Trenton, de son besoin de protéger Reign et de devenir la cause de ses sourires solaires, mais il préféra se taire. Son cousin aurait été encore plus réticent…

— Dès que je l'ai rencontrée, j'ai voulu passer plus de temps avec elle. Tu devrais m'être reconnaissant : c'est sans doute grâce à moi que tu as obtenu ce contrat !

— Négatif. Je bosse dessus depuis des années. J'ai même commencé à approcher Derrick et à me faire connaître avant même de monter mon entreprise.

— Peu importe. Je travaillerai là-bas dès demain.

— Impossible.

— Très bien, répondit Abe. Dans ce cas, la fête est finie. Rends-moi ma maison.

— Ce soir ? demanda Nolan, d'une voix plus aiguë.

— Immédiatement.

Abe leva les yeux vers l'escalier. Des bougies étaient allumées sur le palier et de la musique douce descendait jusqu'à eux. Nolan n'était sans doute pas seul…

— *Ou bien*, tu me laisses travailler dans les locaux d'Eddington Enterprise et je te laisse à ta… soirée.

— Le pari tenait pour un mois ! cria Nolan. C'est malhonnête !

Abe haussa un sourcil et fit un pas en direction de l'étage.

— D'accord ! D'accord ! Je te placerai dans la nouvelle équipe un ou deux jours par semaine, mais j'ai encore besoin de toi à l'école, le temps d'embaucher d'autres gars.

— Pas de souci, je veux bien rester sur les deux fronts. J'ai promis à Ivy et à son professeur de sport de les aider à mettre sur pied un programme de football pour les élèves.

— Ont-ils donc entendu parler d'Aldric Baiden, joueur professionnel et émérite ?

— Bien sûr que non !

Voyant une étincelle passer dans le regard de son cousin, Abe le mit en garde :

— N'y pense même pas. Pour Reign et eux, je demeure Abe l'homme de ménage. Et ça ne changera pas.

— Sous peine de… ?

— Crois-moi, cousin, tu ne veux pas le savoir.

— Tu as vraiment de la chance que je t'aime, vieux !

Abe éclata de rire, soulagé.

Le lendemain, après avoir échangé sa place avec un collègue pour le reste de la semaine, Abe visita les locaux d'Eddington Enterprise en compagnie de Charles, le bras droit de Nolan. Le cabinet de Reign occupait les deux derniers étages de l'immeuble. Tout en travaillant, Abe réfléchit à ce qu'il allait faire s'il croisait l'objet de ses pensées le lendemain – la Saint-Valentin. S'attarderait-elle au travail ? Ou bien allait-elle accepter de sortir avec son basketteur pour écouter ses mensonges ? Il envisagea de lui acheter un cadeau, quelque chose de tendre ou d'amusant. À moins qu'il glisse une carte sous sa porte pour lui demander de passer la soirée avec lui.

Le fameux jour arriva. Abe se présenta au travail à l'heure et les mains vides. Il avait pris grand soin de son apparence, avait taillé sa barbe, fait laver sa combinaison au pressing et s'était même autorisé un nuage de son parfum préféré. S'il avait renoncé à l'idée d'offrir quelque chose à Reign, c'était par crainte que Nolan trouve son geste déplacé. Dans son pays, cette fête avait peu à peu été adoptée, mais sa famille ne s'y était jamais pliée. Chez eux, on ne célébrait pas l'amour un jour de l'année, mais en permanence. Bien sûr, Abe avait offert son lot de bijoux et de fleurs, au fil des ans – surtout par obligation. Mentir à Reign au sujet de son identité était bien assez perturbant et, s'il lui achetait quoi que ce soit, il voulait le faire avec sincérité. Il voulait que ce cadeau lui montre à quel point elle était devenue importante pour lui, même s'ils ne s'étaient pas encore embrassés ; et ce présent idéal aurait sans doute dépassé le salaire d'un simple employé. À moins qu'il lui avoue toute la vérité…

Que lui arrivait-il ? Pourquoi était-il si troublé par cette femme ? Tout en préparant son matériel, il réfléchit à cette question sans trouver de réponse. Il passa ensuite l'angle du couloir avec son chariot et vit un rai de lumière sous la porte du bureau de Reign. Il n'hésita pas une seconde et frappa discrètement. Il attendit. Silence. Il frappa de nouveau.

— Reign ?

Il s'apprêtait déjà à repartir quand un son l'arrêta : un reniflement à peine audible mais clairement identifiable. Alors, il laissa son instinct prendre le dessus et ouvrit la porte. Un parfum entêtant d'orchidées fraîches, de jacinthes et de roses l'assaillit. La pièce entière ressemblait à une boutique de fleuriste. Il y avait des vases sur tous les meubles, et même par terre ! Sans doute était-ce un cadeau d'excuses de Trenton. Il aurait pu en faire livrer un camion plein, ça n'aurait probablement pas suffi…

— Reign ? C'est moi, Abe.

Il referma la porte, sans la voir. Puis il remarqua une autre entrée au bout du L formé par le bureau et alla frapper derechef avec douceur.

— Reign. C'est Abe. Je suis désolé de vous déranger, mais j'ai vu votre lumière et j'ai entendu du bruit. Reign ?

Toujours rien. Il ne bougea pas. Que devait-il faire ? Finalement, il décida de s'occuper de ses affaires. Si elle voulait être seule, elle en avait le droit. Il s'éloigna et entendit la poignée s'abaisser. Il se retourna pour découvrir une nouvelle Reign – fragile, triste. Avait-elle pleuré ?

Il s'empressa de la serrer dans ses bras.

— De toutes ces fleurs, murmura-t-il, tu es la plus belle, la plus rare et la plus précieuse…

Ses paroles durent toucher un point sensible car il la sentit fondre en larmes. Doucement, comme pour qu'il ne l'entende pas. Il la serra plus fort et lui frotta le dos. Enfin, elle se redressa, le visage mouillé de larmes.

— Nous devons arrêter de nous voir comme ça, Abe.

Il sentit son cœur se serrer, envahi par un flot de passion. Il désirait cette femme, qui tremblait dans ses bras, aussi lumineuse que le soleil. Soudain, sans prévenir, elle se hissa sur la pointe des pieds et l'embrassa. Il la pressa contre lui et lui rendit son baiser avec fièvre. Quand elle ouvrit les lèvres, il s'abandonna. Il se sentait à sa place, avec elle. Elle portait une élégante robe de soie bordeaux qui caressait ses courbes, comme le faisaient les mains d'Abe à présent, et s'arrêtait à mi-cuisse. Perchée sur de hauts talons, comme toujours, elle était presque aussi grande que lui. Leurs corps se complétaient à merveille. Tout était… parfait. Elle gémit contre ses lèvres, lâcha sa nuque et recula brusquement.

— Désolée ! Je ne sais pas ce qui m'a pris. Merci encore pour ces belles paroles… J'en avais besoin, ce soir.

Abe lui prit la main et la conduisit jusqu'au petit canapé du bureau. Il attrapa un mouchoir dans une boîte en passant et le lui tendit avant de s'asseoir. Elle se moucha, essuya ses yeux, prit un deuxième mouchoir.

— On dirait que tu es toujours là pour me sauver. Je n'arrive pas à croire que Trenton soit venu à l'école, avant-hier…

— Quand je l'ai vu avec toi, j'ai foncé sans réfléchir. Si j'ai eu tort, je te présente mes excuses.

— J'étais contente de te voir, au contraire. Crois-moi, je ne suis pas aussi fragile, d'habitude.

— Trenton ne t'a pas téléphoné aujourd'hui, alors ?

— Je ne m'y attendais pas, dit-elle avec dédain, et il savait que je ne répondrais pas. C'est sans doute pourquoi il a fait tout ça, à la place…

Elle lui montra la pièce remplie de fleurs.

— Il pense pouvoir te reconquérir. A-t-il raison ?

— Jamais plus je ne sortirai avec un athlète pro !

Abe étouffa une grimace. Il se sentait si coupable ! Bien sûr, ses intentions étaient pures, mais il n'avait pas envie de mentir à Reign, qui souffrait déjà tellement. Elle méritait de savoir la vérité. Immédiatement.

— Reign, je…

— Tu embrasses bien.

Il ravala la confession qu'il avait été sur le point de lui faire et décida de lui proposer un rendez-vous d'abord, pour sonder ses sentiments. S'il voyait qu'elle l'appréciait vraiment et ne le fréquentait pas juste pour oublier son ex, si elle voulait réellement connaître Abe l'homme de ménage, alors il lui dirait tout. Mais, pour le moment, il se contenterait d'attendre et d'observer.

— J'ai eu envie de t'embrasser dès que je t'ai rencontrée.

— Et était-ce aussi bien que tu l'imaginais ? demanda-t-elle avec un sourire mutin.

— Davantage, même !

Elle rit, puis retrouva immédiatement sa gravité et se laissa aller contre le dossier dans un soupir.

— Les histoires d'amour craignent…

— Oui, tomber amoureux est toujours risqué.

— Comment le sais-tu ? As-tu déjà aimé quelqu'un ?

Il s'assit à son tour. Il aurait dû travailler, mais il ne pouvait pas laisser Reign seule, dans un moment pareil.

— Ma première peine de cœur est arrivée tôt, dit-il.

— Quel âge avais-tu ?

— Onze ans.

— Les amours de gosse ne comptent pas ! protesta-t-elle avec un rire qui ne sonna pas tout à fait juste.

— À l'époque, ça comptait, crois-moi. Elle s'appelait Haniah et elle était très belle, avec de longues tresses et des dents un peu tordues. Il m'avait fallu toute l'année scolaire pour oser lui demander d'être ma petite amie. Au printemps, j'ai enfin posé la question et elle a dit oui ! J'étais aux anges. Notre amour a duré vingt-quatre heures, avant qu'un autre garçon l'aborde le lendemain et qu'elle me quitte pour lui…

— Et combien de temps t'a-t-il fallu pour l'oublier ?

— Un week-end *entier* !

Elle gloussa de nouveau, l'air un peu plus détendue. Il était heureux de la voir ainsi – et d'être la cause de sa joie.

— Pourquoi ris-tu ? Cet amour contrarié m'a blessé !

— Si seulement les adultes pouvaient cicatriser aussi facilement que les enfants, soupira-t-elle.

— Plus on s'investit dans une relation, plus le choc est violent. Mais quand on rencontre enfin son âme sœur, on comprend que ça en valait la peine.

— Penses-tu toujours à Haniah ?

— Non, mais à une femme qui m'a traité comme Trenton t'a traitée, répondit-il en secouant la tête.

— S'il te plaît, arrête de prononcer son nom. Il m'a clairement prouvé qu'il n'a jamais tenu à moi.

Abe était prêt à tout pour lui faire oublier cet homme, mais il n'osa pas le lui dire.

— Il devait quand même ressentir quelque chose pour toi. Regarde toutes ces fleurs.

— C'était peut-être son idée, mais je parie que son assistant Ralph a fait tout le travail. D'ailleurs, dans moins d'une heure, quelqu'un viendra les chercher pour les distribuer dans des hôpitaux, des foyers et des associations dont les bénéficiaires auraient bien besoin d'un peu de beauté, ce soir. C'est pour ça que je suis encore là : j'attends le coursier.

— Et après ?

Elle haussa les épaules, ravalant vaillamment d'autres larmes, au grand regret d'Abe.

— J'imagine que je vais rentrer chez moi.

— As-tu quelqu'un pour te tenir compagnie ? Un coloc ? Un parent ?

— Ma sœur et mes frères sont tous mariés et ils ont des plans pour ce soir. Ils m'ont invitée, bien sûr, mais je ne veux pas tenir la chandelle. Quant à mes parents, je suis sûre qu'ils seraient ravis que je dîne avec eux, mais passer la Saint-Valentin avec eux serait…

— Je comprends. Inutile de m'expliquer.

Elle s'agita un peu au bord du coussin, comme si elle s'apprêtait à se lever.

— Ce n'est pas comparable, bien sûr, lança-t-il très vite pour qu'elle ne le quitte pas, mais nous pourrions aller prendre un café ensemble. Je t'aurais bien proposé de t'inviter au restaurant, seulement je ne voudrais pas passer les bornes.

— Dans ce cas, je le fais, répondit-elle. Abe, acceptes-tu de dîner avec moi ?

— Sérieusement ? J'adorerais, Reign, mais j'ai encore deux heures de travail devant moi.

— Manger tard ne me dérange pas, dit-elle. De toute manière, on risque d'avoir du mal à trouver une table. Les restaurants doivent être remplis d'amoureux et de couples qui font semblant d'être heureux. Au fond, je ne suis même pas sûre que sortir ce soir soit une bonne idée…

— Tu peux venir manger chez moi, si tu veux. Ce n'est pas aussi luxueux que ce à quoi tu es habituée, mais c'est propre et je fais un super martini.

— Je ne t'aurais jamais pris pour un amateur de martinis !

— Disons que j'ai passé un peu de temps derrière un bar, quand je vivais à Londres.

— Londres ? demanda-t-elle d'un air stupéfait.

Abe comprit soudain qu'il s'était engagé en terrain miné.

— Oui, j'y ai passé quelques années… Pour mes études.

On frappa à la porte, et Abe aurait pu glisser cent dollars au coursier pour son timing impeccable. Il avait une liasse de billets dans la poche, mais n'y toucha pas : une telle somme d'argent liquide entre les mains d'un homme de ménage aurait éveillé les soupçons de Reign.

— C'est l'homme qui vient pour les fleurs, dit-elle. Peux-tu lui ouvrir ? Dis-lui qu'il doit prendre tous les bouquets, sans exception. De mon côté, je vais me rafraîchir un peu. Je dois avoir une tête à faire peur.

— Ton mascara a un peu coulé, mais tu restes ravissante, dit-il. Néanmoins, tu peux compter sur moi.

— Merci, Abe.

Elle déposa un baiser furtif sur ses lèvres avant de s'enfermer dans sa salle de bains privée.

— Oh ! lança-t-elle à travers la porte, et j'apprécierais beaucoup ce martini ! À quelle heure termines-tu ton travail ?

Dans cinq minutes, songea Abe en sortant son portable pour envoyer un texto à Nolan. Son cousin allait devoir lui trouver un remplaçant, car sa soirée débutait encore mieux que ce qu'il avait osé imaginer. Décidément, il n'aurait jamais dû juger si sévèrement cette fête « frivole », se dit-il en remerciant saint Valentin. Grâce à lui, un peu de magie venait de s'inviter dans sa vie, sous les traits de la femme qui le hantait depuis des jours.

- 7 -

En attendant qu'Abe se libère et que son bureau soit débarrassé des fleurs, Reign ouvrit le placard dans lequel elle gardait une petite garde-robe d'appoint. Optant pour une tenue confortable, elle enfila un jean Fenty, un pull *oversize* couleur bonbon et des baskets montantes rose et noir qu'elle avait récemment achetées sur la côte Est. Puis elle s'assit à sa table et se plongea dans l'étude de son site Internet en cours de construction pour ne pas penser à la soirée qui l'attendait. Elle ne connaissait pas encore très bien Abe, mais son instinct lui donnait le feu vert. Il n'aurait jamais pu travailler dans l'école d'Ivy, s'il avait caché quoi que ce soit de répréhensible. Plus important encore : Reign l'appréciait, tout simplement. Après avoir dû supporter l'immense ego de Trenton, Abe était une bouffée d'air frais. D'ailleurs, elle était surprise de ne pas regretter la vie qu'elle avait menée avec son ex, pleine de voyages privés et de fêtes décadentes. Devoir toujours être au top, vêtue avec un goût impeccable pour se distinguer des groupies et des autres petites amies était épuisant. Pendant longtemps, elle n'avait pas senti la pression constante due à son travail pour maintenir leur couple à flot. Elle n'avait compris l'ampleur du poids qu'elle portait que lorsqu'il avait enfin disparu. À présent, elle avait simplement hâte de visiter l'appartement modeste d'Abe, de partager un verre de martini et, qui sait ? Peut-être plus, si affinités.

À peine la pensée de coucher avec Abe l'eut-elle effleurée qu'elle la chassa. Et s'il s'attachait trop à elle ? Ou bien s'il était mauvais au lit ? C'était bien pour éviter ce genre de situations gênantes qu'elle n'était jamais sortie avec des collègues ou des membres de son cercle. C'était aussi pour ça qu'elle n'avait jamais cédé à l'envie du « coup d'un soir ». Avant Trenton, elle avait passé plusieurs années avec un homme de la côte Ouest, rencontré à la fac, mais il avait heureusement déménagé à Seattle pour le travail après leur rupture…

— Tu t'es changée, lança soudain la voix d'Abe depuis la porte du bureau. Je préfère cette tenue.

— Tant mieux. Es-tu prêt ?

— Oui, je viens de finir.

— Dans ce cas, donne-moi ton adresse et je te rejoins chez toi, proposa-t-elle.

— Je viens de me souvenir que mon frigo est vide. Veux-tu que je m'arrête en chemin pour nous prendre de quoi manger ?

— Il y a une pizzeria mortelle, près d'ici. Si ça te va, j'en commande une en passant. C'est moi qui offre.

— Ça me paraît bien.

— Y a-t-il des choses que tu n'aimes pas, pour que je m'assure qu'elles soient dessus… ? demanda-t-elle, puis, voyant qu'il fronçait les sourcils : Je plaisante !

— Je mange de tout, dit-il en la couvant d'un regard tendre. Merci, Reign. Pour le repas, et pour avoir accepté de passer cette soirée avec moi. Je sais que c'est une période difficile pour toi et j'espère parvenir à te faire sourire un peu, ce soir.

— Tu m'as écoutée, consolée et aidée à me débarrasser de ces maudites fleurs. Je vais déjà mieux !

— OK. Je t'envoie mon adresse par texto. À tout à l'heure.

— À tout à l'heure.

La pizzeria était bondée et Reign dut attendre une demi-heure pour récupérer sa commande. Pendant ce temps, elle reçut un message très délicat d'Abe :

Appelle-moi quand tu arrives. Je ne veux pas que tu te promènes toute seule dans la rue.

Oh ! elle aurait pu s'habituer à toutes ces petites attentions ! Elle lui répondit par un pouce levé et un émoji souriant, tout en revisitant sa décision de ne pas finir la nuit dans son lit.

La circulation était assez fluide et elle traversa sans peine le centre de Chicago, hérissé de gratte-ciel et de passerelles, avant de sortir à la hauteur de Martin Luther King Drive pour atteindre le quartier de Washington Park. Cette partie de la ville était encore populaire, mais commençait à s'embourgeoiser, et Reign la connaissait un peu. Parvenue dans la rue qu'Abe lui avait indiquée, elle fut soulagée qu'il lui ait proposé de passer la prendre – et d'avoir opté pour une des voitures discrètes de la firme, au lieu de son bijou sport hors de prix. Elle se gara et écrivit :

Je suis là.

Il apparut au bas d'un immeuble quelques minutes plus tard et jeta un coup d'œil le long du trottoir. Elle klaxonna pour lui faire signe. Il s'approcha, clairement surpris de la voir au volant d'une simple Kia noire.

— Où est ta Bentley ? demanda-t-il.

— Je l'ai laissée au travail et j'ai pris une de nos voitures professionnelles à la place.

— Bonne idée.

Il ouvrit la portière, saisit la grande pizza qu'elle lui tendit d'une main et lui offrit son autre bras pour l'aider à sortir.

— As-tu eu du mal à trouver ?

— Non, je connais ce quartier.

— Vraiment ?

— Oui, répondit-elle en riant. Je descends de ma tour d'ivoire, de temps en temps, tu sais.

Ils remontèrent la rue en silence, et Reign pénétra bientôt dans le modeste appartement d'Abe. Il n'avait pas menti : l'endroit était simple, mais impeccablement entretenu.

— J'imagine que tout le monde, dans ta profession, tient à garder une maison propre, remarqua-t-elle.

— Pas vraiment. Mon cousin habitait ici, avant, et c'était un vrai capharnaüm.

— Nolan ?

Il hocha la tête.

— Où vit-il, maintenant ?

— Il a déménagé dans un endroit… plus grand, indiqua-t-il. Je m'occupe de la pizza pendant que tu te mets à l'aise. Il y a de la place dans le placard, pour ton manteau.

Elle le rejoignit devant le bar qui séparait la cuisine du petit salon et jeta un coup d'œil autour d'elle. Un canapé de cuir marron flanqué de tables basses assorties occupait un mur, en face d'une grande télévision. Un maillot dédicacé de Walter Payton était exposé dans un cadre noir, près de l'écran – seule décoration venant briser la monotonie beige des cloisons. Des magazines sportifs étaient éparpillés sur un grand pouf qui servait clairement de table d'appoint. Aucune photo personnelle n'était visible. Les avait-il cachées ? Non, c'était peu probable : il ne lui faisait pas l'effet d'un homme à secrets. Il semblait franc et parfaitement transparent.

— C'est simple, mais j'aime cet endroit, dit-elle tandis qu'il posait quelques bouteilles sur le bar. Depuis quand habites-tu ici ?

— Quelques mois. Aimes-tu ton martini sec ou doux ?

— Doux, sans hésitation !

Elle semblait incapable de s'empêcher de flirter. Abe avait troqué sa combinaison contre un jean et un pull noir à col roulé. Cet ensemble le rendait plus sexy et soulignait les muscles qu'elle avait déjà devinés le jour où elle lui était rentrée dedans. Plus les minutes passaient, plus sa détermination à ne *pas* coucher avec lui faiblissait. Un verre de trop, ce soir, et elle risquait de perdre le contrôle.

— La stéréo est branchée à une plate-forme de streaming, si tu veux écouter de la musique…

— Après la journée que je viens de passer, j'apprécie le calme, pour être honnête.

— Moi aussi, dit-il en souriant. Mais ma journée a été plutôt bonne, jusqu'à présent…

Il mélangea plusieurs alcools dans un shaker et le secoua vivement. Reign admira le mouvement de ses biceps. Enfin, il remplit un verre et le fit glisser un devant elle. *Au shaker, pas à la cuillère*, songea-t-elle, amusée.

— Goûte ça.

— Waouh ! s'écria-t-elle, surprise. Qu'est-ce que c'est ?

— Un French martini, fait avec du jus d'ananas et de

canneberge. Hélas, il me manque de la liqueur Chambord pour le mixer correctement.

— En tout cas, c'est délicieux tel quel, répondit-elle en buvant une deuxième gorgée.

— Je suis content qu'il te plaise. J'espère que tu ne m'en voudras pas, si je prends une bière, à la place…

— J'aurais pu en boire une aussi ! Tu n'avais pas besoin de te donner tout ce mal juste pour moi.

— Te faire plaisir est ma récompense. De plus, j'aime savoir que je pourrais de nouveau travailler dans un bar, si jamais j'en ai besoin un jour.

— Penses-tu que ça arrivera quand tu rentreras chez toi ?

— Non.

Il alla chercher une bouteille de bière au frigo et lança par-dessus son épaule :

— Veux-tu qu'on attaque la pizza ?

— Et comment ! Je meurs de faim.

Tout en savourant sa part, généreusement garnie de viandes, de légumes et de piment fort, Reign échangea quelques détails de sa vie avec Abe. Elle lui parla du défi de grandir dans une famille très en vue, de travailler avec ses parents, de ses succès et du bonheur qu'elle éprouvait en sachant qu'elle serait toujours soutenue par son clan. Son nouvel ami s'ouvrit moins. Il lui dit qu'il avait un frère et une sœur, qu'ils étaient proches aussi, mais n'entra pas dans les détails. Il passa sous silence le métier qu'il faisait avant de venir en Amérique, ses études ou ses projets.

Néanmoins, ils n'eurent aucun mal à entretenir la conversation. Leurs silences étaient confortables, leurs rires, sincères. Abe savait écouter et semblait honnêtement intéressé par ce qu'elle lui disait. Elle ne voulait pas penser à Trenton, mais il était difficile de ne pas les comparer. Avec Abe, elle était le centre d'attention, tandis que son ex ne parlait presque que de lui…

Après le repas, ils s'installèrent sur le canapé. Avec la télé allumée en fond sonore, leur discussion reprit.

— Ta famille a l'air vraiment extraordinaire, dit-il. Comment as-tu fini avec un type comme Trenton ?

— Je pensais à lui, justement. Je me disais que vous étiez de parfaits opposés.

— C'est-à-dire ?

Elle replia ses jambes sur le coussin, le menton dans la main, et réfléchit un instant.

— Il est bruyant, tu es discret. Il est égoïste, tu sembles vraiment vouloir entendre mon histoire. C'est un athlète professionnel, et toi non.

Bien sûr, au-delà des disputes et des infidélités, ils avaient aussi connu de bons moments et elle se sentit obligée d'ajouter :

— Ce n'est pas un mauvais gars, mais il a été trop gâté. Sans l'excuser, je peux comprendre qu'un jeune homme célèbre puisse avoir du mal à résister à autant de tentations.

— Regrettes-tu de l'avoir fréquenté ?

— Non, mais je sais que je ne recommencerai pas.

Elle n'avait pas prévu de parler de son ex et se sentit étrangement libérée d'avoir pu se confier. Avec quelqu'un d'autre, elle aurait été gênée, mais pas avec Abe.

Sa seule présence semblait effacer ses doutes et ses craintes. Elle se sentait en sécurité avec lui. Elle appréciait aussi de passer cette soirée chez lui, et non dans un restaurant où ils auraient été à la merci des paparazzi.

Il aurait été absurde d'espérer que le public soit moins intéressé par sa rupture avec Trenton qu'il l'avait été par leur vie de couple : des photos intimes de lui et de la « groupie » circulaient partout sur la toile. Elle avait donc clairement annoncé qu'aucune réconciliation n'aurait lieu, que Trenton Carpenter et elle avaient mutuellement décidé de se séparer. Point. Fin de l'histoire. Avec un peu de chance, les médias se lasseraient bientôt et finiraient par lui laisser enfin un peu d'intimité.

En attendant, elle pouvait compter sur la présence apaisante d'Abe, pendant cette période agitée.

— Merci de m'avoir proposé de dîner avec toi.

— Je sais me battre pour obtenir ce que je veux, quand il le faut, répondit-il.

La manière dont il prononça ces mots éveilla un frisson entre les cuisses de Reign. Sa voix était détendue, mais confiante. Douce, mais puissante. D'ailleurs, quelque chose, dans l'énergie qui émanait de cet homme, ne collait pas avec l'image d'Abe l'homme de ménage.

— Parler m'a fait du bien, dit-elle. Je me sens mieux.

— Tant mieux.

— Je devrais peut-être prendre rendez-vous avec ma psy.

— Exprimer ses émotions peut être un bon moyen de guérir, surtout quand on a l'habitude de les réprimer. Je pense que ce serait une très bonne idée…

— Parles-tu d'expérience ?

— Je n'ai jamais consulté, mais je n'hésiterais pas à le faire, si j'en ressentais le besoin.

Elle se glissa un peu plus près de lui sur le canapé.

— Tu es un bon thérapeute toi-même, tu sais.

— Je sais écouter. Parfois, c'est tout ce dont on a besoin.

— C'est vrai.

Elle posa son verre et s'approcha encore plus.

— Mais parfois aussi, on a besoin d'autre chose.

Il tenta de s'écarter un peu mais, coincé contre l'accoudoir, il ne put aller très loin.

— Que fais-tu ?

Elle posa la main sur son biceps imposant et laissa son doigt courir le long de son bras.

— À ton avis ? murmura-t-elle.

Il se leva d'un coup, brutalement.

— Je crois que j'ai trop corsé ton cocktail !

— Désolée, répondit-elle, d'un air faussement innocent. Je ne voulais pas te faire peur.

— Je n'ai pas peur, Reign.

— Prouve-le ! répliqua-t-elle en tapotant le coussin. Reviens, s'il te plaît. Je ne vais pas te mordre… pas encore.

Sa réponse eut l'effet qu'elle attendait. Si elle avait bien appris une chose de ses frères aînés, c'était que les hommes ne savaient pas résister à un défi. Il se rassit, sans la quitter des yeux. Son regard était insondable.

— Voilà. Tu es contente ?

— Je le serais encore plus si tu m'embrassais encore. Et, pour info, ajouta-t-elle très vite, ça n'a rien à voir avec l'alcool. Je suis tout à fait sobre.

— Et tu as besoin d'oublier ton ex.

— Peut-être, admit-elle.

— Je ne veux pas que tu regrettes cette soirée, demain.

— Pourquoi ? Es-tu si mauvais au lit ?

Cette exclamation imprévue les surprit tous les deux. Heureusement, Abe éclata de rire et l'ambiance s'allégea. Elle fut ravie de le sentir plus détendu.

— Tu sais ce que je veux dire, Reign.

— Oui, et je te remercie de t'inquiéter pour moi. Peu d'hommes en auraient fait autant, à ta place.

— Je ne parle pas que de ça, mais du travail. Je dois rester concentré. Je ne suis pas prêt pour une relation sérieuse…

— Tant mieux. Moi non plus.

Elle se tourna bien en face de lui et posa la main sur sa cuisse.

— J'apprécie ton honnêteté, ta gentillesse et ta compassion. J'aime ta manière de t'inquiéter des autres. Avec toi, je me sens spéciale et précieuse. C'est *très* sexy.

— Tu ne sais rien de moi, dit-il tout en baissant le regard sur ses lèvres.

— Je sais que tu embrasses bien…

Elle se pencha et, voyant qu'il ne reculait pas, cette fois, effleura sa bouche avec douceur.

— … et je me demande si tu es aussi doué pour le reste.

— Reign, ma discipline a des limites. Je suis un homme de principes, mais je ne suis pas en pierre.

— Je le vois bien.

Elle l'embrassa de nouveau, avec légèreté.

— Aucun homme (*baiser*), avec des lèvres si douces (*baiser*), ne pourrait être en pierre.

Cette remarque parut éveiller un feu nouveau chez Abe. Son calme olympien disparut en un éclair et il la prit dans ses bras pour la renverser sous la passion d'un nouveau baiser enflammé. Son geste avait été vif, puissant. Elle adorait les hommes qui prenaient l'initiative, comme ça.

Toutes ses nuits en solitaire et l'énergie sexuelle qu'elle avait dû réprimer depuis sa rupture éclatèrent comme un volcan dans sa culotte. En matière de sexe, elle n'avait jamais été timide, et ce soir ne ferait pas exception. Elle s'allongea sur le canapé, tirant sur le pull d'Abe pour l'entraîner avec elle. Il ne résista pas. Il n'essaya même pas et continua d'embrasser ses lèvres, son visage, son cou, la courbe de ses seins dévoilée par son décolleté. Ses caresses firent pointer ses tétons. Elle avait chaud. Elle était mouillée. Elle avait tellement envie de le sentir en elle.

Les mains tremblantes, elle chercha à lui enlever son pull.

— Débarrassons-nous de ces vêtements !

Abe lui prit le poignet et l'arrêta.

— Reign, attends. Es-tu sûre de vouloir ça ?

— Oui, j'en suis sûre.

Elle se dégagea et passa son propre pull par-dessus sa tête. Le regard d'Abe embrassa son corps et, pour anéantir ses derniers scrupules, elle dégrafa son soutien-gorge. Sa poitrine lourde se libéra et ses tétons durs se tendirent vers lui. Il inspira vivement puis avec lenteur, révérence, les toucha l'un après l'autre. Ses caresses provoquèrent un frisson de plaisir. Il se pencha et goba l'une de ces perles fermes et si sensibles.

Reign gémit, les yeux fermés. Instinctivement, elle frotta son bassin contre lui avec sensualité. Soudain, il s'arrêta et se leva. Perdue, elle faillit se plaindre… puis vit qu'il enlevait juste son col roulé et son jean.

Elle s'assit aussi le temps de se débarrasser de ses baskets et de son pantalon. Quand elle redressa la tête, elle surprit Abe en train de la fixer. Ses prunelles assombries clamaient son désir – tout comme l'imposante bosse, dans son boxer immaculé. Pourquoi avait-il caché un tel corps sous sa combinaison de travail ? Il ne ressemblait plus du tout à un simple homme de ménage. Il paraissait… puissant. Confiant. Déterminé.

— Viens ici.

Sa voix grave emplit tout le salon et Reign sentit ses forces faiblir. Elle faillit se mettre à trembler. Ne portant plus qu'un string de dentelle noire, elle se coula contre son corps divin à la peau aussi brune et tentante que du chocolat fondu.

Puis-je goûter ?

Enhardie par les pensées décadentes qui lui venaient, elle posa la main sur son sexe dressé.

— Je croyais que tu n'étais pas en pierre, murmura-t-elle en caressant de haut en bas son membre dur.

Il ne dit rien.

Elle s'agenouilla.

Qu'aurait-elle pu faire d'autre ? Son érection l'appelait, la suppliait de l'embrasser, de la lécher, de la mordiller.

Lentement, avec douceur, elle fit descendre l'élastique de son boxer et s'offrit un petit effeuillage privé. Elle découvrit d'abord une toison de poils noirs frisés.

Elle leva les yeux. Sourit. Prolongea le plaisir.

— Continue, dit-il, comme un homme habitué à être obéi.

Elle obtempéra, fit descendre le boxer sur ses hanches, puis plus bas, jusqu'à libérer son sexe. Il était parfait. Long, épais, lourd dans sa main. Elle pressa le bout de son nez contre la peau tendue. Il sentait le savon et le désir. Son minou se mit à ronronner, anticipant la suite. Elle effleura la tête soyeuse du bout de la langue, puis descendit. Elle saisit ses testicules dans une main et s'apprêtait déjà à remonter tout en le léchant. À mi-chemin, il recula et, sans lui laisser le temps de comprendre, la souleva comme si elle ne pesait rien. Instinctivement, elle passa les jambes autour de sa taille.

Avait-il *prévu* de faire ça ?

Sans doute, car elle n'eut pas le temps de reprendre son souffle avant de sentir son majeur la pénétrer et la caresser au même rythme que sa langue, qui envahissait à présent sa bouche. Il sut trouver des endroits en elle qui n'avaient encore jamais été découverts par qui que ce soit. Sans cesser son exploration, il la porta jusqu'au lit où se poursuivit bientôt ce délicieux assaut. Quelque chose commença peu à peu à se réveiller en elle. Une flamme fragile qui s'alluma dans son ventre et s'étira jusqu'à son sexe où elle explosa. C'était l'orgasme de sa vie…

Elle ne put même pas reprendre conscience de ce qui l'entourait. Abe ne parla pas. Il n'en avait pas fini. Il attrapa un préservatif dans la table basse, l'enfila et s'étendit sur elle. Reign eut l'impression qu'une part d'elle, absente depuis toujours, venait de retrouver sa place. Cet homme ne couchait pas. Il faisait l'amour. Chacun de ses mouvements était lent, sensuel, parfait. Au bout de quelques minutes, elle avait déjà tout oublié, à part la sensation chaude de son membre dressé en elle.

Quelque part entre son dernier orgasme et l'instant où elle s'endormit contre Abe, Reign songea que cette journée avait commencé aussi mal qu'elle l'avait craint mais qu'une fois de plus son chevalier était venu la sauver. Si elle ne savait pas encore ce qu'elle ressentirait le lendemain, quand la fièvre serait retombée, elle était au moins sûre d'une chose. Ce soir, Abe était son compagnon de Saint-Valentin idéal…

- 8 -

Le soleil se montrait à peine sur l'horizon. Ses reflets orange, rouges, roses et mauves dansaient à la surface sombre de l'océan. Les vagues venaient doucement caresser le sable blanc déjà chaud. Abe marchait le long de la côte, dans un pantalon cargo de lin blanc roulé jusqu'aux genoux et une chemise assortie déboutonnée dont les pans flottaient derrière lui. Ses pieds nus s'enfonçaient avec délice dans le sable fin. Ici, sur la plage qui bordait le jardin du palais de son oncle, les levers et couchers de soleil avaient toujours été ses moments préférés. Il se pencha pour ramasser un coquillage, puis une belle pierre rouge polie par les flots. En se redressant pour poursuivre sa promenade, il aperçut une silhouette au loin. C'était une femme vêtue d'une longue robe blanche qui dansait dans la brise du petit matin et dévoilait des jambes couleur caramel. De longues boucles noires s'agitaient autour du visage de l'inconnue.

Elle s'approcha de lui, enchanteresse… Son pas avait quelque chose d'angélique et de sensuel. Il accéléra. Son cœur se mit à battre plus fort. Étrange : la femme et lui, tous deux vêtus de blanc, avaient choisi de descendre jusqu'à la plage à la même heure pour saluer le lever de soleil. Elle lui semblait d'ailleurs familière, mais les longues mèches retombant devant son visage l'empêchaient toujours de la reconnaître. Il sentait néanmoins une aura émaner d'elle, et son cœur y répondait par son chant.

Sans savoir pourquoi, il se mit à courir vers elle. Elle sourit et fit de même. Ils s'approchaient de plus en plus. Abe ouvrit les bras pour la cueillir, plantant les pieds dans le sol. Dix mètres les séparaient encore. Non, impossible. Six mètres. Le vent retomba. Le rideau de ses cheveux s'écarta et il vit enfin son visage. Trois mètres. Il n'arrivait pas à y croire. Sa reine était là, dans le royaume de Kutoka. Elle s'arrêta juste devant lui.

Reign.

— *Tu es venue, chuchota-t-*il, craignant de la voir disparaître comme un fantôme.

— *Bien sûr que oui, répondit-*elle, le souffle court.

Une énergie irrésistible les enveloppait. Une fois de plus, il tendit les mains. Elle fit un pas, puis un autre. Leurs doigts étaient sur le point de se toucher…

Le matelas bougea. Abe fronça les sourcils, dans sa somnolence. Pendant quelques secondes, il se sentit perdu. Où était-il et qui était là, avec lui ? Il ouvrit les yeux et se tourna pour voir qui avait remué. Il la vit, assise au bord du matelas. En un instant, tous les événements de la nuit lui revinrent. Il était dans un appartement, à Chicago, et n'avait pas dormi seul. Reign était là. Ils avaient fait l'amour avec passion. Des images de son corps luisant de sueur défilèrent devant lui et il sourit. Hélas, une part de lui était aussi inquiète : comment Reign allait-elle réagir ? Devait-il craindre les conséquences de cette soirée ?

— Bonjour, murmura-t-il d'une voix encore pâteuse. Est-ce que tout va bien ?

Elle sursauta.

— Oh ! désolée, dit-elle en enfilant son jean puis en attrapant ses baskets. Je pensais être plus discrète. Je ne voulais pas te réveiller…

— Ce n'est rien.

Il bâilla et lui demanda :

— Comment te sens-tu ?

— Merveilleusement bien, dit-elle en l'embrassant. Grâce à toi…

— Heureux d'avoir pu te rendre service.

Elle sourit et il se détendit un peu.

— Quelle heure est-il ?

— À peine plus de 6 heures.

— Sérieusement ? Pourquoi te lèves-tu à l'aube ?

L'aube. Comme dans son rêve.

— Waouh. Ce rêve. Tu étais…

Il eut presque l'impression de sentir la brise chaude de la plage sur ses joues, et d'entendre une voix le prévenir.

Non, ne lui dis pas la vérité. Pas encore.

Elle attrapa sa seconde chaussure.

— Tu as rêvé ?

— Oui, j'étais de retour chez moi. Il faut croire que mon inconscient a besoin de soleil.

— Je me souviens rarement de mes rêves, dit-elle avant de passer dans la salle de bains.

Abe se leva, enfila un jogging confortable et, pieds nus, se précipita vers sa commode pour attraper un pull-over.

— Je ne sais pas comment on peut vivre dans un froid pareil, lança-t-il en complétant sa tenue par des chaussettes épaisses et des chaussons bordés de fourrure.

Il alla ensuite dans le salon, remonta le chauffage de quelques degrés, puis mit de l'eau à chauffer pour faire du thé. Depuis son arrivée à Chicago, en bon célibataire, il se nourrissait principalement de plats à emporter. Son travail à Eddington Enterprise, à l'école et les visioconférences qu'il organisait sur son temps libre ne lui permettaient pas souvent de faire les courses. Ses placards étaient vides, tout comme son frigo… Il pria pour que Reign apprécie la pizza réchauffée, car c'était tout ce qu'il avait à lui offrir pour le petit déjeuner.

Il alluma le four et y glissa quatre parts sur une plaque. Puis il alla ouvrit les rideaux pour laisser entrer la lumière et eut le choc de sa vie.

— Waouh.

— Qu'y a-t-il ? demanda Reign en émergeant de la chambre et en attrapant son manteau dans le placard de l'entrée. Je m'en veux de t'abandonner comme ça, mais je dois passer chez moi récupérer quelques affaires avant d'aller au travail.

Abe se retourna, le visage grave.

— J'ai bien peur que tu n'ailles nulle part, ce matin…

— Laisse-moi deviner, dit-elle en riant. Il y a un peu de neige sur la route ?

— Non. De la glace. L'un des voisins est en train d'essayer de gratter son pare-brise, mais ça n'a pas l'air de marcher. Tout le quartier s'est changé en glaçon.

— Ce n'est sans doute pas si grave, répondit-elle en approchant de la fenêtre. Je vais juste laisser ma voiture chauffer et… Oh. Mon. Dieu. Que s'est-il passé, cette nuit ?

Abe attrapa la télécommande et alluma la télé. Il tomba sur une chaîne locale. Un reporter apparaissait près d'un arbre recouvert de glace. Tout le bas de l'écran était occupé par un bandeau rouge annonçant : « Dernières nouvelles ». Abe monta le son :

« … *plus vu de tempête de glace aussi dévastatrice*

depuis janvier 1965. On parle de coupures de courant dans toute la région, d'arbres déracinés et de lignes électriques tombées au sol qui pourraient être dangereuses. Au moins un piéton s'est blessé en glissant et a été hospitalisé pour un bras cassé. Le gouverneur a placé la zone en état d'urgence. L'accès aux autoroutes est interdit jusqu'à 15 heures, et un report est possible. Il est également interdit d'utiliser un véhicule pour l'instant, à l'exception des interventions médicales ou policières. Les écoles, bâtiments publics et entreprises sont invités à fermer leurs portes pour la journée. Les équipes de déneigement sont au travail et les températures remontent. Nous espérons une amélioration de la situation dans l'après-midi et nous vous tiendrons au courant. C'était Cisely Timon, pour Channel 4... »

Reign en avait assez entendu.

— Je n'arrive pas à y croire !

Elle tira son portable de son sac, appela sa sœur et mit le haut-parleur tout en retournant près de la fenêtre.

— Maeve, c'est moi.

— Reign ! Dieu merci ! Où es-tu ?

— Je suis allée dîner à Chicago et j'y ai passé la nuit.

— Tu es à l'appartement ?

— Non.

— Par pitié, ne me dis pas que tu t'es rabibochée avec Trenton ! soupira Maeve.

— Non, je te le promets. J'ai tourné la page.

Elle adressa un bref sourire à Abe, qui sentit son cœur s'envoler.

— Dans ce cas, dis-moi où tu es.

— Nous en parlerons plus tard, d'accord ?

Abe lui fit signe qu'il allait s'enfermer dans la chambre

pour lui laisser un peu d'intimité, mais elle alla s'asseoir sur le canapé et lui fit signe de la rejoindre. Il obéit.

— Au moins, dis-moi que tu es en sécurité, au chaud.

— Oui, répondit Reign en se nichant aux creux des bras d'Abe. Comment vont les choses, à la maison ?

— Un peu mieux qu'à Chicago, grâce à l'équipement d'urgence de la ville que papa a fait acheter il y a deux ans. Dire qu'on l'avait accusé de gâcher l'argent du contribuable !

Les deux sœurs éclatèrent de rire. Abe retrouva un peu chez elles le genre de camaraderie qu'il partageait avec Danso. Il se promit d'appeler son frère avant la fin de journée. Reign l'avait peut-être invité à s'asseoir près d'elle, mais il se sentait vaguement gêné et fit de son mieux pour ne pas écouter la conversation. Difficile, quand le corps chaud et doux de la femme qui parlait était pelotonné contre lui.

— Les bureaux sont-ils ouverts ?

— Tu n'as pas consulté tes mails ? Un mémo a été envoyé : tout est fermé jusqu'à demain et les réunions sont reportées. Avais-tu un dossier urgent, au marketing ?

— Non, mais j'espérais travailler sur nos brochures et les prototypes de nos prochaines publicités. Le numérique, c'est bien, mais avoir l'objet dans les mains change tout.

— Désolée, tu vas devoir te contenter de ton écran.

— Je n'arrive pas à y croire…

— Toute la ville est sous le choc. On avait prévu de la neige et des gelées, mais rien de tel. La météo dit que le plus gros de la chute de neige a eu lieu entre minuit et 5 heures du matin, c'est pour ça que tant de gens ont été pris de court ; d'autant plus que, sans grosses rafales, le bruit n'a réveillé personne. La ville n'a pas vu ça depuis…

— 1965, répondit Reign.

— Ah, tu as vu les infos.

— Assez pour savoir que je suis coincée ici.

Au même instant, le téléphone satellite d'Abe sonna dans la chambre. Il fit signe à Reign et alla répondre. C'était Jeffrey, son associé. Il ferma doucement la porte pour lui parler en privé – en français, suivant leur vieille habitude.

— Est-ce que ça va ? demanda Jeffrey. J'ai vu des images de Chicago. La ville est-elle vraiment enfouie sous la glace ?

— Presque, admit-il, mais je vais bien. Les routes sont coupées et, de toute manière je n'aurais pas pris le risque de circuler. Toute la ville est bouclée.

— Et nos partenaires ? Des avancées ?

— J'ai eu quelques visioconférences et on m'a envoyé un monceau de rapports. Je vais bientôt vous faire parvenir une synthèse, répondit Abe.

— Daniel sera content.

— Papa t'a-t-il dit quelque chose ?

— Pas directement, mais je me suis renseigné. Un gros succès financier serait un atout pour toi, ces temps-ci. C'est aussi pour ça que je t'appelle. Penses-tu pouvoir faire un saut à New York, prochainement ?

— Si les voitures sont inutilisables, je doute que les avions décollent. Pourquoi ? Que se passe-t-il ?

— J'ai eu vent d'une possible acquisition.

Abe se redressa. Le timing n'aurait pas pu être meilleur. Le mariage mis à part, Abe devait à tout prix devenir un contributeur de premier plan au sein de l'empire familial. Ajouter une nouvelle entreprise rentable à leur collection, une firme de portée internationale, pourrait lui permettre d'accroître son influence et – peut-être – d'assurer son héritage sans devoir se laisser passer la bague au doigt dans l'immédiat…

— Quel est leur produit phare ?

— Une boisson énergétique.

L'enthousiasme d'Abe retomba immédiatement.

— Le marché n'est-il pas déjà saturé ?

— Non, répondit Jeffrey. Celle-ci est différente : cent pour cent bio, sans sucres ou arômes artificiels et naturellement chargée en caféine.

— Avec du thé vert ?

— Non, de la noix de kola. On m'a envoyé un échantillon et je dois dire que j'ai été émerveillé. L'effet a été immédiat et a duré pendant des heures. En plus, je n'ai pas senti de retombée, comme avec le sucre, pas de nervosité et j'ai dormi comme un bébé.

— Ça a l'air révolutionnaire…

— En effet, surtout dans le domaine du sport, ta spécialité.

— Penses-tu qu'on pourrait promouvoir cette boisson pour les athlètes ?

— Elle pourrait devenir un sponsor et prendre une place de premier plan sur le marché. Avec le bon marketing, on pourrait même écraser la concurrence actuelle. Imagine ça : notre boisson plébiscitée par les stars sportives américaines, et par *toi*, dans tous les pays où on aime le football… Si on y ajoute les bénéfices d'une boisson saine, dans un domaine où le sucre est roi, je te prédis des retombées de cinq cents millions de dollars chaque année. Minimum.

Abe se souvint immédiatement des paroles de Reign. « Je ne sortirai jamais… avec un athlète professionnel. »

— Dis-m'en plus, murmura-t-il en ignorant son trouble.

Ils discutèrent encore une bonne demi-heure. Dans son excitation, Abe avait même oublié que Reign était dans la pièce voisine. Il n'avait pas élevé la voix, mais l'appartement était petit… L'avait-elle entendu ? Pourvu qu'elle ne parle pas français !

— Je vais jeter un coup d'œil aux infos que tu m'as envoyées, dit-il enfin. Dès que les aéroports rouvriront, je m'arrangerai pour réserver un siège sur le premier vol.

Il allait aussi devoir trouver quelqu'un pour le remplacer au travail et repousser la réunion prévue avec Phil, à l'école. Décidément, ce matin, sa double identité pesait bien lourd. D'un autre côté, elle lui avait permis de rencontrer une femme formidable qui était prête à s'intéresser à un modeste homme de ménage. Elle ne s'était permis aucune moquerie concernant son appartement. Elle n'avait même pas grimacé en voyant que l'endroit ne lui offrait pas le confort auquel elle était sans doute habituée. Ils avaient mangé une pizza, quelques chips, et Reign avait paru s'en satisfaire – comme si elle avait été chez elle.

— Abe ?

Il sursauta et s'empressa de conclure.

— Ton idée me plaît, Jeffrey, mais je dois filer. À plus !

On frappa à la porte de la chambre et il ouvrit.

— Désolé de t'avoir laissée seule. C'était un appel de… chez moi, expliqua-t-il en la raccompagnant dans le salon. As-tu besoin de quelque chose ?

— Je ne savais pas que la pizza était dans le four.

— Oh ! non !

Il se précipita dans le coin cuisine et vit le plat posé sur le comptoir, en train de tiédir.

— Merci, Reign. Je me suis tellement laissé distraire par ce coup de fil que j'ai oublié…

— Aucun souci. J'étais sûre de sentir une odeur de pepperoni, et j'ai fini par comprendre.

Elle s'assit au bar et il alla attraper des assiettes.

— Me ferais-tu le plaisir de prendre ton petit déjeuner avec moi ? demanda-t-il galamment en la rejoignant.

— J'en serais ravie, répondit-elle sur le même ton.

Il entreprit de leur servir une part de pizza chacun.

— Toutes mes excuses, si le menu ressemble à celui du dîner d'hier soir…

— Heureusement, c'est l'un de mes préférés.

Elle se laissa couler de son tabouret haut et passa dans la cuisine. Elle ouvrit le frigo et en sortit une brique de jus d'orange. Elle paraissait aussi à l'aise chez Nolan que dans l'immense domaine où elle devait vivre, et Abe sentit son cœur s'emballer. Bientôt, il pourrait tout lui avouer. Il en était certain.

— Est-ce que je t'ai entendu parler français ? demanda-t-elle en remplissant deux verres.

— Oui, dit-il en faisant de son mieux pour paraître détendu. Parles-tu français aussi ?

Il attendit sa réponse en retenant son souffle.

— J'ai pris quelques cours au lycée, mais comme je ne m'en sers pas, j'ai fini par tout oublier.

Dieu merci !

— Et toi ? Où as-tu appris ?

— Une partie de ma famille et de mes amis viennent de pays francophones. On a toujours parlé le français, chez moi.

Comme il n'avait pas de serviettes, il découpa deux feuilles de papier essuie-tout et les plaça sur le bar, près des assiettes et des verres de jus d'orange. Reign reprit sa place, mordit dans sa pizza et poussa un gémissement de plaisir. Clairement, elle la trouvait encore meilleure réchauffée.

— Alors… Combien de langues parles-tu ?

— Quelques-unes, admit Abe, conscient qu'il naviguait en eaux troubles. Quel est le nouveau produit que ta firme va mettre en vente ? Je t'ai entendue parler de brochures avec ta sœur…

— Bien essayé, Abe, mais nous avons déjà parlé de moi et de mon travail hier soir. Ce matin, c'est ton tour.

Non seulement elle était belle, intelligente, mais il aurait juré qu'elle était douée aux échecs. Il allait devoir se montrer prudent : elle ne se laisserait pas distraire facilement. Ils étaient sur le point de devenir amis – peut-être même davantage –, et il ne voulait pas tout gâcher. Il mordit dans sa propre pizza pour gagner quelques secondes.

— Abe…

Il montra sa bouche pleine d'un doigt, mâchant consciencieusement sa bouchée. Reign s'accouda au bar, le menton dans la main, et entra dans son jeu.

— Prends ton temps, dit-elle, le regard pétillant, en buvant son jus de fruits. Je n'irai nulle part avant 15 heures, au plus tôt.

Il avala, but aussi, puis demanda d'un air innocent :

— Quelle était ta question, déjà ?

— Mince ! Je ne m'en souviens plus…

Ils éclatèrent de rire, puis Reign retrouva son sérieux.

— Allez, arrête de jouer les héros mystérieux et dis-moi un peu qui est Abe Wetherbee.

— Tu sais déjà tout : je viens d'Afrique, je suis ici

pour aider mon cousin à lancer son entreprise et ensuite, je rentrerai chez moi.

Reign l'observait avec attention.

— Quelque chose me dit que ce n'est pas tout. Tu as l'air trop… Je ne sais pas… Trop *cultivé* pour un homme de ménage. Ce n'est pas une insulte, ajouta-t-elle très vite. Tu étais aussi habillé différemment, la première fois que je t'ai vu. Même dans ma panique, j'ai remarqué ton manteau et il m'a rappelé celui de mon frère, signé par Ace Montgomery.

Abe haussa les épaules, conscient que ce fameux manteau était suspendu dans le placard où elle avait récupéré le sien, quelques instants plus tôt. Avant de l'abandonner sur l'accoudoir du canapé. Il fut tenté de l'attraper et de le ranger lui-même, pour l'empêcher de remettre le nez dans la penderie, mais ça aurait sans doute éveillé ses soupçons.

Il fit donc de son mieux pour soutenir son regard avec calme, notant au passage qu'elle était encore plus jolie sans maquillage.

— Je l'ai emprunté à un ami, dit-il tranquillement.

— Tu parles plusieurs langues, poursuivit-elle.

— Ce n'est pas rare, dans mon pays.

Elle lui prit la main et inspecta sa paume.

— Ces cals sont récents. Tes mains ne sont pas habituées au travail physique.

Il haussa les épaules devant son regard interrogateur.

— En effet. Quand j'étais ado, pendant l'été, je bossais dans des bureaux pour gagner un peu d'argent.

— Quel genre d'emploi était-ce ?

La question était assez vague pour lui permettre de répondre sans mentir ; et lui offrir une digression toute trouvée au sujet des différences entre les entreprises américaines et les autres.

Après leur déjeuner, il décida de couper court à cette discussion. Prenant la main de Reign, il la fit descendre de son tabouret, récupéra son verre et la conduisit jusqu'au canapé.

— Que fais-tu ? demanda-t-elle, sans résister pour autant.

— Je veux reprendre les choses là où nous les avons laissées hier soir, répondit-il en glissant une main le long de son dos pour serrer sa fesse, et voir si ce jus de fruits est aussi délicieux sur tes lèvres que sur les miennes.

La matinée s'écoula ainsi, rythmée par de nombreuses chasses au trésor sur leurs corps nus. Abe fut surpris – et ravi – de voir que Reign avait un appétit sexuel aussi intense que le sien. Décidément, son instinct l'avait guidé dans la bonne direction quand il l'avait vue au club, le premier soir. Il avait immédiatement été attiré par elle, pas uniquement à cause de sa beauté, mais d'une autre chose qu'il n'avait pas su définir. Quand il avait dit à sa mère qu'il voulait trouver une épouse en Amérique, il avait plaisanté et cherché avant tout à la faire patienter. Maintenant qu'il avait passé plus de temps avec Reign, par contre, il commençait à réfléchir sérieusement à la question. Car, oui : il *pouvait* trouver une femme ici. Une compagne passionnée, intelligente, belle, brillante.

Une femme comme Reign.

- 9 -

Le bouclage de la ville fut bien levé à 15 heures, mais il fallut attendre le milieu de soirée pour que les dégâts causés par la tempête soient réparés et pour que les autoroutes puissent rouvrir. Enfermée dans l'appartement propre mais étroit d'Abe, qu'elle avait qualifié de « chaleureux » quand il s'était excusé pour le manque de place, Reign avait passé une journée étonnamment agréable. Après une heure de baisers et d'exploration sensuelle langoureuse couronnée par un orgasme explosif, Abe avait été assez chevaleresque pour descendre briser la glace qui recouvrait sa voiture et récupérer pour elle le sac contenant sa tablette, dans son coffre. Il s'était ensuite retiré dans sa chambre pour téléphoner à sa famille et à des amis, lui cédant le salon où elle s'était confortablement installée pour travailler. Il avait même réussi à lui donner de très bonnes idées pour sa brochure, à un moment où il l'avait surprise plongée sur son écran, en passant près du canapé.

À présent, alors qu'elle approchait de la sortie de La Pointe du Sable, leur conversation lui revint.

— *Veux-tu un peu d'eau ? demanda-t*—il en posant la main sur son épaule. Oh ! bébé ! Tu es t*oute tendue… Stressée ?*

— *Un peu, admit*-elle.

Il sortit deux bouteilles d'eau du réfrigérateur et en posa une devant elle.

— *Merci, dit*-elle sans lever les yeux de sa tablette.

Abe but une gorgée, laissa sa bouteille sur le bar et commença à masser la nuque de Reign, avant de descendre jusqu'à ses épaules. Au bout de quelques minutes, elle oublia définitivement son écran et se laissa aller en arrière, savourant le toucher expert de ses doigts.

— *Mmm… C'est si bon…*

Il déposa un baiser au sommet de sa tête.

— *Sur quoi travailles-tu ?*

— *Sur la promotion d'un produit que nous sommes sur le point de lancer.*

— *Quel produit ?*

— *C'est une application qui permet à nos clients de suivre l'évolution de plusieurs cryptomonnaies, dont la nôtre évidemment, et de mesurer l'état du marché pour savoir quand vendre ou acheter.*

Elle se retourna vers lui.

— *Possèdes-tu des cryptomonnaies ?*

— *Un peu, dit*-il en poursuivant son massage. C'est l'avenir, apparemment.

— *Nous le pensons aussi. Les experts prédisent que l'argent liquide aura complètement disparu de nos sociétés dans moins de dix ans.*

— *J'ai du mal à imaginer ça. Ça changerait la face du monde, tel que nous le connaissons.*

— *Ce ne serait pas la première révolution : autrefois, le sel était une monnaie d'échange.*

Elle posa doucement les mains sur les siennes.

— *Merci, bébé. C'était extra, mais je dois vraiment*

me remettre au travail. J'aimerais envoyer une nouvelle maquette à mon équipe avant midi.

Il se pencha pour contempler l'écran.

— *Qu'est*-ce qui ne va pas, avec *celle-ci ?*

— *Elle est trop chargée, pas assez lisible. Et je ne suis pas certaine d'aimer cette police…*

— *Je pense que tu devrais agrandir la brochure, dit*-il avec une autorité qui la surprit.

— *Vraiment ?*

Il haussa les épaules et lui adressa un de ces sourires en coin dont elle avait de plus en plus de mal à se passer.

— *C'est mon avis. Comme tu l'as dit : ce n'est pas très lisible. Alors, pourquoi ne pas agrandir la brochure ?*

— *Nous espérions faire tenir toutes les informations sur un flyer plié en trois… le format classique.*

— *Montre-moi le verso.*

— *Pourquoi ? demanda-t*-elle en riant. As-tu l'intention d'abandonner le balai en faveur d'une carrière de graphiste ?

— *Peut*-être. Mon ancien patron disait que j'avais un bon œil pour ces choses-là.

Après tout, qu'avait-elle à perdre ? Elle avait déjà retravaillé la maquette une dizaine de fois et n'était toujours pas satisfaite. Elle fit défiler l'image du verso et se recula, les bras croisés, pendant qu'Abe examinait le document.

— *Ce que tu lis est top secret, dit*-elle. Dois-je te faire signer un contrat de confidentialité ?

Il la regarda d'un air étrange avant de répondre :

— *Tu n'as pas besoin de t'en faire pour moi. Je ne me concentre pas sur le contenu, mais sur l'équilibre visuel entre les images et les blocs de texte.*

Reign sursauta, stupéfaite. Ce vocabulaire aurait pu être employé par un membre de son équipe…

— Les blocs de texte ? Où as-tu appris ça ? Qui *es-tu ?*

Il éclata de rire et la serra dans ses bras, par-derrière.

— As-tu pensé à plier ton flyer horizontalement ?

— Pardon ?

— Tu sais, horizontalement, dit-il en mimant avec les mains, et pas verticalement comme on le fait en général.

Elle se retourna et le regarda un moment, perplexe, puis examina sa maquette d'un œil neuf.

*— Non, murmura-t-*elle*. Je n'y avais pas pensé…*

*— Tu pourrais essayer, suggéra-t-*il en embrassant sa tempe. Ça ne peut pas faire de mal.

Il s'écarta, et elle regretta immédiatement la chaleur de ses mains. Elle suivit des yeux ses fesses fermes tandis qu'il s'enfermait une fois de plus dans sa chambre, puis se remit au travail. En quelques clics, elle changea l'orientation de son document et commença à déplacer les différents éléments de la maquette. Une heure plus tard, elle envoya la nouvelle version à son équipe et reçut immédiatement les premières réponses.

« Waouh ! Reign, c'est super ! » *écrivit Cayden, le meilleur ami de Jake et créateur de l'application.*

« J'aime bien cette nouvelle idée. C'est original et différent », *répondit son patron, le directeur du service.*

Elle les remercia, tout en ayant la pénible impression d'être une hypocrite. Elle avait demandé à Abe qui il était vraiment pour plaisanter, mais plus elle y songeait, plus elle tenait à obtenir une réponse. Cet homme semblait posséder tant de talents différents – et admirables – qu'il paraissait presque trop beau pour être vrai. Il n'avait pas eu peur de Trenton, Ivy était impressionnée par *son travail à l'école et par son talent de footballeur (au point de lui proposer de rejoindre son équipe pédagogique). Ses mains étaient magiques. Sa langue… Reign se dandina. Sa langue était assez efficace pour qu'on la déclare illégale ! Le simple fait de penser à sa manière de faire l'amour suffisait à l'exciter. Y avait-*il quoi que ce soit que son chevalier ne savait pas *faire ?*

Elle passa en coup de vent à son bureau pour récupérer sa Bentley et rentra chez elle, au Domaine Eddington. Pendant tout ce trajet, son plan initial concernant sa relation avec Abe avait lentement changé.

En promettant à Maeve de lui parler dès son retour, elle n'avait pas eu l'intention de lui dire avec qui elle avait passé la nuit, ni de révéler à quiconque qu'ils étaient… quoi, exactement ? Ce qui s'était passé entre eux l'empêchait de parler d'amitié, mais ils n'étaient pas non plus en couple ou des *amis avec bénéfices* – bien que la bouche divine et les mains ensorcelantes d'Abe aient été un « bénéfice » pour elle.

Finalement, elle décida qu'ils étaient des connaissances sur le point de devenir plus intimes. Oui, ça convenait bien et c'était ce qu'elle expliquerait à Maeve. Elle avait vraiment besoin des conseils de sa grande sœur. Abe éveillait sa curiosité et certaines choses en lui ne sonnaient pas juste. En tant qu'avocate, Maeve avait un bon esprit analytique. Elle était observatrice et savait emprunter des chemins détournés pour parvenir à ses fins. Après tout, Abe était peut-être un tueur en série en fuite ! S'il y avait quoi que ce soit de sinistre dans son passé, Maeve Eddington-Cortez saurait le découvrir…

Arrivée au Domaine, elle se détourna du manoir

de ses parents dans lequel elle vivait et prit le chemin de la maison que sa sœur et Victor occupaient, un peu plus loin. Il était difficile à croire que cette partie de la propriété avait encore été recouverte d'arbres, un an plus tôt. Maeve et son mari avaient réussi à bâtir un foyer stupéfiant, un bijou d'architecture, en engageant les meilleurs artisans du pays. Reign se gara près de la porte et sortit son téléphone.

— Es-tu bien rentrée ? demanda sa sœur en décrochant.

— Oui. En fait, je suis devant chez toi. As-tu un moment ?

— Bien sûr ! Tu arrives juste à temps pour boire un verre avec nous. Entre.

Elle envoya un texto à Abe pour lui dire qu'elle était arrivée chez elle sans encombre et traversa en courant la petite cour glaciale pour se réfugier dans le salon bien chauffé de sa sœur. Elle était pressée de lui demander d'enquêter sur Abe, mais, ayant été élevée dans le respect des bonnes manières, elle accepta le verre de bordeaux qu'on lui proposait et bavarda un moment.

Enfin, n'en pouvant plus, elle se tourna vers Victor :

— Puis-je t'emprunter ta femme pour une conversation entre sœurs ?

— Bien sûr, répondit-il en quittant son fauteuil. Ça m'évite de devoir inventer une excuse pour aller voir mon autre chérie…

— Hé ! Ne me rends pas jalouse ! cria Maeve en souriant.

Son regard était rempli d'amour pour son mari. Il les embrassa tour à tour.

— Fais un câlin à Belle pour moi !

Reign remplit de nouveau son verre en remarquant :

— Pourquoi as-tu appelé ce chien hideux « Belle » ?

— Attention… Je suis à deux doigts de te mettre à la porte.

— J'adore tes bébés à quatre pattes, mais ce chiot est moche ! Navrée…

— Et si on parlait plutôt d'animaux à *deux* pattes ? Où étais-tu, hier soir ?

— Pas avec un animal, je te le promets !

— Je plaisante. Sauf si tu as remis le couvert avec Trenton, répondit Maeve.

Reign but une longue gorgée pour se donner du courage.

— Alors ? Avec qui étais-tu ?

— Abe, avoua-t-elle.

— Abe comment ? demanda sa sœur d'un air intrigué.

— Wetherbee. Il travaille à l'école d'Ivy.

— Un enseignant ?

— Pas vraiment. Il est… technicien de surface.

— Un homme de ménage ?

Reign hocha la tête. En cet instant, Maeve aurait pu décrocher le trophée de la meilleure joueuse de poker.

— Je ne te juge pas, mais tu n'es pas du genre à sortir avec un homme de ménage…

— Il est différent de la moyenne.

— Je t'écoute.

Reign lui fit un résumé de sa relation avec Abe, depuis leur rencontre jusqu'à la nuit de Saint-Valentin qu'elle avait passée chez lui.

— Il a l'air impressionnant, admit Maeve quand elle eut terminé. Néanmoins, je sens venir un « mais »…

— Je ne sais pas vraiment, répondit Reign en ramenant ses jambes sur l'assise du canapé et en serrant un coussin contre son cœur. J'ai l'impression que son caractère et son apparence ne collent pas. On dirait presque qu'il essaye de cacher son intelligence, et qu'il sait énormément de choses sur tous les sujets imaginables. Il parle plusieurs langues, mais il est venu à Chicago pour aider son cousin à passer la serpillière ?! C'est juste… bizarre.

Maeve réfléchit quelques instants.

— Ne penses-tu pas que tu cherches la petite bête ? Que tu le jauges d'un point de vue d'Américaine ?

— C'est-à-dire ?

— Nous sommes dans une société capitaliste, qui accorde sa chance à n'importe qui pourvu qu'on soit prêt à travailler dur et que le destin nous donne un petit coup de pouce. Le rêve américain se résume à deux choses : un compte en banque bien rempli et une flopée de plaisirs matériels. Et il n'y a rien de mal à ça ! ajouta-t-elle très vite.

— Comme le prouve notre famille.

— Oui, nous en sommes l'exemple même. Mais tous les pays ne fonctionnent pas comme ça. Quand j'ai rencontré la famille de Victor à Puerto Limón, j'ai découvert un autre monde. Là-bas, les maisons sont simples, tout comme la nourriture, ce qui ne l'empêche pas d'être excellente. Certaines des femmes se moquent de leur coiffure ou de leur garde-robe. Ce qu'elles aiment ne peut pas s'acheter : l'amour, la joie, la fidélité, la vie. Ces gens savourent le moment présent. Si Abe vient d'une culture similaire, je l'imagine sans peine tout plaquer pour aider son cousin à nettoyer des écoles, uniquement parce que celui-ci le lui a demandé.

Elle s'interrompit un instant, puis sourit avec malice.

— Cela étant dit, je pense que nous devrions faire des recherches à son sujet.

Elle attrapa son portable posé sur la table basse.

— Qui appelles-tu ? demanda Reign.

— Ivy.

Elle attendit quelques secondes et adressa un clin d'œil à Reign quand leur belle-sœur décrocha.

— Salut ! Reign est chez moi et nous avons besoin d'une faveur. On t'expliquera tout plus tard…

— Ou pas ! coupa Reign d'une voix forte.

— C'est au sujet d'Abe Wetherbee, un des employés qui nettoient ton école, dit-elle en mettant le haut-parleur.

— Et les bureaux de l'entreprise, précisa Ivy. Nous avons toutes les mêmes infos sur lui, mais je veux bien essayer de répondre à vos questions si je le peux.

— Te parler est plus discret que demander à consulter les dossiers des Ressources humaines.

— Que voulez-vous savoir ?

— Des choses plus… personnelles.

— Tu sais que ce sont des données confidentielles et…

— Reign a couché avec lui.

Ivy poussa un petit cri.

— Je savais qu'il se passait quelque chose entre eux !

Reign donna une bourrade à Maeve.

— Merci d'avoir trahi mon secret, *frangine*, dit-elle avant de se pencher sur le téléphone et d'ajouter : Parfois, les sœurs sont de vraies pestes !

— C'est pour ça que tu nous aimes, chérie, gloussa Ivy. De toute manière, je comprends qu'Abe te plaise. Il est si sexy dans sa combinaison… Quoi qu'il en soit, je peux vous dire que nous consultons le passif de tous nos employés et sous-traitants. Jamais nous n'aurions engagé quelqu'un avec un casier judiciaire ou la moindre ombre dans son dossier.

— Merci, Ivy. On se rappellera plus tard.

Rassurée par ces informations, Maeve prit ensuite sa tablette et se rapprocha de sa sœur. Ensemble, elles cherchèrent Abe Wetherbee sur Internet. Sa présence en ligne était anecdotique. Il avait un compte Facebook avec une image de plage en guise de photo de profil et avait verrouillé l'accès pour ceux qui ne faisaient pas partie de ses amis. Pas d'Instagram, de Twitter ou de TikTok. Bien sûr, ce n'était pas illégal. Bien que des milliards de personnes utilisent ces réseaux chaque jour, Reign savait que d'autres aimaient protéger leur vie privée. Desmond, par exemple, déléguait ses comptes à ses assistants et n'y faisait rien apparaître de personnel. Ivy ne communiquait qu'au sujet de son école. Certains de ses amis ne se servaient de ces sites qu'à des fins professionnelles. Bref, le mystère restait tout aussi profond – et attisa ses sentiments pour Abe. Bien que la trahison de Trenton soit encore douloureuse, elle sentait qu'elle tombait lentement amoureuse de cet homme dont elle savait si peu de choses. *Qui* était-il réellement ?

- 10 -

La relation d'Abe avec Reign comblait toutes ses attentes, et plus encore. Hélas, il restait un peu inquiet. En théorie, son plan était bon ; mais dans la pratique, c'était plus compliqué… Il mentait à une femme qu'il appréciait vraiment beaucoup. Une femme avec qui il aurait pu envisager un avenir. Cependant, aussi important cela soit-il, il ne pouvait se contenter d'avouer la vérité à Reign. Il devait aussi penser à son grand-père qui avait aidé à financer Kutoka Global et qui lui avait posé un ultimatum le poussant à venir à Chicago. Sa santé déclinante incitait aussi la mère d'Abe à envisager un mariage arrangé pour lui – pratique sur le déclin à laquelle il n'avait jamais sérieusement songé, bien sûr. Il devait également penser à son statut d'héritier d'une entreprise valant plusieurs milliards de dollars et au poids que son père, actuel président de la firme, faisait peser sur ses épaules. Pour toutes ces raisons, il ne pouvait pas encore s'offrir pleinement à Reign qui était encore hantée par son amour pour son ex, un homme méprisable qui avait réussi à capturer son cœur d'or sans savoir comment en prendre soin. Villianne continuait aussi, sans la moindre finesse, à insister pour qu'il épouse une candidate approuvée par elle et originaire de Kutoka. Bien sûr, il tenait à honorer sa famille, mais il voulait aussi *choisir* la personne avec qui il allait passer sa vie – merci bien !

Bref, il fallait qu'il se concentre sur ses devoirs, gravement négligés depuis le pari lancé par son cousin et sa rencontre avec Reign. Il allait réserver un billet pour New York et envoyer à son père une synthèse de tout ce qu'il avait déjà entrepris.

Ce soir-là, la glace fondit enfin suffisamment pour que les interdictions de voyage soient levées sur toute la région, bien que l'on encourageât encore les boutiques à rester fermées et les résidents à demeurer chez eux autant que possible. D'ailleurs, Reign avait mis plus d'une heure à rentrer chez elle, alors que le trajet ne devait prendre que vingt minutes en temps normal.

Aux environs de 22 heures, Abe reçut un mail de l'entreprise de Nolan lui annonçant que l'équipe allait être réduite à son minimum. Abe avait donc deux jours de congés imprévus devant lui. Après l'appel de Jeffrey, cette nouvelle n'aurait pas pu tomber à un meilleur moment !

Il se leva donc dès 6 heures le lendemain et, à midi, avait parcouru tous les documents envoyés par son associé, ainsi que toutes les informations contenues sur le site Internet de l'entreprise qu'il envisageait d'acquérir au nom de Kutoka Global. Abe avait l'habitude de baser ses décisions sur des recherches approfondies et son instinct. Jusqu'à présent, ça lui avait plutôt réussi. Il sentait que cette nouvelle boisson était originale, progressiste et pourrait éveiller l'intérêt du public. L'entreprise entière était orientée vers les énergies durables et tenait à avoir une empreinte carbone aussi neutre que possible. Cerise sur le gâteau : elle restait à taille humaine et était dirigée par des jumeaux d'à peine vingt-cinq ans, dynamiques et efficaces.

Après avoir discuté une heure en visioconférence avec

Jeffrey et leur équipe, puis avec les deux frères Edward et Elliott, Abe réserva un aller-retour à New York pour le lendemain.

Il consacra le reste de la journée à lire des rapports et à passer des coups de téléphone à l'étranger. Retrouver enfin sa zone de confort était si bon ! Il avait sans doute pris un risque inutile en glissant à Reign quelques suggestions au sujet de sa brochure, mais il avait apprécié de pouvoir réveiller son instinct créatif. Jusque-là, il ne s'était pas rendu compte à quel point son ancienne vie lui manquait, ces derniers temps. Somme toute, son travail n'était pas qu'une activité, il faisait partie de lui. En achevant son dernier appel, il consulta sa montre et fut surpris de voir qu'il était bien plus de midi. Comme il n'avait rien dans son réfrigérateur et commençait à se sentir enfermé dans ce minuscule appartement, il décida d'affronter sa peur des routes gelées et d'aller faire un tour au supermarché. En chemin, il téléphona à Reign.

— Salut, princesse.

— Salut, beau gosse. Comment s'est passée ta matinée ?

— Étonnamment bien. Je me suis détendu et j'ai réussi à travailler un peu en même temps. Et la tienne ?

— Travailler ? Je croyais que les entreprises étaient encore fermées.

Il entendit la surprise dans sa voix et se mordit la langue. Une fois de plus, lorsqu'il s'agissait de naviguer entre deux mondes, il s'avançait en terrain glissant. Littéralement.

Il ravala sa culpabilité et demanda par avance pardon pour son mensonge par omission.

— Oui, dans l'appartement. J'ai fait du ménage, expliqua-t-il. J'ai aussi appelé mes proches. Depuis mon arrivée, j'ai été assez occupé et il était temps que je prenne des nouvelles de mes amis.

— Que fais-tu, maintenant ?

— Je descends jusqu'au supermarché…

— Tu conduis ?

— Incroyable, non ? Mais j'avance très doucement et le magasin n'est qu'à quelques blocs. De toute manière, je n'avais plus rien dans mes placards. Quel dommage qu'il fasse encore si froid : j'aurais adoré te voir, ce soir.

— Mmm, murmura-t-elle, et il l'imagina sourire. Parle-moi un peu de tes amis.

Abe réprima une grimace. Il commençait à s'enfoncer jusqu'au cou dans les demi-vérités et songea soudain à un conseil que lui avait un jour donné sa grand-mère :

« Sois honnête, quoi que tu fasses. Si tu mens une fois, tu seras obligé de recommencer. »

— Ce sont des types avec qui j'ai travaillé et que je connais depuis longtemps. Ils me tiennent au courant de ce qui se passe à la maison. L'un de mes copains vient de se fiancer…

C'était vrai, même si Abe n'avait pas directement parlé avec lui. Il avait appris la nouvelle par Jeffrey.

— Un de tes copains, répéta Reign d'un air curieux. Et as-tu laissé des petites amies, à la maison ?

— Je suis déjà sorti avec des filles, mais je n'ai jamais vraiment eu de petite amie.

— Dis-moi quelque chose d'autre sur toi !

— Quoi, par exemple ?

— Abe, tu es très doué pour écouter et tu connais déjà presque toute ma vie, mais je ne sais rien de toi. Quelle est ton histoire ?

— Mon histoire ? s'étrangla-t-il.

— Oui. Ton. Histoire, insista-t-elle comme si elle s'adressait à un bébé. Je veux apprendre à te connaître.

Il avait beau parler cinq langues, il ne parvint pas à prononcer un seul mot et, quand Reign se râcla la gorge avec impatience, comprit qu'il était temps de retrouver sa voix.

— Honnêtement…

Osait-il *réellement* employer ce mot ?

— … il n'y a pas grand-chose à raconter.

— Vraiment ?

Il se gara devant le supermarché presque vide et laissa le moteur tourner.

— Je suis juste un type ordinaire - *Non !* - qui fait un travail normal. *Qui fait semblant, du moins…*

— Et tu as traversé un océan pour ce boulot.

— Mon cousin avait besoin de l'aide d'un homme de confiance.

— Vient-il aussi d'Afrique ?

— Non, il est né en Amérique.

— A-t-il des frères et sœurs ?

Abe soupira. Reign semblait bien décidée à l'interroger jusqu'au bout, et comment lui en vouloir ? Il savait déjà tant de choses sur elle !

— Oui, quatre, nés du second mariage de son père, mais il a grandi seul avec sa mère.

— Et toi ?

— J'ai un grand frère et une petite sœur.

— Vivent-ils toujours au Ghana ?

— Ils ont voyagé, mais ils ont fini par s'installer à la maison, oui.

Son cœur devenait plus lourd à chaque mensonge qu'il proférait. Bien sûr, il ne s'éloignait pas beaucoup de la réalité – un peu comme si Reign disait venir de Chicago, alors que sa vie à La Pointe du Sable était très différente. De la même manière, le royaume de Kutoka, frontalier du Ghana, était un tout petit pays… et Abe l'adorait. Il aurait voulu parler à Reign de ses politiques progressistes, de ses infrastructures modernes, de la gratuité de ses écoles et de ses services médicaux, de l'absence de crime ou de pauvreté. Mieux encore, il aurait voulu le lui montrer, lui présenter sa famille, ses collègues et ses amis. Il voulait qu'elle apprenne à connaître Aldric, et pas seulement Abe.

Dans ce cas, pourquoi ne lui dis-tu pas la vérité ?

Il le ferait. Bientôt. Dès qu'il sentirait leur amitié se transformer en quelque chose de plus profond…

— Tu me rappelles mon frère, dit-elle. Malgré les avancées d'Internet, il protège farouchement sa vie privée.

— Je tiens à mon intimité, admit-il.

— Et tu as sans doute l'impression d'être au tribunal… Désolée. Tu es clairement un atout de poids pour ton cousin.

Abe se sentit plus coupable que jamais. Il faillit même oublier tout le récit qu'il avait inventé avec soin pour justifier sa présence à Chicago. Décidément, cette conversation était dangereuse et il risquait de déraper à tout moment. Il comprit soudain autre chose : il détestait mentir. Il n'était pas doué pour ça et l'avait rarement fait, dans sa vie. C'était mal, injuste… Surtout après avoir reçu tant de confidences de la part de Reign.

— C'était très noble de ta part d'abandonner ta vie en Afrique pour venir l'aider, poursuivit-elle.

Il fut sur le point de lui avouer les vraies raisons de sa présence ici. Sans doute aurait-elle compris le poids des exigences d'un père et ce que l'on ressentait à l'idée de n'être qu'un trophée aux yeux de l'autre sexe. Elle aurait pu lui donner des conseils pour affronter sa mère – n'avait-elle pas deux frères heureux en ménage ? Il s'interrogea soudain sur sa famille, sur Ivy, sa belle-sœur. Il aurait tant aimé lui ouvrir son cœur et tout lui raconter. Hélas, ça aurait gâché tous ses efforts, son plan : savoir si Reign pouvait tomber amoureuse d'un homme qu'elle croyait normal.

— J'y suis ! claironna-t-il, en désespoir de cause. Je suis arrivé au supermarché. Puis-je te rappeler un peu plus tard ?

— Bien sûr. Grâce aux caprices de Mère Nature, je ne compte pas m'éloigner de mon téléphone, aujourd'hui.

Abe rentra chez lui sans incident, mais un long coup de téléphone de son père l'empêcha de rappeler Reign comme il l'avait promis. Le lendemain, il s'embarqua à 6 heures dans un jet privé de location à destination de New York. Il pensa un instant envoyer un texto à Reign, puis se ravisa. La météo annonçait une remontée des températures pour le week-end. Et si elle lui proposait de le retrouver quelque part ? Il ne pouvait pas prendre ce risque ; et il ne pouvait pas non plus continuer à lui mentir. Dès son retour de New York, il lui avouerait tout et advienne que pourra.

Une fois cette décision prise, il se sentit beaucoup plus léger. Le Gulfstream personnalisé réservé par Kutoka Global atteignit son altitude de croisière, et Abe bascula son siège recouvert de cuir souple, étendit ses longues jambes musclées et accepta avec reconnaissance le double *espresso latte* que l'hôtesse lui offrit – tout en ignorant ses œillades charmeuses.

Ce qui aurait été un voyage de routine quelques mois plus tôt prenait aujourd'hui des allures plus excitantes. Il adorait naviguer dans le monde des achats et ventes d'entreprises, des investissements, de la stratégie financière et de la compétition qui avait permis à son grand-père de hisser son empire au sommet de l'échelle internationale. Depuis son arrivée en Amérique, Abe avait laissé son équipe défricher le terrain. À présent, c'était à lui d'entrer en jeu.

Il ajusta sa cravate de soie – une édition limitée signée Ace Montgomery –, chassa une poussière imaginaire de son pantalon de laine sur mesure et se tourna vers la fenêtre. Du bout des doigts, il caressa sa barbe, soigneusement taillée le matin même, et ses pensées le ramenèrent auprès de Reign. Elle était spéciale. Unique. Il avait du mal à croire que Chicago lui avait servi sur un plateau la rencontre qu'il avait toujours espérée sans le savoir. Aussi fou que ça puisse paraître, Reign était attirée par un *homme*, et pas le riche footballeur professionnel bien né devenu homme d'affaires que l'on connaissait chez lui. Comment allait-elle réagir, quand il lui dirait enfin la vérité ? Avec un peu de chance, ça ne changerait rien à leur romance naissante… Mais ça pourrait aussi tout bouleverser.

Tandis que l'avion amorçait sa descente, son téléphone satellite sonna.

— Bonjour, Jeffrey ! Ou plutôt bonsoir, là-bas…

— Es-tu à New York ?

— Très bientôt. Nous approchons.

— Parfait. Je viens d'avoir des nouvelles des jumeaux.

Au lieu d'engager un voiturier, ils viennent te chercher à l'aéroport.

— Pourquoi ? demanda Abe, surpris.

— Ils ont hâte de te rencontrer, j'imagine. Comme tu vas à peine rester deux jours, ils t'ont prévu un programme chargé.

— J'ai hâte de le découvrir.

— Tu sais, Aldric, une fois cet accord conclu, tu seras obligé de sortir de ta cachette…

— Je ne me cache pas !

— Vraiment ? Au moment où tu commences à tenir une place importante dans l'entreprise, tu décides soudain de t'enfuir en Amérique ; et pas seulement pour un voyage d'affaires. Tu y es depuis des mois ! Je ne te comprends pas.

— Normal : c'est une affaire personnelle. Mais j'entends bien ta frustration.

— J'espère seulement que la fille qui te retient en vaut la peine, soupira Jeffrey.

— Tu pars à la pêche sans appât, mon ami. Je te rappellerai plus tard pour te dire comment ça se sera passé.

— Ha ! Tu esquives la question, ça veut dire que j'ai raison. C'est bien une histoire de femme !

Le séjour d'Abe à New York se passa mieux encore qu'il l'avait escompté. Les jumeaux avaient en effet prévu un itinéraire touristique pour lui mais, hélas, il était surtout pressé de rentrer à Chicago…

Après avoir passé la journée dans la petite usine de boissons, à Brooklyn, il fut conduit dans un restaurant gastronomique pour le dîner, puis assista à une pièce sur Broadway. Le lendemain, ses hôtes avaient prévu d'autres aventures, mais il déclina poliment leur offre et, après une dernière visite chez un joaillier mondialement connu, reprit l'avion en milieu de matinée. Sur le chemin de l'aéroport, il alluma son téléphone et appela Reign.

Tombant sur son répondeur, il lui laissa un message :

— Salut, c'est Abe. Je sais que le temps est encore incertain, mais j'aurais aimé te voir ce soir, si tu es libre. On pourrait réserver une table près de chez moi. Désolé, mais je n'ai pas encore assez confiance en mes talents de conducteur pour braver la neige jusqu'à La Pointe du Sable. Tiens-moi au courant. À plus tard.

Il raccrocha et se laissa aller contre son dossier pour admirer le soleil qui perçait l'épaisse couche nuageuse. Ce spectacle lui rappela un peu l'incertitude qui pesait encore sur sa relation avec Reign. Qu'allait-il se passer, quand elle saurait la vérité au sujet d'Abe Wetherbee et d'Aldric Baiden ? Le soleil brillerait-il sur leur histoire, ou bien un orage éclaterait-il entre eux ?

- 11 -

Reign sortit d'une bonne douche, sous laquelle elle avait passé un temps fou à se récurer à l'aide d'une nouvelle lotion bio et végane dont elle était récemment tombée amoureuse. Elle avait aussi offert à ses cheveux un soin shampoing et masque qui allait leur rendre leur brillant habituel. Enfin, comme son spa préféré ne rouvrirait ses portes que le lundi, elle avait pris la peine d'achever sa toilette par une épilation à la cire. Le résultat n'était pas mauvais mais, dès son prochain rendez-vous avec Helga, elle s'assurerait de lui donner un pourboire à la hauteur de ses talents…

Trois quarts d'heure plus tard, enveloppée dans des serviettes chaudes, elle sortit de sa salle de bains et passa dans son immense dressing pour enfiler un ample pantalon de yoga, un gros pull en laine et des bottines de cuir souple. Elle alla ensuite sécher ses longues boucles lustrées, mit quelques simples bijoux en or et décida de descendre jusqu'à la salle à manger de ses parents en quête d'un bon déjeuner.

En chemin, elle consulta son téléphone et vit qu'elle avait manqué un appel d'Abe. Un grand sourire fleurit sur ses lèvres à l'écoute de son message. Étrange : tout en se bichonnant, elle avait pensé à lui et à la journée qu'ils avaient passée dans son appartement. Depuis ce jour, elle avait fini par accepter beaucoup de choses, y compris ses sentiments pour son ex. Car elle en avait encore. Inutile de se mentir. Leur relation orageuse avait duré deux ans, et ils avaient connu le meilleur comme le pire. Oui, elle l'aimait encore, d'une certaine manière, mais elle ne lui pardonnerait pas sa trahison. Elle n'était plus *amoureuse* – et ça changeait tout.

Sans le savoir, Abe lui avait fait découvrir quelque chose de nouveau. Tous ses petits amis avaient été riches, bien nés, certains même célèbres comme Trenton. Ils lui avaient offert des cadeaux merveilleux, l'avaient emmenée dans les meilleurs restaurants et hôtels, n'avaient jamais regardé à la dépense. Et elle avait apprécié ça : c'était ce à quoi elle était habituée.

Mais avec Abe, elle commençait à comprendre que de simples actes de bonté pouvaient la toucher d'une manière plus intime que tout l'argent du monde. Elle aimait sa galanterie, sa bonté. Son insistance pour toujours la raccompagner jusqu'à sa voiture et lui ouvrir sa portière. Sa manière de lui préparer un petit déjeuner de pizza réchauffée. L'intérêt qu'il avait montré pour son projet et son aide. Il avait un bon œil et faisait attention aux plus petits détails… N'était-ce pas un talent précieux ?

D'ailleurs, si elle était honnête, toutes ces qualités pâlissaient, comparées à son talent au lit ! Peut-être était-ce à cause de son célibat de deux mois, mais elle avait l'impression de n'avoir jamais réagi de cette manière aux caresses d'un homme. Il ne faisait pas qu'exploiter un éventail de techniques exceptionnelles au lit. Non, chacun de ses gestes était empli de tendresse et d'affection. Il ne couchait pas, il faisait l'amour. Tous ses besoins, à elle, passaient au premier plan et il prenait le temps de les combler, patiemment…

Toutes ces pensées vinrent s'ajouter à ses autres préoccupations tandis qu'elle traversait l'immense manoir. Au fond, que lui importaient les choses qu'elle savait ou non au sujet d'Abe ? Ce n'était pas comme si elle avait l'intention de l'épouser ou de lui confier une mission confidentielle. Il n'était pas un criminel et ne cachait pas de secrets dangereux – les vérifications de sécurité l'auraient découvert. Il n'avait pas de petite amie, du moins, pas de ce côté de l'océan. Et il n'était pas athlète professionnel. C'était suffisant pour Reign.

Jake avait essayé de la mettre en garde au sujet de Trenton, mais elle ne l'avait pas écouté. À croire que l'expérience restait le meilleur des professeurs. Que les autres filles se battent pour les sportifs ! Elle avait assez donné et elle avait enfin retenu sa leçon. Il était temps d'aller de l'avant, et le meilleur moyen d'oublier un homme était d'en fréquenter un autre, comme le disait si bien sa sœur.

La salle à manger était vide. Reign poursuivit son chemin jusqu'à la serre qu'adorait sa mère et y trouva enfin une partie de sa famille. Arrivant dans le dos de son frère Jake, elle se pencha à son oreille et murmura : « Bouh ! » Il sursauta, et elle éclata de rire en s'asseyant près de lui.

— Bonjour, frérot ! dit-elle en piquant une tomate cerise au bord de son assiette. Qu'y a-t-il de bon, ce midi ?

— Quoi que tu veuilles manger, répondit-il en lui adressant un regard sévère, tu ne le trouveras pas dans *mon* assiette.

— Sasha a-t-elle prévu de descendre ?

— Non, elle est chez Val.

— Décidément, on peut dire qu'elle adore sa marraine…

— Je l'adore aussi. Sans elle, Sasha n'aurait pas emménagé à La Pointe du Sable.

— N'est-il pas temps pour vous de fonder une famille ?

— Ne t'emballe pas, petite sœur.

Elle sourit, puis jeta un coup d'œil autour d'elle à la recherche du chef qui travaillait pour la famille.

— Où est John ? demanda-t-elle avant de se servir un verre de jus d'ananas. Miam ! Les fruits ont-ils été cueillis ce matin ? Je n'ai jamais rien goûté d'aussi délicieux !

— On dirait que tu es de bonne humeur, aujourd'hui…

— Il fait si sombre, dehors, que je pensais apporter un brin de soleil dans cette journée.

Ils regardèrent tous les deux le jardin un instant.

— Les températures remontent, remarqua Jake. C'est bon signe. J'espère juste qu'il ne neigera pas.

John arriva enfin, et Reign le salua avec un grand sourire. Il lui tendit un menu et s'éloigna de nouveau.

— Sais-tu si les routes sont dégagées ? demanda-t-elle.

— Pourquoi ? As-tu prévu d'aller quelque part ?

— Peut-être bien.

— J'espère que ce n'est pas pour voir… tu-sais-qui.

— Trenton ? Certainement pas ! J'en ai fini avec lui.

— Tant mieux.

— Je sais : tu m'avais prévenue…

— Ai-je dit ça ?

— Non, mais tu l'as pensé très fort.

— Je n'ai jamais voulu te mettre des bâtons dans les roues, petite sœur. Je voulais juste te protéger. Je travaille avec des athlètes, je sais comment ils fonctionnent. Il y en a bien un ou deux qui pourraient rester fidèles, mais dans la plupart des cas, leurs groupies sont trop tentantes et trop entreprenantes pour qu'ils leur résistent.

— Je suis bien d'accord.

— En parlant de ça, as-tu vu la nouvelle ?

Reign secoua la tête et Jake soupira.

— Ça vaut sans doute mieux pour toi…

— Que s'est-il passé ?

— D'après les rumeurs, ton ex et la fille du club sortent officiellement ensemble, dit-il.

John revint avec le steak à cheval commandé par Jake. Reign opta pour une *frittata* aux légumes et des röstis de pomme de terre. Elle accepta gracieusement la salade que le chef avait préparée pour la faire patienter.

— Que penses-tu de cette affaire ? demanda Jake quand ils furent de nouveau seuls.

— Rien. Cette fille devra gérer les médias et Trenton. Je lui souhaite bien du courage…

— Je suis fier de toi, petite sœur. Tu es plus forte que je le pensais !

Après avoir profité d'un bon repas avec son frère, elle passa dire bonjour à ses parents, puis traversa le Domaine pour saluer Desmond et Ivy, ainsi que leurs enfants. Elle ne rentra dans son appartement qu'à 17 heures et se rendit compte qu'elle n'avait pas encore répondu à Abe. Elle prit son téléphone et chercha son numéro parmi ses contacts.

— J'allais t'appeler, dit-il en décrochant. Je rentre tout juste de chez Nolan. Une partie des poutres de son patio s'est écroulée à cause de la glace et je l'ai aidé à nettoyer.

— Navrée de l'apprendre. Ici, nous avons eu de la chance : il n'y a eu que quelques petites coupures de courant et un ou deux arbres déracinés.

— Tant mieux. Alors ? As-tu prévu d'accepter mon invitation à dîner ?

— Oui, mais je te préviens : ce n'est pas un rencard officiel, répondit-elle.

— Bien sûr. Il faut bien manger. Nous serons juste deux personnes en train de… combler nos appétits ensemble.

Le double sens évident de ces paroles était-il volontaire ? Ou bien se faisait-elle des idées ?

— Dans ce cas, j'adorerais dîner avec toi.

— Parfait ! Connais-tu un bon restaurant, en ville ?

Elle songea à ce que lui avait annoncé Jake. Maintenant que Trenton avait une nouvelle copine, les paparazzi allaient sans doute chercher à obtenir des commentaires de sa part et il était hors de question qu'elle entraîne Abe dans cette affaire. Très vite, un plan commença à germer dans son esprit.

— Oui, dit-elle. Je connais l'endroit idéal. Et n'aie pas peur de devoir conduire : c'est moi qui t'emmène.

Bien qu'elle n'eût jamais admis qu'elle cherchait à le séduire, ce soir, elle glissa quelques produits de beauté, de la lingerie coquine et des vêtements de rechange dans un grand sac – au cas où une tempête frapperait encore dans la soirée…

Ignorant sa collection d'escarpins à talons aiguilles, elle choisit une simple paire de baskets à semelles compensées. Elle préférait ne pas trop s'attarder sur ses tenues, quand elle passait du temps avec Abe. Certes, elle avait un faible pour la mode et s'habillait pour *se* plaire avant tout. Mais les deux années passées avec Trenton, qui ne pouvait sortir de chez lui sans être traqué par les médias, avaient été une grande source de pression. Elle ne regrettait pas cet aspect de leur relation – ou Trenton lui-même.

Elle commanda des plats dans l'un des meilleurs

restaurants de Chicago, donna à l'hôtesse l'adresse de livraison, attrapa deux excellentes bouteilles dans la cave de ses parents et prit sa voiture. Heureusement, les équipes d'entretien avaient fait du bon travail sur l'autoroute. Il ne lui fallut que vingt minutes pour arriver devant l'immeuble d'Abe dans sa Bentley immaculée. Il était temps de faire découvrir à cet homme simple le monde qu'elle connaissait…

Sans doute devait-il la guetter depuis sa fenêtre car il apparut sur le trottoir avant même qu'elle ait pu envoyer un texto pour le prévenir. Enveloppé dans plusieurs couches de vêtements, il se glissa avec maladresse sur le siège passager.

— Salut, dit-il.

— Salut ! Es-tu sûr d'avoir assez chaud ? demanda-t-elle en riant malgré elle.

— Au contraire : il fait un froid polaire !

— On a gagné six degrés depuis hier.

— On ne dirait pas, répondit-il en se frottant les mains.

Elle rit de plus belle et s'inséra dans le trafic avec aisance. Leur destination était un loft discret, dans un quartier bien plus riche de la ville. Pendant qu'elle conduisait, Abe admira l'intérieur de la voiture et passa la main sur le tableau de bord épuré.

— C'est très beau.

— Merci. Es-tu déjà monté dans une Bentley ?

— Oui.

Intriguée, elle attendit qu'il lui donne des détails, mais voyant qu'il se taisait, elle n'insista pas. Le mauvais temps avait découragé les conducteurs, et les rues étaient moins encombrées que d'habitude. Très vite, elle ralentit et se gara devant un immeuble imposant, tout près de la célèbre Lakeshore Drive. Abe parut étonné.

— Le restaurant est ici ?

— Je l'ai fait venir à nous. Viens, entrons. Notre repas ne devrait pas tarder à arriver.

Le portier vint leur ouvrir et les salua. Reign lui confia ses clés de voiture, reçut un ticket en échange, puis alla récupérer son cabas dans le coffre sous le regard médusé d'Abe.

— Je ne comprendrai jamais pourquoi les femmes ont besoin d'aussi grands sacs à main.

— Nous sommes comme les scouts : toujours prêtes !

— Pardon ?

— Laisse tomber. Allons nous mettre au chaud.

Ils se précipitèrent à l'intérieur, traversèrent l'élégant hall et rejoignirent directement l'ascenseur. Reign tira une carte magnétique de son sac et activa l'écran de commande numérique. La porte se referma sur eux et la cabine monta rapidement jusqu'aux derniers étages.

Abe ne dit rien tandis qu'ils longeaient un couloir recouvert d'une épaisse moquette. Reign s'arrêta devant l'une des portes et se servit de la même carte pour la déverrouiller. Adressant un clin d'œil à Abe, elle ouvrit et le précéda dans l'élégant salon dont les baies vitrées offraient une vue imprenable sur la ville bordée par le lac Michigan.

Reign abandonna son sac sur l'un des deux canapés et observa Abe explorer la pièce. Il s'approcha d'une des fenêtres et plaça une main sur le verre tout en contemplant le paysage. En dépit des lourds nuages gris qui encombraient le ciel, la cité brillait de tous ses feux, entourée par la masse noire et immobile du lac.

Elle le rejoignit et, remarquant soudain son air soucieux, posa une main sur son épaule.

— Abe ? Quelque chose ne va pas ?

— Je croyais que tu vivais à La Pointe du Sable, dit-il sans la regarder.

— Oui.

— Et cet appartement t'appartient aussi ?

— Non, il est à Victor, mon beau-frère, mais celui-ci habite avec ma sœur Maeve depuis leur mariage. Comme le loft est bien placé, il l'a gardé : c'est un investissement et c'est pratique quand un membre de la famille doit passer la nuit en ville. Parfois, il le loue à des hommes d'affaires étrangers qui viennent séjourner à Chicago.

Abe ne desserra pas les dents. Reign lui prit les bras et les plaça autour de sa taille avec douceur.

— Détends-toi, murmura-t-elle en l'embrassant. Personne ne va nous mettre à la porte.

Au même instant, la sonnette retentit.

— C'est le repas. J'espère que tu as faim, dit-elle en déposant un nouveau baiser sur ses lèvres avant de lui caresser les fesses. Pour ma part, je suis affamée et tu as l'air si délicieux…

On sonna une seconde fois et elle quitta Abe le temps de récupérer leur dîner. Décidément, le loft semblait le mettre assez mal à l'aise… Mais ça ne l'inquiétait pas beaucoup. Si elle manœuvrait bien, ils se retrouveraient très vite nus et trop occupés pour penser à autre chose !

- 12 -

Abe poussa un profond soupir tendu. L'arrivée du livreur lui accordait au moins un bref répit – et il en avait besoin pour mettre de l'ordre dans ses pensées erratiques. Il n'avait pas envisagé d'avouer son secret à Reign dans un tel décor. Il avait imaginé un endroit public, où elle aurait été obligée d'accepter la nouvelle calmement, sans faire de vagues. Pas cet appartement huppé et intime, ce nid d'amour. De toute évidence, elle avait prévu de passer la nuit avec lui. Hélas, il avait une mission bien plus importante à accomplir d'abord. Lui dire toute la vérité à son sujet.

— Abe ! Viens m'aider à mettre la table !

Il se retourna et vit qu'elle portait deux grands sacs dans la salle à manger. Un parfum délicieux flotta jusqu'à lui quand il la soulagea d'une part de son fardeau.

— On dirait que tu as commandé assez de nourriture pour tout l'immeuble.

— J'avais faim… Je me suis peut-être laissée aller, répondit-elle avant d'indiquer la cuisine d'un signe du menton. Les assiettes et les couverts sont dans un des placards. Je te laisse chercher. Fais comme chez toi.

Il essaya de se détendre en l'aidant à mettre la table. Imaginer le pire ne servait à rien. Peut-être allait-elle se montrer compréhensive, surtout quand il lui dirait que son plan avait marché et qu'elle avait décroché le gros lot. De plus, il avait toute la nuit devant lui pour se dévoiler. Par contre, le dîner n'attendrait pas aussi longtemps. D'ailleurs, l'ambiance pourrait servir sa cause. Il avait beau tout faire pour paraître « normal », il était secrètement heureux de pouvoir prolonger un peu sa plongée dans l'univers qui lui était familier depuis sa naissance, après son séjour à l'hôtel Baccarat, au centre de New York. Bien décidé à profiter de l'instant présent, il revint dans la salle à manger et entreprit de savourer cette soirée préparée avec soin par Reign. Il posa les assiettes sur la table et l'enlaça par-derrière.

— C'est vraiment gentil d'avoir fait tout ça, bébé. Désolé d'avoir eu l'air bizarre, tout à l'heure.

Elle se retourna pour passer les bras autour de son cou.

— Je suis soulagée que ça aille mieux. Je commençais à me demander, si…

Cette fois, il prit les devants. Enveloppé par son parfum, il l'embrassa sur la tempe, la joue, dans le cou, et goba ses lèvres gourmandes. Le pull qu'elle portait n'était pas assez épais pour cacher ses tétons tendus. S'il continuait à l'embrasser comme ça, il finirait par avoir le même problème dans son pantalon… Craignant de déclencher le feu d'artifice trop tôt, il déposa un dernier baiser au bout du nez de Reign et s'écarta.

— Ce repas sent délicieusement bon.

— Il vient d'un restaurant que j'ai découvert lors d'un déjeuner d'affaires : un mélange de cuisine créole et italienne. J'en ai gardé un délicieux souvenir.

Elle commença à ouvrir les boîtes.

— Le plat que j'avais pris est celui-ci : crevettes et langoustines au cognac. J'ai aussi commandé leur trio de homard, crevettes et crabes. Veux-tu attraper une bouteille de vin dans mon sac, près du canapé, et nous servir un verre ?

— Bien sûr.

Abe obéit. Le vin venait des vignobles Drake, à Temecula, Californie. Il n'en avait jamais entendu parler, mais fit confiance au goût de Reign et alla chercher un tire-bouchon ainsi que deux verres à pied dans le bar. Il la rejoignit ensuite près de la table, à présent couverte d'une pléthore de plats – dont de la salade César, des sortes de nems au saumon et d'épaisses tranches de pain encore tièdes.

Après avoir rempli leurs assiettes, ils décidèrent d'abandonner la salle à manger, trop formelle, et de manger devant la cheminée, allumée grâce à un simple bouton, et qui flambait à présent doucement. Avant de s'asseoir sur le canapé, Reign alla actionner un panneau de commandes électroniques habilement dissimulé dans la cloison et, très vite, les accords sensuels d'une musique néo-soul réchauffèrent l'atmosphère. En quelques minutes, le vin fit de même.

Ils ne parlèrent pas, d'abord, trop occupés à savourer leur délicieux dîner. Après avoir goûté à chacun des plats, Abe reposa son assiette, prit son verre, et observa Reign tandis qu'elle dévorait avec un appétit féroce.

— Quoi ? demanda-t-elle quand elle surprit son regard.

— Je me disais juste que ton prénom te va très bien.

— Merci.

— J'imagine qu'une histoire se cache derrière…

— C'est vrai.

Elle but une gorgée de vin et expliqua :

— C'était une idée de ma grand-mère. Elle s'appelait Myrna. Ma mère se nomme Mona et ma sœur, Maeve.

Pour entretenir la tradition, maman avait prévu de me baptiser Monica, en hommage à une chanteuse qu'elle aimait beaucoup à l'époque.

— Que s'est-il passé ?

— Une nuit, avant ma naissance, ma grand-mère a fait un rêve et, le lendemain, elle a dit à maman qu'elle m'avait vue adulte, coiffée d'une tiare. Elle pensait que Mona devait choisir un autre nom pour moi. Elle a suggéré Princess, mais mes parents trouvaient ça niais et ont opté pour Reign.

— L'imagination est un trait de famille, apparemment.

Ils se laissèrent aller au fond du divan, plongeant de nouveau dans le silence. Ils avaient trop mangé pour envisager de prendre un dessert, se resservirent un peu de vin et profitèrent simplement du silence. Abe avait posé les pieds sur le plateau de la table basse et Reign avait étendu ses jambes en travers des siennes.

— T'ai-je déjà remerciée pour avoir préparé cette soirée ?

— Je crois, mais tu peux recommencer. Ça ne fait jamais de mal, répondit-elle.

Il retira l'une de ses chaussettes épaisses et commença à lui masser le pied.

— Merci, Reign. Tu es une femme extraordinaire et j'apprécie énormément ta compagnie.

— Je t'apprécie aussi.

De nouveau, un silence confortable les enveloppa tandis qu'ils sirotaient leur vin en écoutant la musique. Abe abandonna le premier pied de Reign pour s'occuper du second. Au bout d'un moment, elle le surprit en glissant ses orteils jusqu'à son entrejambe pour le caresser.

Il se tourna un peu, pour mieux la laisser faire et reprit son verre.

— Parlons un peu de ta vie sentimentale…

— Il n'y a pas grand-chose à en dire, murmura-t-il en haussant les épaules, tandis que les visages des fiancées potentielles approuvées par sa mère défilaient devant lui. Nolan me fait trop travailler pour que je puisse penser à ça.

— Et chez toi ?

— Je suis sorti avec quelques femmes, mais ça n'a jamais été très sérieux.

— Je devine qu'une ou deux d'entre elles l'ont regretté.

Oui… ou vingt, songea-t-il.

— Avec ce regard et ce sourire, tu as dû semer des cœurs brisés dans tout le Ghana.

Abe ne répondit pas et but une nouvelle gorgée de merlot. Non seulement il était excité, mais il se sentait aussi piégé et un peu ivre. C'était une combinaison très dangereuse.

— D'un autre côté, j'aurais dû me douter que tu étais seul, en ce moment. Peu de femmes apprécient de voir leur homme s'absenter de la maison pendant des mois, même pour une bonne raison.

— Je te crois sur parole.

— Quel âge as-tu ?

— Vingt-huit ans.

— Les hommes ont la belle vie, soupira-t-elle. Vous pouvez rester célibataires jusqu'à cinquante ou soixante ans sans renoncer à avoir des enfants…

Certains hommes le faisaient peut-être, mais pas lui. Néanmoins, au lieu de dire ça, il répondit en souriant :

— J'aurais honte de ne pas encore avoir trouvé d'épouse à soixante ans !

— Je te comprends ! As-tu déjà eu une relation sérieuse ?

— Je suis resté avec la même fille pendant toutes mes années de fac.

— Que s'est-il passé ? Et oui : je suis curieuse !

— Elle voulait fonder une famille, et se marier avec un homme capable de l'entretenir. Je ne savais pas encore quelle carrière j'allais embrasser et elle n'avait pas envie d'attendre que je me décide.

— Est-elle mariée, maintenant ?

— Oui, avec un type qu'elle a rencontré une semaine après notre rupture. Ils vivent à Londres et ont trois enfants.

— Regrettes-tu de ne pas l'avoir épousée ?

— Je m'interroge, parfois, dit-il honnêtement. Mais je n'étais pas encore prêt pour le mariage, à l'époque.

— Et maintenant ?

— Je pourrais me rendre à l'autel, avec la bonne personne.

Le regard qui accompagna ces mots fit naître un frisson le long du dos de Reign. L'intensité et la sincérité qu'elle lut dans ses yeux la poussa à s'imaginer dans une robe blanche, remontant des rangées de sièges pour rejoindre cet homme. Mais elle chassa bien vite cette image. Elle venait de mettre fin à une relation malsaine et, si elle était prête à passer la nuit avec un autre homme, elle n'avait pas envie d'aller plus loin. Pas encore.

Elle se pelotonna contre lui, appréciant la chaleur de son bras autour de ses épaules.

— Quel est ton genre de femme ?

— Ton genre, répondit-il.

Elle redressa vivement la tête et vit qu'il semblait aussi surpris qu'elle par cet aveu.

— Ce n'est pas une invitation, précisa-t-il, mais… j'aime beaucoup ce que j'ai découvert sur toi, pour l'instant.

— Oui, *pour l'instant*. Tu ne sais presque rien de moi.

— Je sais au moins que tu es intelligente et belle.

— J'apprécie que tu aies placé l'intelligence en premier.

— Tu es aussi passionnée et sociable. Tu te soucies des autres…

— Comment le sais-tu ?

— Je t'ai vue avec Lilah, à l'école.

— Oh. C'est vrai.

Elle se redressa et récupéra son verre sur la table basse.

— Tu es très observateur.

— J'aime étudier les gens. Et toi ? demanda-t-il après une courte pause. Quel est ton genre d'homme ?

— Je ne cherche pas de copain pour l'instant. Mais…

Elle caressa le torse musclé d'Abe.

— Pour répondre à ta question, j'aime les hommes qui s'entretiennent. Les hommes sûrs d'eux, gentils et compréhensifs. Les hommes intelligents, déterminés et stables financièrement. Bref, ceux qui peuvent m'aimer pour ce que je suis, sans chercher à profiter de mon statut.

— Quelqu'un qui tombe amoureux de toi et pas de tout ce que tu possèdes ? demanda-t-il.

Elle hocha la tête.

— Oui, tout à fait.

De nouveau, il fut traversé par un besoin urgent de lui avouer toute la vérité ; mais la peur retint sa langue. Il était presque certain que ses sentiments pour Reign étaient partagés. Les choses changeraient-elles, si elle apprenait qui il était réellement ? Se laisserait-elle influencer par la douleur qu'un autre homme lui avait fait subir ? Il détestait l'idée de lui mentir, mais restait certain qu'elle comprendrait, une fois qu'elle serait amoureuse de lui. Elle était intelligente et, comme lui, aussi riche que célèbre. Elle saurait pourquoi il avait choisi de lui cacher son identité.

— Je suis désolé que ton ex t'ait fait tant de mal, dit-il. Tous les athlètes ne sont pas des salopards, tu sais.

— Oui, j'en connais qui restent loyaux, mais ils sont rares. De toute manière, tu n'as pas à t'en faire pour moi : mon aversion pour les sportifs ne s'étend pas aux techniciens de surface qui enseignent le football à des petites filles !

Abe la serra plus fort dans ses bras et embrassa ses cheveux pour camoufler le dilemme qui devait se lire sur son visage.

— Tant mieux.

— Ta barbe me chatouille ! Je voulais déjà te le dire l'autre soir, quand nous avons… tu sais.

Il caressa instinctivement son menton. Il avait eu envie de se raser dès l'instant où sa barbe avait commencé à pousser.

— Tu sais, tu n'es pas vilain du tout.

— Oh ! merci ! gloussa-t-il.

— Si tu te rasais, ça mettrait tes yeux et tes lèvres sexy en valeur. Tu deviendrais un vrai tombeur.

— Et si j'en crois ce qui s'est passé l'autre soir, je me débrouille déjà assez bien de ce côté-là, non ?

Elle lui donna une tape amusée dans le bras.

— Peut-être, mais j'ai bien l'intention de t'aider à t'améliorer.

Tout en parlant, elle se redressa et ôta son pull pour dévoiler sa poitrine généreuse retenue par un soutien-gorge en dentelle blanche.

— Reign… Il y a une chose que tu devrais savoir…

— Quoi ? demanda-t-elle en le dégrafant. Es-tu un tueur en série ?

— Non.

Ses seins étaient si parfaits qu'il ne put s'empêcher de les saisir à pleines mains.

— Un braqueur de banques ?

Il secoua la tête.

— Tu n'es pas un sportif.

— Plus maintenant, mais…

— Pas de « mais » ! coupa-t-elle en se levant pour ôter son pantalon, dévoilant un string qui ne cachait rien de ses fesses ravissantes, avant de se rasseoir. Jouer au foot à l'école ne compte pas. Je sais que tu n'étais pas tout à fait sûr de toi, l'autre soir, mais… j'ai envie de toi.

— Reign.

Sans le quitter des yeux, elle ouvrit sa braguette et posa la main sur son entrejambe.

— Bébé… Tu me rends fou.

— Je suis une grande fille, et je sais ce que je veux. Je sais aussi que tu n'es que de passage dans la région, que cette aventure n'est pas destinée à durer. En toute honnêteté, je trouve ça assez libérateur. Au moins, je n'ai pas à me préoccuper de l'avenir ou à craindre de te revoir une fois que ce sera fini. Je t'apprécie. Si j'en crois ce que je sens dans ton boxer, c'est réciproque. Nous n'avons pas envie de nous engager sur le long terme, donc nous sommes sur la même longueur d'onde. Ça me suffit. Maintenant, sers-toi de tes lèvres pour faire autre chose que parler.

Elle caressa son sexe de plus en plus dur, mais Abe saisit vite sa main pour prendre les commandes. Il se laissa glisser du canapé, souleva un des pieds de Reign et le massa longuement. Puis il passa à l'autre. Elle se cala un peu plus contre les coussins et murmura :

— Abe, c'est si bon…

Il poursuivit son ouvrage – jambes, cuisses, ventre, seins, cou – sans parler. Enfin, il prononça deux mots.

— Retourne-toi.

L'autorité d'Abe excita Reign. Elle obéit sans protester, attrapa un coussin et le cala sous son buste. Pendant quelques secondes, il ne se passa rien. Elle imaginait Abe en train d'admirer son corps nu et en eut la chair de poule. Elle perçut un mouvement et sentit ses lèvres chaudes sur sa fesse. D'autres baisers suivirent, puis de longs coups de langue le long du sillon. Sexuellement libérée, Reign adorait ce genre de pratiques coquines. Elle remua les hanches et deux mains fortes limitèrent ses mouvements – mais pas longtemps. Il écarta ses fesses et l'embrassa là. Ce fut un véritable coup de tonnerre. L'orgasme éclata comme un feu d'artifice.

Encore tremblante, elle sentit qu'Abe retirait son string et la retournait pour la pénétrer après avoir enfilé un préservatif. Il décida du rythme. Elle passa les bras autour de son cou, emportée par la puissance de ses coups de reins et complètement offerte. Elle bougeait aussi, ondulant pour mieux sentir son membre en elle, et l'embrassa avec une fièvre qu'elle ne parvenait plus à contrôler.

Ils passèrent dans la chambre, essayèrent de nombreuses positions. Pendant tout ce temps, le sexe d'Abe resta ferme et tendu. Il ne perdit pas sa concentration, la pénétra de plus en plus profondément. Enfin, ses gestes accélérèrent, un gémissement franchit ses lèvres et il tressaillit sous la puissance de son orgasme avant de se laisser tomber sur les draps, serrant Reign contre lui.

— As-tu aimé cette conversation ? demanda-t-il quand il eut repris son souffle.

— Quelle conversation ?

— Tu voulais que je me serve de mes lèvres d'une autre manière… Ai-je réussi ?

Elle rit et se tourna pour l'embrasser.

— Laisse-moi y réfléchir un peu…

Allongé sur le dos, les yeux au plafond, Abe caressa les cheveux de Reign, songeur. Il avait juste voulu mieux la connaître, et elle était là, dans ses bras. Comment était-ce arrivé ? Pourquoi était-ce si bon ? Qu'allait-il se passer quand il lui dirait la vérité ? Car il devait le faire. Elle avait juré de ne plus sortir avec un athlète, et il en avait été un. Le fait qu'il ait pris sa retraite changerait-il quoi que ce soit ?

Il n'avait jamais été peureux, mais cette discussion à venir le terrifiait. Reign pourrait très bien décider de le quitter. Ils ne se connaissaient peut-être pas depuis longtemps mais, déjà, il n'imaginait plus une vie sans elle. Leur flirt délicieux risquait bien de se transformer en cauchemar…

Ce soir-là, Abe eut du mal à trouver le sommeil.

- 13 -

Abe était un amant merveilleux. Reign n'avait pas l'habitude de comparer les hommes avec qui elle sortait, mais elle était certaine qu'il se situait au sommet de l'échelle. On répandait des milliers de rumeurs au sujet des grands athlètes et de leurs prouesses sexuelles, en se basant sur leurs exploits professionnels et leur virilité naturelle. Abe n'était pas l'un d'entre eux, et pourtant, il avait la même confiance tranquille. Il était attentionné, préférait donner que recevoir. Reign s'était juré de ne plus avoir de relation sérieuse et elle n'avait pas prévu d'éprouver des sentiments pour lui… Cependant, quelque chose lui murmurait que l'on ne rencontrait pas un homme comme Abe tous les jours. Et il avait l'air de vouloir passer à la vitesse supérieure. Il aurait été stupide de ne pas *réfléchir* à l'éventualité d'une liaison plus longue. C'était pourquoi, aujourd'hui, une semaine après leur rendez-vous dans le loft de Victor, elle avait demandé à Maeve, Avery et Sasha de la rejoindre au country club de La Pointe pour discuter.

— Je l'apprécie vraiment, admit-elle, presque incrédule. Je sais que c'est de la folie. Il vient d'un autre pays et je ne le connais pas vraiment. Il ne ressemble pas à mes ex… Nous ne sortons pas ensemble, bien sûr !

— Bien sûr, répéta Maeve d'un air peu convaincu.

— Du moins, ce n'est pas comme ça que je vois les choses, mais pour être honnête…

— Oui, sois honnête, l'encouragea Avery.

— Il m'a impressionnée dès l'instant où je l'ai vu. C'est un travailleur, un homme de ménage, mais il se dégage de lui une telle fierté, une telle élégance. Je ne prétends pas que mes ex étaient mauvais… pour la plupart, mais le rencontrer au moment où j'ai découvert que Trenton est un salaud m'a poussée à faire quelques comparaisons. Abe m'a fait comprendre ce qu'est un vrai homme.

— Attention, frangine, murmura Maeve en piochant dans le plateau d'amuse-bouches, tu as l'air d'une femme en train de tomber amoureuse. Et nous savons toutes qu'il est trop tôt pour ça, après ce qui t'est arrivé.

— Les romances-pansement ne sont jamais une bonne idée, abonda Sasha.

— Je ne parle pas d'amour, mais c'est vrai que j'ai des sentiments pour lui. Il m'attire. Je n'y peux rien. Et j'ai envie de continuer à le voir.

— C'est ta vie, ton bonheur. Tu es adulte. Bien sûr, nous avons un avis sur la question, mais le choix te revient. À toi de savourer cette liaison comme tu le souhaites…

Durant le mois qui suivit, Reign n'oublia pas ce dernier conseil de sa sœur. Elle profita à fond de l'instant présent. *Carpe diem !* Plus d'une fois, Abe tenta d'avoir une conversation sérieuse avec elle, de s'ouvrir comme elle le lui avait demandé au début, mais elle ne ressentait plus ce besoin pressant de connaître sa vie. Son passé n'avait plus d'importance – et elle le lui dit.

Elle s'amusa beaucoup à lui montrer Chicago, redécouvrant à travers lui un décor qui lui était familier depuis sa naissance. Elle se rendit aussi compte que sa vie dans les hautes sphères avait été isolée, protégée, et Abe lui permit de découvrir une autre manière d'exister. Elle n'avait connu que sièges de première classe, accès VIP et tribunes privées dans les stades ou les salles de concerts. Abe, lui, ne voulait rien de tout ça et résistait dès qu'elle tentait de le faire pénétrer dans son monde.

— J'aime notre vie simple, disait-il. Tu représentes tout le glamour et l'aventure dont j'ai besoin.

Grâce à lui, elle découvrit le Chicago des classes moyennes, les places de cinéma à cinq dollars, les cafés-spectacles de quartier et les petits restaurants bon marché, témoins de la diversité ethnique de la ville. Reign admira les trésors des serres de Garfield Park, une sortie qui ne coûtait presque rien. De son côté, Abe surmonta sa peur du vide en gravissant la Willis Tower. Et, le soir, ils se retrouvaient dans un lit pour faire l'amour…

Deux mois après le début de leur histoire, l'ombre laissée par la trahison de Trenton se dissipa. La vie était belle. Reign parvint à sourire et rire de nouveau. D'ailleurs, Abe était le principal responsable de ce changement, même si leur liaison n'était pas faite pour durer. Ils venaient de mondes différents, après tout… Ils aimaient être ensemble. Pour l'instant, c'était tout ce qui la préoccupait. Mais son cœur chantait un autre air. Tout comme celui d'Abe, apparemment.

— Bonjour, ma reine, murmura-t-il un matin pour la réveiller.

Elle sourit et se pelotonna dans ses bras, les yeux clos.

— Bonjour, mon roi.

Elle gloussa, comme une ado amoureuse pour la première fois. Plus jeune, elle n'avait pas aimé son prénom et aurait préféré quelque chose de plus simple. Abe était le premier à rendre ce nom spécial, comme si elle était vraiment membre d'une famille royale. Il l'embrassa sur le front et elle soupira.

— Que veux-tu faire, aujourd'hui ?

Elle sentit Abe se caler un peu plus contre elle. On était samedi, et c'était la première fois qu'ils pouvaient s'autoriser une grasse matinée depuis qu'il avait accepté à contrecœur d'enseigner le football à mi-temps. Ils s'étaient réveillés tôt, avaient fait l'amour, puis s'étaient rendormis avec bonheur. À présent, le soleil se reflétait sur la neige fraîchement tombée – aussi inattendue en mars que la tempête de glace qui s'était abattue en février. Il faisait froid, dehors, mais ici le corps d'Abe était chaud, réconfortant, sexy. Plaquée dos à lui, elle se frotta lentement contre son bassin et il la serra plus fort. En dépit d'un emploi du temps chargé, elle aurait adoré passer la journée au lit, avec lui.

— Après la catastrophe de la sortie roller de la semaine dernière, je refuse de recommencer, dit-il en riant.

— Tu t'en es bien tiré, pour une première fois, répondit-elle avec malice. Grâce à ce corps si musclé…

Elle se tourna face à lui et caressa son torse.

— J'ai toujours eu un bon équilibre.

— Tu es doué pour les sports. Tu aurais sans doute pu passer pro, si tu l'avais voulu.

Le visage de Trenton se dessina devant ses yeux et elle soupira, heureuse qu'Abe ne soit pas un athlète, qu'il n'ait pas connu ce monde carnassier et ultra-compétitif.

— Il fait encore trop froid pour rester en plein air.

— Peut-être le mois prochain, concéda-t-elle. Tu n'as toujours pas assisté à l'un des brunchs du dimanche de mes parents. Toute ma famille veut te rencontrer et commence à avoir des soupçons, tu sais.

— Je viendrai demain.

— Vraiment ?

— Si c'est ce que tu veux.

— Mmm… Et es-tu prêt à faire *tout* ce que je veux ?

Son regard se fit plus intense.

— Tout ce qui est en mon pouvoir, répondit-il.

Le lendemain fut un dimanche normal au Domaine Eddington. Reign joignit sa famille et leurs amis pour le brunch traditionnel donné dans la serre qu'adorait Mona. L'ambiance resta festive, en dépit des gros flocons qui tombaient sur le jardin. Reign constata avec plaisir qu'elle avait été placée à la table d'Avery, de sa collègue Willow et de Quinn, leur amie restauratrice. L'agréable conversation lui fit presque oublier qu'Abe n'était toujours pas arrivé. Avait-il changé d'avis au dernier moment ?

Elle sirota son verre de jus d'orange frais tout en pensant à lui. Il était toujours une énigme pour elle et elle avait du mal à comprendre ce qui le rendait si spécial à ses yeux. Il était mignon, bien sûr. Et gentil. Et intelligent…

Mais le monde de Reign était déjà rempli d'hommes honnêtes et assez sexy pour figurer sur la couverture d'un magazine. Elle était même sortie avec certains des plus beaux spécimens de la planète – y compris Trenton. Qu'avait donc Abe de si différent, pour occuper à ce point ses pensées ? Elle chassa bien vite cette question. Puisqu'elle ne cherchait pas à vivre une relation sérieuse, ça n'avait pas d'importance. Elle profitait juste de chaque journée, en se laissant porter par le courant ; et ça lui convenait très bien.

Enfin, Abe arriva. Il semblait sûr de lui, en dépit de sa tenue très sobre et du malaise qu'il devait ressentir, au milieu de cette foule si huppée. Malgré tout, il avait presque l'air d'avoir sa place ici et Reign sentit son cœur s'emballer quand il lui sourit. Elle de dépêcha d'aller l'accueillir.

— Tu es venu !

— Oui, malgré la neige, répondit-il en examinant la salle. Cette maison est magnifique.

— Merci. As-tu eu des soucis avec le gardien ?

— Non, grâce à toi. Il a accepté mon visa sans sourciller.

— Et ton passeport, ajouta-t-elle.

— Je ne sais plus où je l'ai mis. Mais puisque tu lui avais parlé de moi, il n'a pas demandé d'autre pièce d'identité.

— Tant mieux.

Elle lui prit le bras pour le conduire au buffet, étrangement heureuse. Elle le laissa remplir son assiette et le guida à la table d'Ivy plutôt qu'à la sienne, pour lui épargner les plaisanteries plus ou moins subtiles de ses amies.

— J'espère que tu as faim. John, notre chef, s'est surpassé, aujourd'hui.

Il s'assit près de sa cliente en souriant.

— Bonjour, Ivy !

— Bonjour, Abe. Je suis contente de te voir. Voici mon mari, Desmond.

Les deux hommes se serrèrent la main.

— Desmond est mon grand frère, expliqua Reign. Il est vice-président de notre entreprise et s'occupe de nos nouveaux produits, en particulier notre cryptomonnaie : E-Squared. Connais-tu ces choses-là ?

— Oui, un peu…

— Dans ce cas, tu devrais lui montrer notre appli, Des !

— Je ne suis pas sûr d'avoir assez d'argent pour ça.

— Bien sûr que si ! répondit Desmond. Il suffit de cent dollars pour investir dans E-Squared.

Reign admira son frère plus que jamais, en cet instant. Il traitait Abe et ses cent dollars avec autant d'égards qu'un millionnaire…

— En fait, Abe travaille dans nos locaux, dit-elle. Il fait partie de la nouvelle équipe de ménage.

Très vite, l'autre frère de Reign, Jake, et son meilleur ami Cayden, le mari d'Avery, les rejoignirent. Les hommes se mirent à parler de sport, tandis que les femmes discutèrent du programme de mentorat qu'Ivy comptait mettre en place dès l'été. Reign fit de son mieux pour participer, mais elle n'arrivait pas à quitter Abe des yeux. Il parlait peu mais semblait à son aise – non pas que cela eût de l'importance, puisqu'il ne resterait pas longtemps à Chicago !

— C'est bizarre. Tu me rappelles vraiment quelqu'un, Abe, dit finalement Jake en repoussant son assiette.

— Qui ? demanda-t-elle, surprise.

— Je ne sais pas, mais je n'oublie jamais un visage. Je suis sûr de t'avoir déjà vu !

Abe haussa les épaules.

— On dit que nous avons tous un sosie, dans le monde.

— Il travaille à la fois dans mon école et tes bureaux, suggéra Ivy. Tu as dû le croiser là, c'est tout.

— Peut-être.

Jake continuait à dévisager Abe, qui semblait de plus en plus mal à l'aise. Reign finit par lui donner une bourrade.

— Bon sang, Jake ! Arrête un peu ton cinéma !

— Désolé. Je ne voulais pas être impoli. D'où viens-tu ?

— Du Ghana.

— Ah, j'y suis allé il y a quelques années. C'est joli.

Abe se détendit enfin en lui parlant de son pays. À l'arrivée des desserts, les groupes commencèrent à se mélanger, et Reign en profita pour présenter son ami à ses parents et à Maeve. Il fut poli, mais l'attira rapidement à l'écart pour lui annoncer qu'il devait partir.

— Merci d'être venu, dit-elle en le raccompagnant.

— Merci de m'avoir invité.

— J'espère que Jake ne t'a pas rendu trop nerveux. Il fait toujours ce genre de choses.

— Il te protège, comme je le fais avec ma sœur Rhianna.

— J'adorerais rencontrer ta famille, un jour. Je viendrai peut-être te voir au Ghana, qui sait ?

Abe sourit, l'enlaça et s'en alla assez vite. Reign fut étrangement triste de le voir partir. C'était un homme bien, et sa future épouse aurait de la chance… Mais elle ne pouvait pas se laisser aller à la mélancolie. Elle ne cherchait *pas* à se marier.

- 14 -

Abe n'avait qu'une idée en tête lorsqu'il quitta le manoir Eddington : dire la vérité à Reign. Tout de suite. Quand Jake avait failli le reconnaître, il s'était cru perdu et avait eu du mal à soutenir son regard. Son métier l'entraînait dans le monde du sport professionnel. Si le football n'était pas très populaire aux États-Unis, un homme comme Jake devait néanmoins se tenir au courant – et Abe n'avait pris sa retraite que deux ans plus tôt. Le frère de Reign *pouvait* l'avoir vu jouer. Qu'aurait-il fait, si on lui avait clairement demandé s'il avait été sportif, par le passé ? Jamais il n'aurait pu mentir à la famille de Reign. Il aurait été obligé de tout avouer, et la situation aurait été très gênante pour tout le monde. Les soupçons de Jake et la future campagne publicitaire pour leur nouvelle boisson sur laquelle son visage allait s'afficher l'obligeaient à parler. Pourvu que Reign comprenne…

Il mit du temps à rentrer à Chicago, sous la neige épaisse, mais il s'en moquait. Bien à l'abri dans son modeste Ford Explorer, il put presque oublier quels choix drastiques l'attendaient. Il alluma la radio et fit de son mieux pour se détendre au son de la musique classique. Alors que ses muscles tendus se relaxaient enfin, son téléphone sonna.

Ce n'était pas sa mère, cette fois, mais son grand frère.

— Bonjour, frangin, dit-il dans leur langue natale.

— Salut, gamin, répondit Danso.

Abe sourit. Son frère n'avait que trois ans de plus que lui, mais il était ce que l'on appelait une « vieille âme », chez eux, et avait toujours traité Abe avec une affection presque paternelle. Ils étaient proches depuis leur enfance. Danso était très traditionnel, faisant ce que l'on attendait de lui sans discuter. Abe, lui, était un rebelle et suivait ses propres règles. Néanmoins, il admirait son aîné. Brillant stratège, homme de principes, terre à terre et juste, Danso avait toutes les chances de devenir un excellent président au Ghana. Et, plus important encore, il le soutiendrait toujours.

— Comment se passe ta vie en Amérique ?

— C'est… différent, répondit Abe avec sincérité.

— J'avoue que je ne comprends pas pourquoi tu y restes si longtemps, mais je ne te gronderai pas. J'imagine que papa et maman s'en chargent déjà…

— Tu sais qu'ils adorent tout régenter. Malgré tout, je n'ai pas eu de leurs nouvelles, ces derniers jours. Sans doute ont-ils enfin compris que je suis adulte.

— Ils ont décidé d'être plus *spontanés* et de prendre des vacances jusqu'à la semaine prochaine, déclara Danso.

— Ça ne leur ressemble pas ! Surtout avec la maladie de *kbaba*. Comment va-t-il, grand frère ? Dis-moi tout.

Danso parut hésiter un instant.

— Les perspectives ne sont pas bonnes, dit-il enfin.

Un silence tomba entre eux. Leur grand-père était leur héros, un trésor vivant aux yeux de leur patrie.

— Dois-je rentrer ?

— Pour faire quoi ? T'inquiéter avec nous ? *Kbaba* a surtout besoin de bonnes nouvelles, de savoir que tu seras un atout pour la firme et de te voir marié.

— Où sont partis nos parents ? demanda Abe, pressé de changer de sujet.

— Je ne leur ai pas parlé. C'est Rhianna qui m'a appris leur voyage, et elle ne sait pas tout. Ils peuvent être en Suisse, pour skier, ou en train de faire du shopping à Paris.

— Au moins, ça les occupe et ça empêche maman de s'intéresser de trop près à ma vie…

— Oui, gloussa Danso. Ton rapport nous a impressionnés. La boisson énergétique dont tu nous as parlé semble prometteuse. Papa n'a rien dit, mais je suis sûr qu'il commence à voir ta valeur en dehors d'un terrain de foot.

— C'est une bonne nouvelle.

— Mais ne crois pas avoir réussi à détourner la conversation, petit frère. Il paraît que tu envisages de te trouver une fiancée américaine.

— Comment le sais-tu ?

— Ce n'est pas un secret. Maman est hors d'elle. *Kbaba* ne vivra pas éternellement et, puisque tu dois être marié pour toucher ta part de l'héritage, elle tient à te voir fiancé avant la fin de l'année faute de quoi elle arrangera ton mariage elle-même. Tu devrais envisager de faire ta demande très vite…

— Si maman avait son mot à dire, j'aurais déjà une épouse. Elle me croit incapable de me décider et sélectionne des prétendantes comme si elle choisissait des vêtements !

— Ce n'est pas très différent, au fond.

Abe faillit protester, puis il entendit son frère rire.

— J'ai rencontré quelqu'un, avoua-t-il.

Il n'avait pas prévu d'en parler et le regretta tout de suite. Sa mère avait été choquée d'apprendre qu'il envisageait de faire sa vie avec une Américaine, et Danso serait sans doute gêné aussi.

— Une femme de là-bas ?

— Oui.

— Parle-moi d'elle.

Malgré lui, Abe lui raconta tout, jusqu'au dilemme qu'il affrontait maintenant à l'idée de dire la vérité à Reign.

— Elle n'est pas du Kutoka, mais elle est unique et je pense qu'elle pourrait être la bonne.

— Dans ce cas, fais ce qui est juste, petit frère. Et vite. Tu dois lui expliquer qui tu es et prier pour qu'elle l'accepte.

— Elle a juré de ne plus sortir avec un athlète !

— C'est un problème, mais sans doute pas le pire.

— Vraiment ? Et quels sont les autres ?

— Tu dis qu'elle s'attache au personnage que tu as créé. As-tu pensé qu'elle pourrait *vouloir* épouser un homme normal, contrairement à ce que l'on attend d'elle ?

C'était une bonne question. Abe n'avait pas vu les choses sous cet angle.

— Bon sang, quel sac de nœuds ! soupira-t-il.

— Chaque problème a sa solution. Tu lui dois la vérité.

— J'ai essayé de lui en parler.

— Et pourquoi ne l'as-tu pas fait ?

— Elle veut que notre relation reste passagère et ne s'intéresse pas à ma vie, tant que je ne suis pas un criminel.

— Plus tu m'en parles, plus je pense qu'il est impératif pour toi d'être sincère avec elle. Écoute, j'ai encore du travail, et je ferais mieux de me dépêcher avant que ma femme me gronde.

— Dans ce cas, je te laisse. Embrasse ma nièce pour moi.

Il atteignit son immeuble et trouva une place sans devoir faire un créneau dans la neige – une tâche qui aurait été impossible pour lui. Il se gara, coupa la radio et appela Reign.

— Salut, Abe ! Je parlais justement de toi avec Jake.

— En bien, j'espère, plaisanta-t-il en ravalant une bouffée d'angoisse.

— Il a retrouvé l'homme auquel tu lui faisais penser. Un footballeur anglais du nom d'Alden, ou Allen… Il m'a montré une photo, et la ressemblance est frappante. Tu as bien un sosie. Tu aimes le foot, non ? Connais-tu ce type ?

— Oui, dit-il en fermant les yeux et en ravalant sa salive. Il s'appelle Aldric Baiden.

— Aldric ! C'est ça ! Il paraît que c'était une star. Sa famille vient d'un petit royaume voisin du Ghana… Tu dois en avoir entendu parler.

— On dirait que vous avez eu une sacrée conversation.

— Quand Jake a retrouvé son nom, il a cherché des informations. Il n'en revient pas de t'avoir trouvé un jumeau.

Chaque mot était comme un épieu dans le cœur d'Abe. Reign savait tout, et *il* ne lui avait pas dit la vérité le premier. Pourvu que ce ne soit pas trop tard…

— Ma chérie, que fais-tu, en ce moment ?

— Ooh… *Chérie ?* On dirait que je te manque. J'arrive !

— Ce serait super, si tu pouvais passer, en effet.

— Est-ce que tout va bien ? Tu as l'air triste.

— J'ai parlé à mon frère Danso. Mon grand-père est malade et nous avons peur pour lui.

Tout comme il avait peur de la réaction de Reign. Certes, il n'avait pas menti sur *tout*, mais il n'avait pas été franc non plus et, grâce à son frère, elle le savait. La situation empirait de minute en minute. Il était temps pour lui de régler le problème avant d'atteindre le point de non-retour.

— Je suis désolée de l'apprendre, dit-elle. Il y a quelques années, ma grand-mère a été hospitalisée et nous avons craint le pire. Elle s'en est sortie, mais je n'ai pas oublié ma terreur. Je comprends donc ce que tu ressens et tu as tout mon soutien…

— Merci.

— Veux-tu que j'apporte le dîner ? Un film pour te changer les idées ?

— C'est gentil, mais non… Nous avons besoin de… J'aimerais juste passer un moment avec toi, au calme.

— Pas de souci. Je te rejoins très vite.

Abe raccrocha avec un sourire amer. Il devinait déjà ce que Reign avait prévu pour lui remonter le moral et espérait qu'après avoir entendu ses aveux, elle voudrait encore faire l'amour – pas la guerre.

- 15 -

Après avoir parlé à Abe, Reign jeta quelques vêtements dans un sac et se mit en route. Elle pensait à lui depuis le brunch, et pas uniquement à cause des découvertes de Jake. Desmond était un bon juge des caractères et, bien qu'il ait noté le léger malaise d'Abe, il était convaincu que cet homme était honnête. Jake, lui, aimait l'idée qu'il vienne d'Afrique et connaisse sans doute le nom de nombreux footballers. Peut-être pourraient-ils travailler ensemble. Avoir ses entrées dans le monde du football professionnel pourrait être bon pour Eddington Enterprise – et pour Jake lui-même. Mona avait été impressionnée par les bonnes manières d'Abe. Maeve et Ivy, habituées à ses combinaisons de travail, l'avaient trouvé sexy en jean. Bref, toute la famille l'avait apprécié et Reign en était étrangement ravie.

Lorsqu'elle atteignit Chicago, la neige avait cessé de tomber. Elle envisagea d'envoyer un texto à Abe mais, en trouvant une place près de son Ford, elle se ravisa et décida d'aller chez lui sans lui demander de la rejoindre dehors. Il ne fut pas content lorsqu'elle frappa à sa porte.

— Tu aurais dû m'appeler, dit-il après l'avoir laissée entrer.

Elle posa son sac sur un tabouret et ôta son manteau.

— Arrête de t'inquiéter et embrasse-moi, répondit-elle.

Au lieu du long baiser auquel elle s'attendait, elle n'eut droit qu'à un câlin et un bisou sur la joue.

— Nous devons parler…

Il lui prit la main et la conduisit jusqu'au canapé.

— Qu'y a-t-il ? Tu as l'air très sérieux.

Il prit une profonde inspiration et elle eut peur.

— Quelqu'un est mort ? Que se passe-t-il ?

Elle le vit ravaler sa salive avant d'annoncer :

— Je suis Aldric Baiden.

Plusieurs secondes s'écoulèrent, puis Reign éclata de rire.

— Bien essayé, Abe ! Mais je ne me laisserai pas avoir. J'admets volontiers que tu es son portrait craché. Laisse-moi te montrer une photo…

Elle voulut attraper son sac à main, mais il l'arrêta.

— Reign, écoute-moi. C'est très difficile à admettre, mais je ne plaisante pas. Ton frère a l'œil. Il avait raison. Je ne suis pas son sosie mais bien Aldric Baiden.

— Le footballer multimillionnaire ?

— Oui.

— Membre d'une famille royale africaine ?

— Au Kutoka, précisa-t-il.

Sous le choc, elle lâcha lentement sa main.

— Tu m'as menti, depuis tout ce temps ?

— J'avoue que je n'ai pas été complètement franc, soupira-t-il, mais c'était pour une bonne raison.

— Quelle bonne raison justifie de tromper quelqu'un… non, une communauté *entière*, pendant des mois ?

D'un seul coup, le visage de Trenton passa devant ses yeux. Le dernier homme qui lui avait menti, qui avait trahi sa confiance. Elle bondit du canapé. La présence d'Abe, qu'elle avait tant voulu voir et toucher, la répugnait désormais.

— À quoi joues-tu ? lança-t-elle.

— Reign, je t'en prie. Je sais que c'est compliqué, mais…

— *Compliqué ?* cria-t-elle, hors d'elle.

— Je voulais te le dire. J'ai essayé, murmura-t-il en se levant aussi, sans l'approcher. Écoute juste mon histoire, et tu comprendras au moins que je ne voulais pas te blesser. Tu seras peut-être encore en colère, mais au moins tu sauras tout.

— Bien.

Elle se laissa tomber sur l'un des tabourets du bar.

— Parle.

— Veux-tu un verre, d'abord ?

— Non. Seule la vérité m'intéresse.

Il retourna s'asseoir sur le canapé et la regarda en face.

— Mon nom est Aldric Baiden.

— J'avais compris.

Il hocha la tête et prit une grande inspiration.

— Ce que tu as lu sur Internet est vrai. J'ai joué dans l'équipe de foot d'Angleterre pendant sept ans, après avoir fini mes études avec les honneurs. Ma famille fait partie des fondateurs du royaume de Kutoka et y est très respectée.

— Tu es membre de la famille royale.

— À un certain degré, oui. Mon oncle est le roi actuel. Un tel pedigree vient avec son lot de responsabilités et d'attentes. Je pense que tu peux comprendre ça. J'étais destiné à étudier, puis à faire un beau mariage, à contribuer à l'enrichissement de ma famille et à mener une vie exemplaire. J'adore apprendre, j'étais intelligent, et l'université n'a pas été une épreuve pour moi. Mais, en choisissant de devenir athlète, j'ai déçu mes parents. Le fossé que ça a créé entre mon père et moi n'est pas encore comblé. Mon grand-père m'a tourné le dos, comme le reste du clan. Je ne suivais pas le chemin tracé par mes ancêtres, mais j'adorais le foot et j'étais doué. Comme tu le sais, ce genre de métier jouit de certains privilèges.

Reign ne put s'empêcher de lever les yeux au ciel.

— Le nom de Baiden a été porté aux nues dans tous les pays amateurs de football. J'étais respecté par tous, sauf ma famille, qui méprise les sportifs professionnels. Pour eux, c'est une carrière embrassée par ceux qui sont incapables de briller intellectuellement. Ils voient les athlètes comme des gladiateurs modernes, condamnés à se battre pour distraire les élites. Au bout du compte, mon frère Danso a fini par me soutenir, tout comme ma sœur Rhianna, quand ils ont vu mon talent. Mes parents et mon grand-père, eux, ne m'ont jamais regardé jouer. Je crois qu'ils n'ont même jamais vu de photo de moi avec un ballon. Quand j'ai pris ma retraite sportive, on s'est attendu à ce que je rentre enfin dans le rang. Je devais devenir cadre dans la firme familiale et trouver une épouse dont le statut aurait été un avantage pour notre clan.

— Mais tu ne veux pas d'un mariage politique, murmura-t-elle avec plus de compassion.

— Non, dit-il en la dévisageant plus intensément que jamais. Je veux rester maître de ma destinée.

Il se leva et alla se camper devant la fenêtre. Le soleil se couchait et il neigeait de nouveau. Reign fut tentée d'aller le réconforter, mais elle se souvint qu'il avait menti. Rien ne pouvait excuser ça.

— L'an dernier, la pression est montée. Mon grand-père est tombé malade. Cancer. Ma famille lui a offert les meilleurs traitements et il est entré en rémission. Hélas, sa santé a récemment empiré. À sa mort, j'hériterai d'une fortune à condition que je prouve ma valeur au travail et que je me marie avant qu'il nous quitte. Ma mère a commencé à me présenter une foule de prétendantes et mon père a décidé que mon union devait être aussi bénéfique pour la famille que celle de mon frère, qui a épousé la fille d'un dignitaire du Ghana lié au Kutoka.

— Il y a pire, comme destin, déclara-t-elle sèchement.

— Oui. La guerre, la faim, le racisme, la maladie. Face à tout ça, mes désirs ne sont rien. Mais un pari lancé par mon cousin Nolan a tout changé…

— Un pari ?

— Oui.

Il lui raconta alors ce qu'il avait fait pour prouver à Nolan qu'il était capable de survivre loin de sa tour d'ivoire.

— Depuis ma naissance, je suis un Baiden. Quelqu'un de riche, de privilégié. Un bon parti. Et ma carrière d'athlète a accentué ça. Mais je n'ai pas toujours été aussi sûr de moi. À une époque, je n'étais qu'un gamin inquiet vivant dans l'ombre de son grand frère. Face aux femmes, je perdais mes moyens. Je ne pouvais pas savoir si c'était moi ou mon CV qui les attirait. Voyaient-elles seulement l'athlète ? L'héritier potentiel d'un royaume entier ? Quand Nolan m'a mis au défi de vivre dans son quartier et de travailler pour lui, dans une ville où personne ne me connaissait, j'ai été intrigué. Je voulais savoir quel genre de femme s'intéresserait à moi.

Il revint près d'elle, s'arrêtant à un pas du tabouret.

— Quelques jours plus tard, je t'ai rencontrée.

Il tendit la main et essuya une larme sur sa joue. Elle ne s'était même pas rendu compte qu'elle pleurait !

— Je te hais, en ce moment, dit-elle en se laissant couler de son siège pour se nicher dans ses bras. Et en même temps, je t'aime davantage pour ton honnêteté.

— Merci, dit-il d'une voix brisée par l'émotion. J'espérais que tu m'écouterais jusqu'au bout et que tu trouverais assez de bonté pour me comprendre.

— Oui, je comprends, mais ça n'efface pas ton mensonge.

Elle alla s'asseoir sur le canapé et il prit le tabouret qu'elle venait de quitter.

— Je comptais tout te dire, surtout quand nous sommes devenus amants. Dès notre rencontre, j'ai senti un lien entre nous. Je voulais juste m'assurer que ce soit réciproque avant de parler. Te souviens-tu de la première nuit que nous avons passée ensemble ? Quand nous avons fait l'amour ?

— Comment pourrais-je l'oublier ?

Les images de cette nuit et de tout ce qui avait suivi étaient gravées en elle.

— Cette nuit-là, j'ai dit qu'il fallait que nous parlions. Certes, c'était tôt, mais je voulais que tu saches. Tu m'as demandé si j'étais marié ou un criminel, puis tu as coupé court en prétendant que notre liaison était temporaire et que tu n'avais pas besoin de connaître mon passé.

— Veux-tu dire que c'est ma faute ? Je rêve !

— Non, ce n'est pas ta faute. Je suis le seul coupable. J'aurais dû t'obliger à écouter et refuser de te revoir tant que ce n'était pas fait. Honnêtement, j'avais peur de te perdre. J'ai été un athlète et tu as souvent répété que tu ne voulais plus fréquenter des hommes comme moi.

Même si je suis différent de ton ex, je craignais que tu nous classes dans la même catégorie. D'ailleurs, je comprendrais que mon mensonge ait réveillé ta douleur…

Elle se laissa aller contre les coussins et contempla la fenêtre. De nouveau, la colère grondait en elle. Elle entendait la voix d'Abe, mais était uniquement hantée par la trahison de Trenton. S'ils avaient menti pour des raisons différentes, il restait difficile de faire la part des choses. Bref, son esprit comprenait, mais son cœur refusait de pardonner.

Leur silence dura longtemps. Abe lui apporta une bouteille d'eau pétillante. Elle le remercia d'un signe de tête, prit son téléphone et, une fois de plus, fit défiler les photos d'Aldric Baiden. Même sans le connaître, elle voyait l'opposition entre les deux hommes sur ces images. Trenton était toujours entouré d'une foule de fans et donnait souvent le bras à une femme sexy. Abe, lui, était souvent photographié seul, ou avec ses équipiers, sa famille. Il ressemblait beaucoup à l'homme de ménage terre à terre qu'elle fréquentait depuis quelques mois.

Ils finirent par s'installer ensemble sur le canapé et, pendant les deux heures qui suivirent, il répondit à toutes ses questions pour combler le gouffre entre Abe Wetherbee et Aldric Baiden. Elle apprit des anecdotes sur son enfance, ses études dans une fac huppée.

— Je comprends mieux ton expertise en graphisme, plaisanta-t-elle en se souvenant du jour de la tempête. Ton idée a été acceptée, d'ailleurs. L'équipe a adoré la nouvelle brochure. Et non, tu ne seras pas payé pour ce travail.

— J'ai aimé t'aider et suis prêt à recommencer… gratuitement.

— Alors, as-tu une petite amie ? demanda-t-elle enfin.

— Non, mais si je devais en choisir une, ce serait toi.

— Je ne suis pas prête pour une relation sérieuse, lui rappela-t-elle avec douceur, tandis que sa rage finissait de se dissiper.

— Je comprends. En attendant, pourrions-nous nous offrir une nuit d'amour échevelée ?

— Tu me dois bien ça !

Il tint parole et, jusqu'au matin, sut lui faire perdre la tête.

Le lendemain, Reign se réveilla tôt. Elle se tourna juste assez pour admirer le profil endormi d'Abe, cet homme qui lui avait caché son nom et son autre vie. Aussi fou que ça puisse paraître, elle comprenait pourquoi il avait menti. Elle l'admirait même pour ça. N'importe qui se serait contenté d'un mariage arrangé, sans mettre en danger son héritage, et aurait piétiné ses convictions. D'une certaine manière, il lui rappelait Desmond, qui avait épousé Ivy en dépit de leur différence de statut. Ou Cayden, le mari d'Avery et meilleur ami de Jake, qu'elle aimait comme un frère sans se soucier de sa naissance modeste. Dans ce silence de l'aube, elle pardonna à Abe. Elle sentit même une émotion naître dans son cœur… très proche de l'amour.

Elle l'embrassa sur la joue, et il ouvrit un œil.

— Bonjour.

— Oui, c'est un bon jour, dit-elle, mais il serait meilleur si on n'était pas lundi. Il faut que j'aille au bureau.

— Ton père est directeur, il peut t'accorder un congé.

— Si tu le connaissais mieux, tu saurais que c'est impossible. Il ne supporte même pas les retards.

Abe l'enlaça et elle se laissa faire.

— Travailles-tu, aujourd'hui ?

— Pas avant 18 heures.

— Dans notre immeuble ou à l'école ?

— Les deux.

— Est-ce pour ça que tu ne donnes des cours de sport qu'à mi-temps ? lança-t-elle.

— Je ne voulais pas trop m'impliquer, puisque je dois partir bientôt.

— Ta famille insiste pour que tu rentres à la maison ?

— Oui. Je suis un des cadres de Kutoka Global et je suis censé me marier bientôt. J'espère juste pouvoir passer ma vie avec une femme que j'aime sincèrement.

Il repoussa la couverture et embrassa son téton.

— Il fait froid ! protesta-t-elle en se recouvrant. J'ai besoin d'une douche, mais j'ai peur de geler si je me lève.

— Veux-tu que je fasse chauffer de l'eau, chérie ? s'enquit-il avec un accent anglais qui la fit glousser.

— Ma foi, ce serait très généreux de ta part, mon cher, dit-elle sur le même ton.

Il se leva, exposant son magnifique corps nu sur le chemin de la salle de bains. Reign admira ses fesses et les fossettes qui se creusaient au bas de son dos. Ses jambes étaient si puissantes… Elle entendit l'eau couler et l'imagina en train d'ajuster la température.

— C'est prêt, bébé !

— J'arrive.

Elle se précipita sous le flot fumant, bientôt rejointe par Aldric. Ils se lavèrent ensemble et elle en profita pour caresser son sexe dressé.

— Ne t'arrête pas, murmura-t-il.

Elle obéit tandis qu'il léchait ses tétons jusqu'à les faire pointer. Il était sur le point de la retourner pour lui faire l'amour quand on frappa à la porte d'entrée. Tous deux échangèrent un regard affolé.

— Qui est-ce ? demanda Reign.

— Je ne sais pas.

Il sortit de la douche et s'essuya rapidement. On frappa de nouveau, puis la sonnette retentit. Reign coupa l'eau.

— Reste ici, dit-il avant d'enfiler un jogging et un T-shirt. C'est sans doute Nolan. Il a une clé, mais il a dû l'oublier.

— Fais-moi passer mon sac, pour que je m'habille.

Il la dévora des yeux et son sourire la fit fondre. Elle alla dans la chambre, heureuse d'avoir emporté une robe-pull décente. Au moment d'enfiler ses sous-vêtements assortis, elle entendit des voix – dont l'une appartenait clairement à une femme. Elle faillit sortir en serviette pour voir ce qui se passait, mais renonça. Abe lui avait ouvert son cœur, la veille, et elle décida de lui faire confiance pour gérer le problème. De plus, si une dispute devait éclater, elle avait tout intérêt à s'habiller avant de se jeter dans la mêlée.

- 16 -

Abe regarda par l'œilleton et fut soulagé de voir Nolan. Si son cousin était son seul souci, ce matin, c'était tant mieux ! Il ouvrit avec un petit sourire sarcastique.

— As-tu besoin d'un GPS pour…

Il ne lut que trop tard l'avertissement silencieux de Nolan. Celui-ci n'était pas seul, mais accompagné par les deux dernières personnes qu'il s'attendait à trouver là. Ses parents. À Chicago. Dressés dans toute leur gloire opulente au milieu du couloir. Sans doute leur limousine était-elle garée en bas… Soudain, leurs « vacances » improbables prirent tout leur sens. Ses parents étaient venus le voir. D'un seul coup, Abe l'homme de ménage disparut et il se figea, tétanisé. La voix puissante de son père s'éleva dans le silence :

— Aldric ! Recule et laisse-nous entrer.

— Oui… Bien sûr…

Sa mère, vêtue d'un grand manteau de fourrure s'avança.

— Maman, dit Abe en essayant de l'embrasser quand elle passa près de lui.

Villianne se retourna vivement.

— Pas de ça, Aldric. Que fais-tu dans cet affreux appartement ? Que se passe-t-il, ici ?

Un flot de questions envahit son esprit. Depuis quand étaient-ils à Chicago ? Ils avaient dû découvrir Nolan installé dans le manoir. Que leur avait-il raconté ? Il se retourna et vit que son cousin s'était volatilisé. Compréhensible. Puis il jeta un coup d'œil à la porte de la chambre, qui s'était mystérieusement refermée derrière lui. *Reign*.

— Maman, laisse-moi prendre ton manteau.

— Non. Nous ne restons pas, et toi non plus.

— Permettez-moi au moins de vous expliquer…

Villianne observa la pièce et finit par s'asseoir sur l'une des chaises. Aldric se laissa tomber sur le canapé.

— Je suis content de vous voir, dit-il d'un air tranquille, bien décidé à défendre sa position. Qu'est-ce qui vous a amenés en ville ? L'accord pour la boisson énergétique…

— Penses-tu que nous sommes là pour répondre à tes questions ? coupa son père. Fils, ta mère et moi attendons *tes* réponses, et elles ont intérêt à être bonnes. Que fais-tu là ?

— Je vis ici.

— Dans ce ghetto ? s'étrangla sa mère. Ce taudis ?

Aldric contempla son visage, resté jeune et beau malgré ses cinquante-cinq ans. Elle avait toujours vécu dans le luxe et ignorait tout du reste du monde. Expliquer la situation allait être plus difficile que prévu… Il se redressa et dit :

— C'est peut-être un quartier pauvre, mais les gens sont gentils. Nous nous entraidons beaucoup.

— Vous n'avez pas le choix, entassés comme vous êtes ! Cet endroit ressemble à une prison. C'est *dangereux*, Aldric.

Son père eut une moue de dégoût en examinant l'humble salon. Lui non plus n'avait jamais connu la pauvreté. Son chemin jusqu'à la tête de Kutoka Global avait été tout tracé – et son frère aîné était roi !

— Pourquoi Nolan habite-t-il dans un quartier élégant pendant que tu te terres ici ?

— Son entreprise a du succès et je l'aide. C'est tout.

— Est-ce pour ça que tu ne réponds plus au téléphone ?

— Je m'occupe de tous nos dossiers et je supervise l'achat de la fabrique de boissons. Quant aux appels, je comptais vous contacter ce week-end.

— Ton grand-père pourrait être mort, d'ici là !

Aldric bondit, la gorge nouée.

— *Kbaba ?* Que s'est-il passé ?

Villianne daigna enfin s'approcher pour poser doucement la main sur son bras.

— Les nouvelles ne sont pas bonnes, fils. Les médecins ne peuvent plus rien faire et lui donnent six mois à vivre.

Cette nouvelle le frappa de plein fouet. Sentant ses forces le quitter, il se laissa retomber sur le divan. Sa mère s'assit à côté de lui.

— Nous sommes désolés de te l'apprendre de cette manière, mais tu ne nous as pas laissé le choix.

Daniel traversa la pièce pour se camper devant la fenêtre.

— Tu as toujours été intelligent, Aldric, et ton travail ici nous a prouvé que tu avais l'étoffe d'un cadre. Il est temps pour toi de te concentrer sur tes devoirs et ton héritage.

— Ce qui veut dire que tu dois te marier, ajouta Villianne. Le moment est venu d'envisager une union arrangée que nous pourrions célébrer dès le début d'année. De nombreuses prétendantes se sont présentées.

Nous connaissons leurs familles. Rentre à la maison et fais ton choix parmi elles.

— Ta mère a raison. Ton *kbaba* doit assister au mariage. Ensuite, tu seras libre d'étendre nos activités en Amérique : ce sera bon pour les affaires. Il te manque juste une épouse convenable.

Tiré de sa tristesse, Aldric se leva brusquement.

— N'ai-je pas mon mot à dire ? Père, quand j'ai renoncé au football, j'ai fait tout ce que tu me demandais. Je suis entré à Kutoka Global, même si ce n'était pas mon désir. Je suis revenu à la maison. Maintenant, vous essayez de décider de ma vie personnelle, quitte à me priver de ma liberté !

— Ne sois pas si dramatique, soupira sa mère.

— Vous avez été chanceux, tous les deux. Vous vous êtes mariés par amour *et* pour le bien du pays, comme Danso. De mon côté, j'ai toujours pensé que les femmes avec qui je sortais s'intéressaient plus à mon nom et à ma fortune qu'à moi. J'ai voulu trouver quelqu'un qui m'aime tel que je suis.

— Nolan nous dit que tu as réussi, grommela Daniel.

— Impossible ! cria sa femme. Je suis sûre que ces filles américaines ne sont rien comparées à l'élite du Kutoka.

— C'est faux. J'ai bien rencontré une femme et (il haussa la voix) elle est merveilleuse.

— Est-elle au courant de ta situation ? demanda Villianne, les bras croisés. Sait-elle que tu dois te marier pour hériter et qu'une union arrangée est déjà prévue ?

— Non, lança une voix depuis la porte de la chambre. Je ne savais pas qu'Abe était fiancé, ou quoi que ce soit d'autre.

Tous trois se tournèrent pour découvrir Reign sur le seuil.

— *Abe ?* répéta Villianne d'un air indigné.

— Et même après ses aveux d'hier, poursuivit Reign, il semblerait que je ne sache toujours pas qui il est vraiment.

- 17 -

Reign n'avait pas prévu d'intervenir, mais le mépris des parents d'Abe pour les « filles américaines » l'avait fait bondir. À présent, elle leur faisait face, à la fois gênée et furieuse – un très mauvais mélange…

Un flot d'émotions passa dans les yeux d'Abe. Il s'avança.

— Non, lâcha-t-elle sèchement pour l'empêcher de la toucher. Je pars.

Elle parvint à récupérer son manteau avec un semblant de dignité et, son sac sur l'épaule, quitta l'appartement. Elle avait trop mal pour réfléchir ou pleurer. Elle avait pris le risque d'aimer de nouveau et ça n'avait pas marché. Quelle idiote ! Plus jamais elle ne commettrait cette erreur.

Durant les vingt minutes de route qui la séparaient de chez elle, elle conduisit comme un robot, l'esprit vide. Puis, alors qu'elle quittait l'autoroute, un plan commença à se dessiner. Quand Trenton l'avait trahie, elle avait perdu pied. Il lui avait fallu des mois pour tourner la page. Cette fois, elle refusait de se laisser abattre. Elle allait gérer ça comme une Eddington. Comme une cheffe. Elle appela donc son assistante, lui dit qu'elle arriverait dans une heure et prit la route de l'école d'Ivy. Sa belle-sœur allait devoir trouver un autre professeur de football car, dans quelques minutes, Abe, alias Aldric Baiden, allait être au chômage.

Elle traversa l'école et entra dans le bureau d'Ivy, dont la porte était ouverte.

— Désolée d'arriver sans prévenir, dit-elle en s'asseyant sur une chaise. As-tu cinq minutes ?

— Même quinze, pour toi, répondit Ivy.

— J'ai quitté Abe. Pardon... *Aldric*. C'est son vrai nom.

Ivy écarquilla les yeux.

— OK. Commence par le début. Je ne te suis pas.

— Je n'ai pas le temps de tout t'expliquer, mais pour faire court, l'homme que nous croyions être Abe est en fait un footballeur retraité multimillionnaire nommé Aldric Baiden.

— Quoi ?!

— De plus, il ne vient pas du Ghana, mais d'un royaume voisin, le Kutoka, et fait partie de la famille régnante.

Ivy se laissa tomber contre son dossier, comme si on venait de la mettre K-O.

— Tu plaisantes, j'espère.

— Si seulement.

— L'homme qui balaye nos sols est un prince ? Pourquoi est-il venu ici au lieu de vivre dans son palais ?

— D'après lui, parce qu'il « ne voulait pas être aimé pour son argent et parce qu'il voulait choisir librement son épouse », expliqua Reign avec une grimace.

— Peu d'hommes feraient preuve d'un tel courage...

— Tu es censée le détester, pas compatir !

— Chérie, je suis navrée qu'il t'ait menti. Comment as-tu découvert la vérité ?

— Hier, au brunch, Jake a cru le reconnaître. J'ai pensé que c'était un étrange hasard en voyant des photos, mais Abe m'a tout dit quand je suis arrivée chez lui pour la soirée. Il *est* Aldric et nous n'avons plus rien à nous dire.

Son explication n'avait duré que cinq minutes, mais elle était épuisée.

— Peux-tu le licencier aujourd'hui ? Je ne peux pas revenir tant qu'il sera dans les locaux.

— Hélas, l'entreprise de nettoyage choisit ses employés, mais je parlerai à Nolan. Je suis sûre qu'il pourra le remplacer.

— Bien. Je vais donner la même consigne au gérant de notre immeuble et, une fois ce problème réglé, je n'aurai plus jamais besoin de voir Abe.

- 18 -

Après avoir risqué sa santé en courant pieds nus après Reign, uniquement pour voir sa voiture disparaître au coin de la rue, Aldric remonta pour affronter ses parents. Une atroce dispute suivit. Nolan, qui s'était caché chez les voisins « pour leur laisser un peu d'intimité », dut intervenir en entendant leurs cris. Enfin, Aldric accepta d'accompagner ses parents au Ritz, où ils étaient descendus. Il leur expliqua qui était Reign et pourquoi il l'aimait tant. Son père parut se calmer en apprenant qu'elle était une Eddington, mais sa mère ne fut pas impressionnée. Aucune femme étrangère au Kutoka ou aux pays voisins n'était assez bien à ses yeux. Ils voulurent convaincre Aldric de rentrer immédiatement, mais il tint bon. Il ferait le voyage pour rendre visite à son *kbaba*, avant de revenir terminer ses dossiers en cours. N'était-ce pas ce que son grand-père aurait voulu ? Bien sûr, l'achat de l'entreprise de boissons n'était pas son seul motif… Il voulait se laisser une chance de reconquérir Reign et de lui expliquer qu'il n'était pas fiancé, quoi qu'en dise sa mère. Il n'avait plus que quelques mois pour la faire tomber amoureuse de lui. De son côté, c'était déjà chose faite…

Hélas, il comprit vite que la tâche n'allait pas être aisée.

Reign l'avait coupé de sa vie, sans hésiter. Il ne lui en voulait pas. Au contraire, il comprenait. Il l'avait trahie, comme son ex. Il méritait sa punition. Mais il n'allait pas renoncer pour autant. Il obtenait *toujours* ce qu'il voulait.

Il lui envoya quelques textos – avant qu'elle bloque son numéro – et tenta de la voir à son bureau – avant que Nolan le remplace dans l'équipe. Tout fut vain. Il demanda alors à son cousin de lui faire passer un message en son nom. Un rendez-vous. Une conversation à cœur ouvert. Lorsqu'elle connaîtrait toute l'histoire, et si elle voulait toujours qu'il s'en aille, il partirait par le premier avion.

Un soir, il entendit enfin la clé de Nolan tourner dans la serrure et bondit du canapé, le cœur battant.

— L'as-tu vue ? lança-t-il vivement.

— Oui, soupira son cousin. Je lui ai transmis ta demande.

— Et… ?

— Elle ne veut pas te parler, Aldric. Point.

Il le fusilla du regard et aboya :

— Je lui ai avoué mon vrai nom !

— Mais pas que tu devais te marier, répondit calmement Nolan.

— Je ne veux pas d'un mariage arrangé et, si *kbaba* n'était pas malade, personne n'aurait abordé le sujet.

— Hélas, il *est* malade. Tu ne peux pas fuir la réalité.

Aldric ne pouvait protester, ni en vouloir à Reign. Il était pourtant hanté par les images de cette matinée parfaite. Ils avaient été si heureux… jusqu'à ce qu'un coup à la porte brise leur bulle de bonheur. Tout ce qui s'était passé ensuite tournait en boucle dans sa tête, comme un mauvais film.

— Je sais que tu ne voulais pas que les choses se passent comme ça, mais Reign a été choquée d'apprendre que ton mariage pressait et que ta mère cherchait des prétendantes. Elle ne sait plus ce qu'elle veut, pour l'instant.

— Elle sait au moins qu'elle ne veut pas me parler.

— C'est certain.

Aldric se mit à faire les cent pas.

— Que s'est-il passé, ce soir, exactement ?

— Je l'ai croisée dans un couloir, pendant mon travail, et j'ai fait ce que tu m'avais demandé.

— Que lui as-tu dit ?

— Que tu essayais de la joindre et que tu aimerais qu'elle te rappelle, répondit Nolan.

— Et comment sais-tu qu'elle ne veut pas me parler ?

— Parce qu'elle a dit que l'enfer gèlerait avant que ça n'arrive…

— Oh.

Vers 3 heures du matin, Jeffrey téléphona. Encore. Il n'avait pas arrêté depuis le matin, mais Aldric n'avait pas envie de discuter du travail. Agacé par la sonnerie, il répondit enfin.

— Allô ?

— Bonjour, Aldric.

— Ce n'est pas encore le jour !

— Peu importe. As-tu écouté mes messages ?

— Non.

— Tu aurais dû. Je ne t'appelle pas pour rien. L'achat de l'entreprise de boissons est acté !

Aldric se redressa d'un bond dans son lit.

— Vraiment ? Pourtant, j'ai essayé de les joindre et personne ne m'a rappelé…

— Parce que les jumeaux sont au Kutoka.

— Tu plaisantes ?

— Apparemment, ils étaient en Afrique pour une affaire personnelle, mais je pense plutôt qu'ils voulaient visiter notre siège pour accélérer le mouvement. Ils ont besoin d'argent.

— Et nous serons propriétaires à cinquante pour cent ?

— Mieux encore : soixante. Ils n'ont même pas discuté !

— Je ne comprends pas. Ce genre de négociations dure en général plus longtemps que ça…

— Nous sommes tous surpris, mais c'est une bonne nouvelle ! s'écria triomphalement Jeffrey.

Abe se leva lentement. Il s'était attendu à devoir passer des mois en Amérique pour conclure la transaction ; et ça lui aurait laissé le temps de parler à Reign… D'un seul coup, il prit une décision. Puisque Abe Wetherbee était mort et enterré, le moment était venu de présenter le véritable Aldric Baiden aux habitants de La Pointe du Sable.

Ce vendredi, il entra dans l'immense chambre du manoir loué par ses parents d'un pas décidé. Il s'y était réinstallé quelques jours plus tôt tandis que Nolan, fort du succès de son entreprise, venait de signer l'achat d'un appartement plus chic, dans un quartier à la mode. Leur pari avait été une bénédiction pour Aldric, mais il était heureux de pouvoir retrouver son monde…

Devant son miroir, il soigna son apparence. Dans des enclaves telles que La Pointe du Sable, la première impression était essentielle, et il avait l'intention d'éblouir. Il enfila une chemise blanche, un costume noir de chez Cucinelli, des chaussures italiennes noir et or, une cravate rayée assortie et quelques accessoires bien choisis. Un soupçon de son parfum préféré acheva le travail et il descendit jusqu'à la Maybach qu'il n'avait pas conduite depuis des mois.

Sur le chemin, il songea à la soirée qui l'attendait. Les services marketing et relations publiques de Kutoka Global avaient travaillé dur pour s'assurer qu'il soit bien reçu et il savait que les Eddington ne manquaient aucun de ces dîners organisés pour l'élite financière de la région. Reign serait-elle là aussi ? Qu'elle soit présente ou non, son plan était simple : prouver à tout le monde qu'Abe avait disparu. Plus de mensonges. Plus de cachotteries. Pourvu qu'il n'ait pas manqué sa chance avec Reign…

Il arriva à la chambre du commerce juste avant le début de la soirée – et il était attendu. Dès qu'il eut donné son nom à l'accueil, une femme d'une quarantaine d'années l'aborda. Elle se présenta comme Gloria Morgan, la vice-présidente de la chambre, et l'escorta dans le hall. On lui présenta nombre de chefs d'entreprise de la région, puis Gloria monta sur une estrade et réclama le silence.

— Mesdames et messieurs, je vous demande de réserver un accueil chaleureux à notre invité d'honneur de ce soir, M. Aldric Baiden !

Un tonnerre d'applaudissements s'éleva tandis qu'il gravissait tranquillement les quelques marches.

— Merci, madame Morgan. Je pense que vous savez tous qui je suis : ex-footballeur, j'ai aussi le plaisir de représenter Kutoka Global sur le territoire américain. Notre entreprise, fondée par mon grand-père il y a de nombreuses années, comprend aujourd'hui des filiales dans le monde entier…

Il poursuivit son discours, chantant les louanges de l'expansion exceptionnelle de la firme familiale et les projets qu'elle nourrissait pour l'avenir, et fut récompensé par une nouvelle salve d'acclamations. Dès qu'il quitta le podium, une foule de directeurs, de membres du conseil municipal – et même le maire – l'assaillit ; ainsi que plusieurs jeunes femmes entreprenantes. Il resta poli et concentré. Il n'y avait qu'une seule femme à qui il désirait parler, ce soir… Heureusement, il constata vite qu'ils étaient installés à la même table. Dès qu'il fut libéré, il s'empressa de s'asseoir près d'elle. Elle affecta de ne pas le voir.

— Bonsoir, mademoiselle Eddington, dit-il, assez fort pour l'obliger à répondre.

— Bonsoir, monsieur Baiden, répondit-elle froidement.

— Tu es magnifique, ce soir…

— Merci.

Il se pencha à son oreille en baissant la voix.

— Tu m'as manqué.

Les serveurs déposèrent des assiettes de salade devant eux, et Reign prit son temps pour choisir son accompagnement sur la desserte.

— Je comprends que tu sois en colère, poursuivit Aldric sans se laisser décourager. J'espère pouvoir obtenir ton pardon, avec le temps.

Reign se tourna vers son autre voisin et lui demanda de lui faire passer la panière. Aldric soupira. Il n'était pas toujours patient, mais il savait aussi que certains problèmes nécessitaient du temps pour se résoudre. Rebâtir les ponts brisés entre eux allait être dur – plus qu'il l'avait cru…

- 19 -

Reign fut troublée de voir Aldric à la chambre. D'un côté, elle avait l'impression de retrouver son âme sœur ; et de l'autre, elle sentait qu'il était devenu un étranger pour elle. Elle avait été surprise de découvrir qu'il était l'invité d'honneur de la soirée. Il était encore plus beau que dans ses souvenirs. Plus sexy. Elle aurait voulu se révolter quand il l'avait abordée devant tout le monde, l'empêchant de fuir, mais elle en fut incapable. Elle aurait fait la même chose, à sa place. D'ailleurs, si elle était honnête – et elle n'en avait aucune envie ! – elle aurait pu admettre qu'une part d'elle était heureuse de le voir. Néanmoins, elle garda ses distances.

— Reign ? M'as-tu écouté ?

Non. Elle n'avait rien entendu, trop occupée à étouffer ses émotions hors de contrôle et à éteindre l'incendie entre ses cuisses. Elle fit de son mieux pour se rappeler de sa douleur, quand ses parents avaient parlé de mariage arrangé.

Voilà. La colère revenait. Elle préférait ça.

— Non, *Aldric*, dit-elle en appuyant son nom. Je ne t'ai pas écouté. Que disais-tu ?

— Que j'espérais pouvoir gagner ton pardon, bien que j'aurais été contrarié aussi si tu m'avais menti.

Reign jeta un coup d'œil à la femme assise près d'eux, qui faisait semblant de ne pas les espionner. Elle connaissait cette communauté et, si elle ne mettait pas très vite fin à leur conversation, toute la ville serait au courant avant minuit !

— Allons chercher un verre, proposa-t-elle.

Ils se levèrent, mais Reign dépassa le bar pour s'engouffrer dans un petit couloir. Enfin seule avec lui, elle abandonna sa politesse de façade.

— Je n'apprécie pas d'être piégée en public !

— Il fallait bien que je fasse quelque chose. Notre relation est trop précieuse pour que je baisse les bras…

— Au contraire, nous en avons fini. Puisque tu comprends si bien ma colère, j'espère que tu me laisseras enfin tranquille après ce soir.

— Je ne le ferai que si tu acceptes de dîner avec moi.

— Non.

— Un seul repas, pour me permettre de t'expliquer pourquoi ma mère a dit tout ça, l'autre jour.

— Expliquer ? Ou justifier ?

— Un peu des deux, admit-il avec un sourire dévastateur.

— Tu m'as menti, Aldric. Rien ne pourra excuser ça.

— Tu as raison. Que dois-je faire pour être pardonné ?

— Il n'y a rien à faire.

— Un simple dîner, Reign. Dis oui…

Elle hésita. Il était si beau, semblait si sincère. D'un autre côté, Abe l'homme de ménage avait paru honnête aussi.

— Je ne te hais pas, Aldric, mais je ne veux pas de cette… amitié… ou quel que soit le nom que tu donnes à ça. J'ai déjà supporté une trahison, récemment. Tes motivations étaient peut-être nobles, mais le résultat est le même. Je suis sûre que tu es un homme bien et que tu rendras ta femme heureuse. Seulement, cette femme ne sera pas moi.

— Mais, Reign…

— Bonne chance pour tes projets, Aldric. Adieu.

Elle déposa un dernier baiser sur sa joue et retourna dans la salle à manger. Il la suivit sans un mot jusqu'au bar, puis ils retournèrent à table. Reign fit de son mieux pour se concentrer sur la conversation générale, tout en sentant le regard d'Aldric sur elle.

Il partit avant le dessert et son absence parut assombrir la salle. Elle avait pourtant fait ce qu'il fallait. Leur séparation était la meilleure option possible, surtout s'il envisageait d'étendre ses affaires à La Pointe. Elle ne pourrait pas continuer à le croiser lors de soirées comme celle-ci, si elle ne tournait pas la page. Tout de suite. Ce serait difficile, mais elle y parviendrait…

Durant les semaines suivantes, elle se plongea de nouveau à corps perdu dans son travail et, une fois de plus, ça la sauva. Elle accepta aussi de parrainer le « Lundi des Pros » pour Ivy et contacta d'autres femmes pour mettre au point un programme de stages pendant l'été, au profit des élèves. Make It Reign progressait aussi et elle accepta de prendre son premier client athlète – un golfeur très différent de Trenton. Son humilité l'aida à se détacher de ses préjugés concernant l'ego des sportifs.

Le printemps laissa la place à l'été. Le mois de juin fut chaud et agité – comme elle. Après une longue semaine de travail, elle envisagea de partir en avance un vendredi soir pour s'offrir un bon week-end de détente. Elle venait de descendre jusqu'au garage quand elle entendit une portière claquer. Une camionnette portant le logo de Clean Up Crew était garée un peu plus loin. Nolan en sortait et lui fit un grand signe. Elle ne pouvait pas l'éviter et dut s'arrêter.

— Bonjour, Reign.

— Bonjour, Nolan.

Voilà, elle s'était montrée polie. Il était temps de partir.

— Reign ! As-tu un instant ?

Non ! Hélas, il s'avançait déjà.

— Comment vas-tu ? s'enquit-il.

— Bien, et toi ?

— Très bien. Grâce à ton entreprise, mes affaires sont florissantes et je viens de décrocher un contrat pour m'occuper du country club de La Pointe.

— Félicitations.

— J'ai aussi parlé à Aldric. Il voulait avoir de tes nouvelles…

— Comment va-t-il ? demanda-t-elle malgré elle.

— Assez bien. Il est rentré en Afrique.

— Oh.

Pourquoi était-elle si triste de l'apprendre ? Elle se moquait de savoir ce qu'il faisait !

— Il rend visite à son grand-père, mais il reviendra bientôt. Il dit qu'il a encore une affaire à régler, ici. Entre nous, je pense qu'il parle de toi.

Troublée, elle consulta sa montre et tourna les talons.

— Je dois y aller !

— Je pense qu'il est amoureux de toi, Reign.

Ces paroles la frappèrent comme une pierre et elle se figea, sans se retourner. Son cœur s'emballa.

— Je ne cautionne pas ce qu'il a fait, reprit Nolan, et j'ai juré de ne pas m'immiscer dans vos histoires, mais je suis en partie responsable. C'est moi qui lui ai lancé ce défi stupide. Je savais qu'il ne résisterait pas à l'envie de me donner tort.

— Je suis au courant pour le pari, et tu as raison : c'était stupide. Néanmoins, Aldric aurait dû me parler des fiancées potentielles qui l'attendaient chez lui.

— Il a toujours voulu choisir librement son épouse.

— Alors, pourquoi ne l'a-t-il pas fait ?

— Je ne peux pas te répondre. Encore une fois, je ne veux pas être impliqué. J'essaye de tracer une ligne claire entre mes clients et moi ; mais Aldric est aussi mon cousin. C'est un homme bon et il souffre. Il regrette ce qui s'est passé.

— À raison ! Que veux-tu que j'y fasse ?

— Je ne sais pas… Accepter de l'écouter ?

Reign était déchirée. Elle n'avait aucune envie de revoir Aldric, d'être de nouveau blessée, mais il lui manquait aussi cruellement.

— T'a-t-il dit qu'il m'aimait ?

Nolan lâcha un petit éclat de rire.

— Il n'est pas du genre à se confier, mais je le connais assez bien pour savoir que ses sentiments sont sincères. Bref, je dois me mettre au boulot. Passe un bon week-end.

Reign monta dans sa voiture et soupira. Comment pouvait-elle encore espérer que le week-end soit bon ?

Un nouveau mois s'écoula et Reign apprit qu'Aldric était revenu, qu'il était même devenu membre du country club. Elle ne pourrait plus l'éviter, à présent. La rencontre qu'elle craignait tant eut lieu une semaine plus tard, dans le fumoir du club. Elle était venue donner un dossier à son père et le trouva à table en compagnie de Jake, Cayden… et Aldric.

Reign se redressa tout en marchant. Elle pouvait le faire. Elle était forte, sûre d'elle. C'était sa ville. Son domaine. Elle n'allait pas se laisser troubler par la présence de l'homme qui avait su la faire monter au septième ciel !

— Bonjour, tout le monde, lança-t-elle avec un grand sourire. Papa, voilà le dossier que tu voulais.

— Merci, répondit-il. C'est très gentil à toi.

— Tu es toujours aussi charmante, murmura Aldric en la dévorant des yeux. Je suis si content de te revoir.

— J'ai croisé Nolan, dit-elle, esquivant le compliment. Il m'a parlé de ton grand-père. Comment va-t-il ?

— Physiquement, il est faible, mais sa volonté est intacte. Il a fini par me chasser de sa chambre en disant que j'avais des choses plus importantes à faire, comme aider mon père à diriger l'entreprise qu'il a créée.

— Cet homme me plaît déjà, gloussa Derrick.

— Oui, c'est quelqu'un de bien.

— De quoi souffre-t-il ? demanda Jake.

— Il a un cancer.

— Ma mère travaille dans le meilleur service du monde, à PDS Medical, intervint Cayden. Certains de leurs patients, que l'on croyait condamnés, ont défié tous les pronostics. Je serais ravi de te la présenter, ainsi que les spécialistes du service, si tu veux.

— Merci beaucoup. Ça me ferait très plaisir. Je serais aussi ravi que Reign accepte enfin de dîner avec moi. Qu'en dis-tu, Reign ? Ces messieurs m'ont invité mais, sans vouloir les blesser, je préférerais passer un peu de temps avec toi…

— Je ne sais pas si…

— Oh ! arrête de le torturer ! coupa Jake. Accepte.

— Et toi, occupe-toi de tes affaires, frangin !

— Il nous a tout raconté et il est vraiment navré, tu sais.

— Qu'est-ce qui se passe, ici ? Est-ce un complot ?

— Ne fais pas semblant d'être en colère, sœurette. Tu sais que tu en as envie. Tu te lamentes depuis des semaines.

— Menteur ! répliqua-t-elle, sans pouvoir s'empêcher de sourire malgré elle. Je sais ce que tu essayes de faire, Jake, et je ne mords pas. Passez une bonne soirée, messieurs.

Elle quitta le fumoir sous leurs rires amusés. Au moins, elle pouvait garder la tête haute et son cœur était intact – bien que sa cuirasse ait commencé à se fendiller sous les regards d'Aldric…

- 20 -

Le vendredi suivant, elle lui téléphona.

— Ton invitation est-elle toujours valable ?

— Bien sûr, répondit Aldric, enchanté.

Ils se retrouvèrent le soir même au country club, dans l'un des salons privés.

— Merci d'avoir accepté de me voir, dit-il en l'enlaçant. J'espère que ce n'est pas uniquement pour clouer le bec à ton frère…

— Oh non. Il ne m'intimide pas tant que ça : j'ai supporté ses plaisanteries toute ma vie et je suis immunisée.

— Je te comprends. J'ai un grand frère aussi, tu sais.

Ils discutèrent de leurs familles. Abe avait parlé avec Tami, la mère de Cayden, qui avait mis en contact les spécialistes de PDS Medical et l'équipe qui soignait son *kbaba* en Suisse.

— Mes parents envisagent de le faire transférer, mais les soins offerts par PDS Medical sont si peu conventionnels qu'ils ne sont pas encore tout à fait convaincus.

Ils parlèrent ensuite de la campagne électorale de Danso, qui se présentait très bien. Reign lui confia que son entreprise marchait de mieux en mieux. Il lui montra les premières photos prises pour la campagne de lancement de leur nouvelle boisson énergétique. Bref, tout se passa bien jusqu'au plat principal, quand Abe décida d'aborder enfin le sujet qui les préoccupait le plus.

— Y a-t-il la moindre chance pour que nous redevenions amis ? demanda-t-il nerveusement.

— Nous le sommes déjà, non ?

— Je ne parlais pas que de ce repas. Je veux passer du temps avec toi, découvrir tes rêves, tes projets, tes peurs et tes échecs. Je veux te faire l'amour de nouveau.

— Je ne nie pas que le sexe était formidable…

— Est-ce tout ce que c'était pour toi ? Du sexe ?

— C'est l'accord que nous avions passé : nous autoriser un flirt sans conséquence. Tu te souviens ?

— Mon cœur semble l'avoir oublié, admit-il. Je… Je ressens quelque chose de bien plus fort pour toi, Reign, et j'aimerais vraiment que nous devenions un vrai couple. Peut-être avons-nous assez de choses en commun pour ça.

— C'est beaucoup demander de la part d'un homme dont le mariage est déjà arrangé.

— Il ne le sera que si je ne trouve pas de fiancée moi-même. Reign, ma reine… C'est toi que j'ai choisie.

Un long silence suivit, puis Aldric reprit :

— Me promets-tu d'y réfléchir, au moins ?

Elle hésita un long moment.

— Oui, j'y réfléchirai, promit-elle enfin.

Quatre mois plus tard, durant une chaude soirée de septembre, le jet privé de Kutoka Global entama sa descente finale avec un seul passager à son bord. Vu du ciel, le paysage était spectaculaire, luxuriant, riche de fleurs exotiques, d'arbres tropicaux et de plages de sable blanc. En général, Aldric adorait ce moment, juste avant l'atterrissage ; mais ce soir, il avait une atroce sensation d'échec. Il avait passé du temps avec Reign, après leur dîner. Ils avaient fini par retrouver leur intimité d'autrefois et, enfin, il avait cédé au désir de lui dire qu'il l'aimait. Elle n'avait pas répondu.

Tandis que l'avion s'approchait de la terre ferme, il se résigna au mariage que ses parents avaient prévu pour lui. Il était temps d'accepter le fait que ses mensonges lui avaient coûté l'amour de sa vie. Oui, il avait perdu Reign. À présent, il rentrait chez lui pour affronter son avenir. Il n'avait plus le choix : il devait honorer ses obligations. Un sang royal coulait dans ses veines et il avait des devoirs envers sa famille. C'était une autre manière d'aimer… Il serra les dents en voyant apparaître au loin le palais doré de son oncle. Bientôt, on allait organiser de grandes fêtes pour son frère, le nouveau président du Ghana. Il allait en profiter pour annoncer ses fiançailles et se marier, enfin. Pour la première fois depuis sa rencontre avec Reign, il songea à l'amie de longue date qui l'attendait depuis un an. Dela.

Un mois plus tard, la soirée qu'il avait tant redoutée arriva. Il allait lui demander officiellement sa main. La marche, depuis la maison de ses parents jusqu'à l'endroit où il devait retrouver sa promise fut la plus longue de sa vie. Il appréciait Dela, bien sûr. Mais il n'était pas amoureux d'elle. Seule Reign avait su atteindre son cœur.

Il ralentit le pas et laissa cette pensée s'installer en lui. Il ne voulait plus fuir la réalité. Il continuerait à penser au bonheur qu'il avait connu avec elle jusqu'à ce que ses souvenirs s'émoussent assez pour qu'il puisse les contempler sans amertume. Il y aurait toujours une place pour Reign Eddington, en lui. Néanmoins, dès qu'il allait passer la porte qui se dressait maintenant devant lui, il se consacrerait entièrement à Dela, pour devenir l'époux qu'elle méritait. Le moment était venu d'endosser le rôle pour lequel il était né. Il posa la main sur la poignée, prit une profonde inspiration, tenta de sourire et ouvrit.

La salle n'était éclairée que par les derniers rayons du soleil. Aldric devina à peine la silhouette d'une femme, à l'autre bout de la pièce, le dos tourné. Elle portait une robe au corsage ajusté qui s'évasait jusqu'au sol.

— Dela.

— Je suis là, murmura-t-elle.

Elle est plus nerveuse que moi ! Il se détendit un peu. Elle n'était pas que sa fiancée. Elle était aussi une amie de longue date et une femme formidable. Il *pouvait* le faire.

Il s'approcha et s'arrêta juste derrière elle.

— Bonsoir, Dela.

La femme se retourna et son estomac se noua. Un frisson le parcourut. C'était impossible…

— Reign ?

— Aldric.

Ils se contemplèrent un long moment, emportés par le même amour sincère. Chacun pouvait voir les souvenirs de l'année passée et les promesses de l'avenir dans le regard de l'autre. Enfin, Aldric se tira de sa stupeur.

— Que fais-tu… ? Je n'arrive pas à croire que…

— Je sais, coupa-t-elle. Moi non plus.

Elle tendit la main, et il la saisit entre les siennes avant de l'embrasser avec passion.

— Tu es là.

— Oui, répondit-elle.

— Est-ce que ça veut dire que… ?

— Oui. C'est toi que j'ai choisi, moi aussi.

— Je t'aime, souffla-t-il en déposant un baiser sur son front, son oreille, son cou. Je veux passer ma vie avec toi.

— Je t'aime aussi, Aldric, déclara-t-elle en l'embrassant à son tour.

Il effleura ses lèvres du bout de la langue, comme pour lui demander sa permission. Elle passa les bras autour de son cou et s'abandonna à lui. Il la serra plus fort. Il avait besoin de s'assurer que ce n'était pas un rêve…

- 21 -

Reign s'agita, tandis que les dernières images de son rêve s'évanouissaient. Elle avait imaginé qu'elle était une princesse, dans une contrée lointaine, et qu'un splendide prince venait la séduire. Elle sourit, se retourna, et sa main rencontra un délicat drap de soie. En un instant, ses yeux s'ouvrirent sur un plafond plaqué or et un impressionnant chandelier illuminé par le soleil. Ce n'était pas un songe ! Elle se cala contre ses coussins et se souvint de cette soirée merveilleuse, trois jours plus tôt, ainsi que tout ce qui s'était passé depuis.

Une clochette résonna dans la chambre.

— Il y a quelqu'un ? demanda-t-elle.

— Bonjour. Nous sommes vos suivantes. Pouvons-nous entrer pour vous aider à vous préparer ?

Ses suivantes ? Reign jeta un coup d'œil au réveil et vit qu'il était déjà plus de 9 heures. Elle repoussa le drap, enfila les chaussons et la splendide robe de chambre qu'on lui avait offerts la veille avant d'aller ouvrir. Trois femmes étaient sur le seuil. La première fit une rapide révérence.

— Le petit déjeuner royal commence dans une heure, mademoiselle. Nous avons reçu la consigne de vous y conduire. Si vous souhaitez de l'aide pour votre bain…

— Oh non, merci. Comment vous appelez-vous ?

— Cynthia, mademoiselle. Voici Elizabeth et Nobi.

— Ravie de vous rencontrer.

Les trois femmes parurent surprises par sa courtoisie.

— Je vais prendre une douche rapide et vous rejoindrai dans dix minutes, reprit-elle.

— Mais… c'est notre travail, mademoiselle, murmura Cynthia d'un air déconfit. Ne voulez-vous pas de bain ?

— Je vous promets de bien me savonner, répondit Reign avec un clin d'œil. Quand j'aurai fini, j'apprécierais que vous m'aidiez à choisir une robe.

La plus âgée des trois femmes parut soulagée.

— Nous allons rester à la porte, dit-elle.

Reign passa dans l'immense salle de bains, ignora la baignoire aussi grande qu'une piscine et se glissa dans la douche de marbre garnie de six jets. Elle se lava très vite, s'essuya et enfila des sous-vêtements avant d'entrouvrir la porte pour appeler :

— Mesdames, je suis prête.

— En es-tu sûre ?

La voix la fit sursauter, et elle poussa un cri quand les cinq femmes qu'elle aimait le plus au monde entrèrent en trombe. Maeve, Sasha, Ivy, Avery et Mona, sa mère, l'enveloppèrent dans un câlin collectif.

— Oh ! mon Dieu ! Que faites-vous ici ?

— Il paraît que quelqu'un a besoin d'aide pour s'habiller.

— Mais où… comment… je ne… *Que faites-vous là ?*

— Aldric, répondit simplement Maeve. Il nous a appelées et s'est arrangé pour nous faire venir.

— Vraiment ? Quand ? balbutia Reign, ébahie.

— Les stylistes t'attendent. Nous pourrons en parler pendant que tu te prépares.

La journée passa comme un songe et, plus tard, Reign entra dans la salle de bal du palais pour y retrouver Aldric ainsi que tout son clan. Les deux familles avaient clairement eu le temps d'apprendre à se connaître. Les hommes Eddington discutaient tranquillement avec Daniel et Danso. Mona et Villianne bavardaient et riaient comme des amies de toujours. Maeve, Ivy, Avery, Sasha et Rhianna, la sœur d'Aldric, étaient assises à la même table avec leurs amies les plus proches. Mais Aldric, lui, n'eut d'yeux que pour Reign – et vice versa. Il l'enlaça, l'embrassa discrètement et passa la soirée à ses côtés.

Un groupe anima la fête avec de la musique traditionnelle africaine, et Reign crut défaillir quand elle vit son père inviter Villianne à danser. Ils furent imités par Mona et Daniel, puis par tous les autres invités. De toute évidence, les parents d'Aldric avaient réussi à conclure leur fameuse union stratégique, en fin de compte !

Par respect pour les convictions morales des parents d'Aldric, Reign et lui passèrent la nuit dans des suites séparées ; mais dès le lendemain matin, elle entreprit de le rejoindre. Elle n'avait plus que cinq jours à passer au Kutoka et elle avait l'intention d'en profiter. Vêtue d'une longue robe blanche, elle descendit jusqu'à la plage. Le soleil se levait à peine, inondant le ciel de reflets roses, orange et parme. L'océan était encore sombre et le sable blanc irradiait. Elle marcha pieds nus le long de la plage, ramassa un coquillage puis, en se redressant, aperçut une silhouette au loin. L'homme portait un pantalon blanc retroussé et une chemise ouverte qui flottait dans son dos. Ses mouvements souples, sensuels étaient fascinants. Le cœur battant, elle pressa le pas. Elle devinait déjà de qui il s'agissait et fut étrangement émue de constater qu'ils avaient tous les deux choisi de se promener ici, au même moment. Elle courait presque, à présent. Il se retourna, sourit et courut vers elle à son tour, les bras ouverts. Elle ne s'arrêta qu'à quelques pas de lui.

— Bonjour, Aldric, murmura-t-elle, craignant presque qu'il s'évapore dans l'océan comme un rêve.

— Bonjour, mon amour.

Il la rejoignit, l'enlaça et l'embrassa avec passion. Une éternité plus tard, le souffle court, ils s'écartèrent et se contemplèrent, leurs pieds nus caressés par les vagues. Puis ils reprirent leur promenade ensemble.

— La soirée d'hier semble avoir été un succès, dit Aldric au bout d'un moment, en observant l'envolée d'un oiseau.

— C'était même fabuleux ! On aurait presque pu croire que nos familles se connaissent depuis des années : ils n'ont pas cessé de discuter, de rire, et j'ai même entendu mon père inviter Danso à Chicago pour lui présenter des amis… Merci du fond du cœur d'avoir invité mes proches. Ça a été l'une des meilleures soirées de ma vie !

— Je tenais à ce qu'ils soient présents pour obtenir leur bénédiction avant de te demander en mariage, dit-il avec un sourire mutin. C'est la moindre des choses.

— Aldric…

— Ne t'en fais pas, je ne compte pas te presser.

— Ouf ! Me voilà rassurée.

— Le bijoutier travaille encore sur la bague, ajouta-t-il.

— Aldric !

Elle le poussa. Il trébucha et, l'entraînant avec lui, se laissa tomber dans l'eau.

— Oh ! elle est si chaude, s'écria Reign. C'est le paradis.

— Kutoka est un endroit unique. Peux-tu imaginer passer ta vie ici ?

— La moitié de l'année, peut-être, admit-elle.

— Parfait !

Il l'aida à se relever, la souleva dans ses bras et partit en courant.

— Allons prévenir nos parents !

— Repose-moi, dit-elle en riant. Que veux-tu leur dire de si urgent ?

— Que nous allons nous marier. Maintenant. Sans attendre la bague.

— Je ne peux pas faire ça ! Je n'ai même pas de robe.

— Je peux faire venir le couturier de ton choix. Nous nous marierons dès que ta tenue sera prête.

Elle rit de nouveau, plus amoureuse que jamais. Néanmoins, leur annonce allait devoir attendre : Aldric l'emmena sur une petite plage isolée pour lui déclarer son amour avec ses mains, ses lèvres, tout son corps. Aldric et sa princesse américaine. Reign et son prince charmant.

Plus tard, elle fut tentée de se pincer pour s'assurer qu'elle ne rêvait pas. Qui aurait pu croire que l'homme qui nettoyait l'école d'Ivy était l'héritier secret d'un riche royaume ? Pas elle, en tout cas ! Elle ne l'aurait jamais deviné mais, maintenant qu'elle savait, maintenant que la vérité avait éclaté, elle n'aurait rien changé à leur histoire.

Pardonner le mensonge d'Aldric les avait rapprochés.

Ça avait renforcé leurs sentiments l'un pour l'autre. Sa véritable identité satisfaisait les parents de Reign, et le fait qu'elle soit issue de ce qui se rapprochait le plus de la royauté en Amérique avait rassuré la famille d'Aldric. Elle était tombée amoureuse d'un homme de ménage, mais elle allait épouser un prince africain. Ça avait failli ne jamais arriver. La peur et la douleur avaient failli la pousser à rejeter la plus belle rencontre de sa vie. Heureusement, les choses s'étaient arrangées et, en définitive, c'était bien l'amour qui allait être couronné.

Vous avez aimé *Le secret de l'héritier* ?
Retrouvez sur Harlequin.fr d'autres romans dans l'univers des Eddington !

1. *Impossible liaison*
2. *Une famille pour Ivy*
3. *Envoûtée par son rival*
4. *Une aventure si tentante*
5. *Le secret de l'héritier*

Retrouvez prochainement,
dans votre collection

PASSIONS

Une famille pour Connor, de Marie Ferrarella - N°1088

Connor vient à Houston avec une mission : retrouver la personne qui ne cesse d'attaquer sa famille. Afin de se faire aider, il engage Brianna, une collectrice d'informations. Son attirance pour elle est instantanée et inexplicable, la vie de la mère célibataire étant aux antipodes de celle de Connor qui fuit tout type d'engagement. Il est pourtant bouleversé par Brianna, au point de remettre en question son désir de liberté…

Attirée par le play-boy, de Sophia Singh Sasson

Rani, architecte d'intérieur, ne laissera plus jamais un homme compromettre sa carrière ou son indépendance ! Une résolution difficile à tenir quand elle découvre que son nouveau client n'est autre qu'Arjun Singh, élu play-boy le plus sexy d'Inde. Elle est fascinée par son charme irrésistible et leur relation devient vite sensuelle. Mais leur liaison ne doit surtout pas être révélée, Arjun étant promis à une autre femme par sa famille…

Une brûlante liaison, de Cynthia St. Aubin - N°1089

Série : Les héritiers Kane 3/3

Marlowe Kane se rend à la distillerie 4 Thieves pour effectuer un audit. Sa rencontre avec le propriétaire, Law, fait tout de suite des étincelles ! Une tempête la contraint à rester sur place… et à partager le lit de Law, qui lui fait découvrir des plaisirs insoupçonnés. Le lendemain, Marlowe part, bien décidée à oublier cette liaison forcément éphémère : un souhait impossible, d'autant plus lorsqu'elle apprend qu'elle est enceinte de lui…

Sentiments inattendus, de Shirley Jump

Pour Viviane, brillante avocate, fonder une famille n'a jamais fait partie de ses projets. Jusqu'à ce que sa nièce Ellie, âgée de trois mois, soit abandonnée dans une auberge à Stone Gap, la veille de Noël. Viviane est tout de suite projetée dans un rôle de maman sans y être préparée ! Heureusement, Nick, le chef cuisinier de l'auberge, s'occupe d'Ellie à merveille. Bientôt Viviane éprouve des sentiments inattendus pour lui, bouleversant ses certitudes…

Une vengeance si parfaite, de Katherine Garbera - N°1090

SÉRIE : SCANDALEUSES IMAGES 1/3

Maintenant que Dante Russo, propriétaire d'une fabrique de bière, est célèbre, il doit à tout prix améliorer son image publique. Entre en scène l'attachée de presse Olive Hayes – la femme qui l'a cruellement rejeté à l'université ! Aujourd'hui, les rôles se sont inversés et Olive ne cache pas son attirance pour l'homme qu'il est devenu. Dante y voit l'occasion rêvée de se venger, mais il ne doit pas se laisser emporter par son désir…

L'espoir de Noël, de Jo McNally

Amanda, décoratrice d'intérieur, a été embauchée par Blake afin de restaurer son château en ruine. Elle est ravie de ce beau projet mais, lorsqu'elle s'installe dans les lieux pendant les travaux, la cohabitation avec Blake la trouble au plus haut point… Amanda a perdu confiance en les hommes et souhaite avant tout se protéger, cependant elle ne peut nier les doux sentiments qu'elle commence à éprouver pour lui et qui l'emplissent d'espoir…

Indomptable passion, d'Yvonne Lindsay - N°1091

SÉRIE : PETITS SECRETS, GRAND AMOUR 3/4

En découvrant l'identité de la personne qui a racheté l'entreprise de son père, Sally sent une colère noire la gagner. Son nouveau patron n'est autre que Kirk Tanner, l'homme entre les draps duquel elle a laissé libre cours à son désir, lors d'une nuit de passion. Contrairement à elle, Kirk ne semble absolument pas surpris de la compter parmi ses employés. Aussi Sally s'interroge-t-elle. Lui a-t-il menti ou, pire, a-t-il orchestré leur rencontre ?

Enceinte d'un inconnu, d'Andrea Laurence

SÉRIE : PETITS SECRETS, GRAND AMOUR 4/4

Lorsqu'elle reconnaît le tatouage sur la main de Jonah Flynn, Emma peine à reprendre ses esprits. Le motif, une moitié de cœur, correspond à celui qu'elle-même porte sur la peau. Ainsi, le patron de FlynnSoft, l'entreprise où elle mène une expertise comptable, n'est autre que son amant d'une nuit ! Alors qu'Emma croyait ne jamais revoir cet homme, voilà qu'ils sont désormais liés irrémédiablement. Non seulement par cette marque, mais plus encore par l'enfant qui grandit en elle…

Trop proche de son ennemi, de Heidi Betts - N°1092

SÉRIE : SÉDUCTION ET TALONS HAUTS 1/2

Lily Zaccaro, styliste new-yorkaise, découvre que ses modèles sont copiés par une maison de couture à Los Angeles. Furieuse contre Nigel Statham, le directeur d'Ashdown Abbey, et résolue à découvrir comment il a obtenu ses croquis, elle se fait embaucher incognito chez son rival. Mais, une fois devenue l'assistante de Nigel, Lily est vite déstabilisée par les sensations que son séduisant patron fait naître en elle…

Une mariée en fuite, de Heidi Betts

SÉRIE : SÉDUCTION ET TALONS HAUTS 2/2

Juliet Zaccaro, créatrice d'accessoires de mode, découvre le jour de son mariage qu'elle est enceinte. Or le bonheur qu'elle éprouve cède vite la place à la panique. Car le père de son bébé n'est pas son futur mari. Bouleversée, elle s'enfuit dans un blanc nuage de tulle… mais ne tarde pas à être retrouvée par Reid McCormack, le détective privé embauché par sa sœur Lily. De tous les hommes, il est précisément celui que Juliet a toutes les raisons d'éviter…